AF177497

grafit

Originalausgabe
© 2011 by GRAFIT Verlag GmbH
Chemnitzer Str. 31, D-44139 Dortmund
Internet: http://www.grafit.de
E-Mail: info@grafit.de
Alle Rechte vorbehalten.
Umschlagabbildung: Carsten Hardt unter Verwendung eines Fotos von
Anna-Lena Thamm und für den Bildhintergrund Elneathewise: *Winter
bench* © istockphoto, Beoart011: *Wall with snow* © istockphoto und
Subman: *Red rose in snow on grave* © istockphoto
Druck und Bindearbeiten: CPI – Clausen & Bosse, Leck
ISBN 978-3-89425-381-3
2. 3. 4. 5. / 2016 15 14 13

Lucie Flebbe

Fliege machen

Kriminalroman

grafit

Die Autorin

Lucie Flebbe (vormals Klassen) kam 1977 in Hameln zur Welt. Sie ist Physiotherapeutin und lebt mit Mann und Kindern in Bad Pyrmont.

Mit ihrem Krimidebüt *Der 13. Brief* mischte sie 2008 die deutsche Krimiszene auf. Folgerichtig wurde sie mit dem ›Friedrich-Glauser-Preis‹ als beste Newcomerin in der Sparte Romandebüt ausgezeichnet.

Die Reihe um die einzigartige Detektivin Lila Ziegler ist auf zehn Bände angelegt; bisher sind erschienen: *Der 13. Brief, Hämatom, Fliege machen, 77 Tage* und *Das fünfte Foto*.
www.lucieflebbe.de

1.

Vor mir stand ein Schlumpf.

Ein kleiner, stinkender Schlumpf, der zu allem Überfluss hicksende Heulgeräusche von sich gab wie ein defekter Feuermelder.

Mein Name ist Lila, ich bin zwanzig Jahre alt und ich habe definitiv den falschen Job.

Dabei war heute erst mein zweiter Tag als Praktikantin in der Schlumpfgruppe des *Zwergenland*-Kindergartens in Bochum-Langendreer. Aber es war bereits die dritte vollgeschissene Hose an diesem Vormittag und die brachte mich dazu, meine Berufswahl zu überdenken. Wieso zum Teufel hatte ich mich zu dieser Arbeit überreden lassen?

»A-a«, jaulte der breitbeinig vor mir stehende rothaarige Schlumpf namens Till mit tränenüberströmtem Gesicht.

Gehörte der Toilettendienst eigentlich nur zu meinem Aufgabenbereich?

Ich sah zu Doro und Birgit hinüber. Die Erzieherin und die Gruppenleiterin waren mindestens genauso zuständig.

Doch die taten dreist, als würden sie Tills Gejodel überhören. Durch das mit tanzenden Schneemännern aus Tonkarton beklebte Fenster betrachteten die Frauen tuschelnd die Hinterteile der beiden Hausmeister, die im Außenspielbereich ein im Sand stehendes Klettergerüst reparierten.

Auch ich warf einen kurzen Blick nach draußen. Gut, das Gesäß vom alten Berti war wahrscheinlich nicht das Objekt des allgemeinen Interesses. Die fünfzig Kilo Übergewicht seines Bauchs zogen ihn nach vorn, wodurch der hintere Bereich der blauen Arbeitshose heruntergerutscht war und die Aussicht auf zwei nicht gerade knackig wirkende Arschbacken freigab.

Zweifellos war es die Hinternansicht von Bertis neuem

Kollegen, die die Aufmerksamkeit der beiden Kindergärtnerinnen fesselte. Von vorn betrachtet hätte der Neue in seinem verschmierten Blaumann, dem kratzigen Strickpullover und der tief ins schlecht rasierte Gesicht gezogene Mütze Bertis fünfzig Kilo leichterer kleiner Bruder sein können. Doch aus unserer momentanen Perspektive betrachtet, war unübersehbar, dass sein Hintern die Hose ausfüllte.

»A-aaaaa!«, schrie Till jetzt so trommelfellvernichtend laut, dass mir die Grenzen meines Aufgabenbereichs augenblicklich wurscht wurden.

»Ist ja gut!«, zischte ich gereizt. »Komm schon mit.«

Seufzend betrachtete ich den nassen braunen Fleck auf der Rückseite von Tills winziger – oha! – Levis-Jeans, während ich das kreischende Kind in den Waschraum mit den winzigen Kindertoiletten schob. Im Vorbeigehen schnappte ich mir eine Ersatzhose aus dem für derartige Notfälle bereitstehenden Pappkarton.

Ich hasste diesen Job.

»Na, haste alles im Griff, Süße?«, quatschte mich jemand an, als ich Tills Gekreische eine gute Viertelstunde später endlich abgestellt hatte und ihn wohlriechend wieder ins allgemeine Gewusel entließ.

Die Stimme war mir näher gekommen, als es sich gehörte, denn sie berührte als warmer Lufthauch mein Ohr und roch nach Kaffee. Als ich mich umdrehte, sah ich den Ärmel eines dunkelgrauen Strickpullis über die Bartstoppeln unter der Nase wischen.

Ein Blick durch die Glastür, die in den Außenspielbereich führte, sagte mir, dass die beiden Erzieherinnen die Hausmeister inzwischen mit einem Becher Kaffee vor den frostigen Januartemperaturen gerettet hatten.

Der dicke Berti stand schniefend vor den beiden Frauen. Mit seinen Gartenhandschuhen umschloss er den Kaffeebecher, der in seinen Pranken wie eine Puppentasse wirkte, während er das Neueste von seiner Bandscheibe berichtete. Sein Kollege mit dem knackigen Hintern hingegen war zu mir herübergeschlendert, und die Blicke von Doro und Birgit verrieten mir, dass das nicht der Plan der beiden Erzieherinnen gewesen war.

Die Augen des Mannes waren schmutzig grau und kalt wie die Wolken am Winterhimmel. Sein Blick wanderte prüfend an meinem engen, schwarzen Rollkragenpulli hinunter. Das dunkle Outfit hatte ich ausgesucht, weil es seriöser wirkte als die bunten Schlabberpullover mit Blumenaufnähern, die ich normalerweise bevorzugte. Der amüsiert glitzernde Blick des Hausmeisters blieb an dem durchsichtigen Plastikmüllbeutel hängen, aus dem Tills Markenjeans ihren unangenehmen Duft verströmte.

»Ich hab immer alles im Griff«, knurrte ich.

»Okay.« Der Möchtegerngärtner zog sich die Mütze von der Glatze, stopfte sie in die Tasche seines schmierigen Blaumanns und lehnte sich lässig an die Wand. »Ich dachte ja nur, ich könnte dir vielleicht helfen.«

Jetzt ließ ich meinen Blick abschätzend wandern. Er war nicht viel größer als ich, aber deutlich älter, achtunddreißig, um genau zu sein. Schlecht rasiert, schmutzig und durchtrainiert versprühte er einen schmuddeligen Hafenarbeiter-Sex-Appeal, der mir gerade den Neid der beiden Erzieherinnen einbrachte.

Seit letztem Freitag arbeitete Ben Danner als Hausmeister im *Zwergenland*. Und weil er seine Kaffeepause mit mir verquatschte statt mit Doro und Birgit, würden sie mich zur Strafe bestimmt auch noch die nächsten zwanzig vollen Hosen wechseln lassen.

Na warte, du Frauenschwarm.

Ich strich mir die schulterlangen, blonden Haare hinter die Ohren und klimperte ihn mit einem himmelblauen Augenaufschlag an. »Wenn Sie so nett fragen, Herr Danner, seien Sie doch so lieb und bringen Sie das hier für mich in den Keller zur Waschmaschine, ja?« Ich hielt ihm den duftenden Müllbeutel unter die Nase.

Danner verzog angewidert das Gesicht.

Ich lächelte liebenswürdig.

Wütend schnappte er mir die Stinketüte aus der Hand.

»Was wollte der denn von dir?«, erkundigte sich Doro, als ich mich gleich darauf zu den beiden Erzieherinnen gesellte.

Ich winkte ab: »Hat mich blöd angequatscht. Der scheint auf der Suche zu sein.«

»Pfft, Kerle.« Birgit verdrehte die Augen. Ihr Gesicht verriet, was sie von Männern hielt, die Frauen anbaggerten, die ihre Töchter sein könnten. Birgit war eine ungeschminkte Endvierzigerin, deren typisch praktischer Hausfrauenkurzhaarschnitt mir sagte, dass sie einen gut verdienenden Mann und zwei Kinder auf dem Gymnasium hatte und Hausmeisterhintern nur so lange interessant fand, wie sie ihre Ehe nicht gefährdeten.

Doro hingegen horchte interessiert auf: »Du meinst, der ist Single?« Sie sah sich schnell nach Danner um. Gemeinsam mit Berti machte er sich wieder draußen am Klettergerüst zu schaffen.

»Och nö, Doro«, stöhnte Birgit. »Letzte Woche warste doch erst mit dem Fensterputzer beim Italiener.«

»Ach, hör auf! Der Idiot hat mich bezahlen lassen und sich dann nicht mehr gemeldet«, winkte Doro ab.

Doro war also definitiv auf der Suche. Und zwar dringend. Das Ticken ihrer biologischen Uhr war selbst im Getöse der durcheinanderkreischenden Schlumpfgruppe zu hören. Sie war geschminkt, mollig und trug auch mitten im Winter ein Shirt, das ihr üppiges Dekolleté nicht versteckte. Ihre flusigen Haare waren sehr lang und blondiert, auch wenn ihr ein kürzerer Haarschnitt sicher besser gestanden hätte. Ein eindeutiges Signal an die Männerwelt.

Für eine unverheiratete Frau wäre der dreißigste Geburtstag eigentlich genau der richtige Zeitpunkt, um sich eine wilde, blaue Punkfrisur zuzulegen, überlegte ich nachdenklich.

»'n leckeren Hintern hat er ja«, bremste Doro meine Überlegungen. Die Handwerker im Sandkasten fesselten bereits wieder die Aufmerksamkeit der Erzieherin. Den Jungen in Latzhose neben ihrem Bein, der gerade einem kleinen Türken eine Spider-Man-Figur auf den Kopf donnerte, schien sie nicht zu bemerken.

Der Türke heulte los.

»Fresse, du Asi!«, schnauzte der moppelige Latzhosenträger, von dem ich bisher geglaubt hatte, er könne noch gar nicht sprechen.

»Justin!«, schnappte Birgit scharf und bückte sich nach dem heulenden Kind, während Justin zusammen mit Spider-Man flüchtete.

»Ja, der Hintern ist okay«, bestätigte ich Doro.

»Er vermisst übrigens sein Handy, hat er mir erzählt«, bemerkte ich. »Du hast nicht zufällig eins gefunden?«

Doro schüttelte den Kopf. Ein verträumtes Lächeln huschte über ihre rougeroten Wangen: »Erst letzte Woche habe ich meine Uhr verloren. Wir sind wohl beide schusselig, das passt ja.«

Ja klar. Selbst eine Kuppelbörse im Internet hätte beim Vergleich der Persönlichkeitsprofile nicht mehr Gemeinsamkeiten finden können.

»Ich könnte ihn ja mal ansprechen, was meinst du?«, überlegte Doro mit einem erneuten verklärten Blick auf Danners Gesäß.

Mann, sein Arsch wird mit Sicherheit kein Gespräch mit dir beginnen!

Ich zuckte die Schultern: »Versuch es. Du hast ja nichts zu verlieren.«

Die Aufregung färbte Doros Wangen unter der Schminkschicht noch ein wenig dunkler. Hastig wühlte die Blonde ihr eigenes Handy aus der Tasche.

Als sie die Tür zum Außenbereich aufschob, wehte ein eisiger Luftzug den kalten Stoff meiner Jeans gegen meine Schienbeine. Ich drückte die Tür hinter der Erzieherin zu und beobachtete, wie sie ihr Dekolleté als Blickfang zurechtschubste, während sie durch den angefrorenen Sand auf die beiden Hausmeister zustapfte.

2.

Es war Viertel vor sieben an diesem Montagabend, als ich durchgefroren die Kneipe in Bochum-Stahlhausen erreichte. Der Schriftzug *Bei Molle* leuchtete einladend neben einer Werbung für das Bier der Bochumer *Fiege*-Brauerei. Die Hände tief in den Taschen meiner alten Cordjacke vergraben, stieß ich die Tür mit der Schulter auf.

Der Laden war eine echte, altmodische Kneipe, mit beige gefliestem Boden und einem mit Spirituosen überfüllten Regal hinter dem glänzend polierten Tresen. Die Polster der hölzernen Stühle und Sitzbänke waren passend zu den Tischdecken rot kariert. Es gab Fußballfotos und VfL-Flaggen an den Wänden, ein elektronisches Dartspiel, einen Flipper und einen Computer, an dem man für zwei Euro Trivial Pursuit spielen konnte.

Müde ließ ich mich auf einen Stuhl am Tisch direkt neben der Theke plumpsen: »Hi, Molle.«

Was für bescheuerte Arbeitszeiten! Bisher war mir verborgen geblieben, dass Kindergärtnerinnen Schicht arbeiten mussten. Aber tatsächlich wurden die ersten Kinder morgens um halb sieben abgegeben und die letzten erst gegen neunzehn Uhr wieder abgeholt. Dass Mütter ihre Berufung neuerdings nicht mehr in der Rolle der preisgünstigen Haushälterin ihrer Ehemänner fanden, sondern sich flexibel und motiviert an die Zweiundzwanzig-Uhr-Öffnungszeiten bei *Penny* anpassten, war für Erzieherinnen kein Anlass zur Freude.

Und für ausgebeutete Praktikantinnen war das ein Fluch. Den Vormittag von sieben bis zwölf hatte ich bei den Vormittagsschlümpfen verbringen dürfen. Nach einer arbeitnehmerfeindlichen dreistündigen Mittagspause ging es von drei bis sechs weiter mit den Nachmittagsgnomen. Teildienst nannte man diese freizeitverhindernde Elf-Stunden-Schicht. Wohl der Grund, aus dem im Gegensatz zu mir die meisten der Kindergärtnerinnen halbtags arbeiteten. Nur Noch-Single Doro war genauso lange anwesend wie ich.

Der Wirt wischte sich die vom Spülen nassen Hände an der Schürze ab, die stramm seinen Bauch umspannte. Er kam um die Theke herum und schob mir einen großen, dampfenden Becher unter die Nase: »Mach ruhig Feierabend, Lila. Ich schaff das hier heute Abend schon allein.«

Ich schloss meine steifen Finger um die Teetasse: »Quatsch. Ich bin gleich wieder fit.«

Das warme Porzellan erzeugte ein schmerzhaftes Pochen in meinen rot gefrorenen Händen. Im gleichen Moment schlang sich ein kräftiger, männlicher Unterarm um meinen Hals, nahm mich in den Schwitzkasten. Ich ließ den Becher stehen, krallte meine Finger in den kratzigen Strickärmel und versuchte fluchend, mich zu befreien – aussichtslos.

»Kannst du mir vielleicht verraten, wie deine moppelige Kollegin auf die Idee kommt, sie und ich hätten viele Gemeinsamkeiten?«

Lachend japste ich nach Luft.

»Keine Ahnung, warum alle Frauen auf deinen Gammellook fliegen«, log ich frech.

Danner dachte nicht dran, seinen Griff zu lockern. Er kippte mich mitsamt meinem Stuhl nach hinten und sah von oben auf mich herab: »Du hast mir das Huhn mit Torschlusspanik nicht zufällig auf den Hals gehetzt?«

»Nicht ›zufällig‹«, grinste ich. »Ich hab ermittelt. Dafür bezahlst du mich, falls du dich erinnerst. Und deinen Hintern hast du immer noch selbst vors Fenster gehalten.«

Danners graue Augen funkelten.

»Immerhin hab ich herausgefunden, dass in unserer Gruppe kein fremdes Handy gefunden worden ist«, berichtete ich, noch immer kopfüber nach hinten hängend.

Danner runzelte die Stirn: »Moppelchen hat aber was anderes behauptet.«

Ich verdrehte die Augen: »Mann, du wirst doch nicht auf den ältesten Trick der Welt reinfallen! Das Ding, mit dem sie dich angequatscht hat, war natürlich ihr eigenes Telefon. Die brauchte doch einen Vorwand, um dich angraben zu können.«

»Und hilfsbereit, wie du bist, hast du ihr den passenden Vorwand geliefert.« Abrupt ließ der Detektiv meinen Hals los und eine Sekunde später lag ich samt Stuhl auf dem Boden.

Während er sich auf einen freien Platz fallen ließ, rappelte ich mich hoch. Ich griff meine Teetasse: »Und was hast du heute rausgefunden?«

Molle stellte Danner ein Bier auf die karierte Tischdecke.

Der Detektiv zuckte die Schultern: »Berti ist kein Genie, aber seinen Job nimmt er sehr ernst. Ich kann mir beim besten Willen nicht vorstellen, dass der sich eine Erpressung ausdenkt.«

Das war nämlich der Grund, aus dem Simone Müller-Wunk, Leiterin der Kindertagesstätte *Zwergenland,* die Detektei Danner mit den Ermittlungen im Kindergarten beauftragt hatte. Die gepflegte, eher streng wirkende Diplom-Pädagogin hatte eine kurze, aber offenbar heftige Affäre mit dem dicken Berti gehabt. So heftig immerhin, dass auf dem Handy der Kindergartenleiterin mehrere Videos entstanden waren, die zeigten, wie der Hausmeister die schicke Rothaarige auf ihrem Schreibtisch beglückte.

Zu gern hätte ich gewusst, wie genau das ausgesehen hatte, denn meiner Meinung nach konnten weder die zierliche Diplom-Pädagogin noch der Schreibtisch eine Nummer unter Bertis Massen ohne größere Schäden überstehen.

Doch leider waren die lehrreichen Aufnahmen letzte Woche samt Handy verschwunden. Und weil Simone Müller-Wunk seit elf Jahren mit Peter Wunk, einem biederen Beamten der Agentur für Arbeit, verehelicht war, befürchtete sie nun, dass der dicke Berti ihr nach dem Ende ihrer kurzen Beziehung das Handy entwendet hatte. Die Kindergartenleiterin glaubte, der Hausmeister sei bis über beide Ohren verliebt und wolle sie zwingen, zu ihm zurückzukehren. Oder noch schlimmer – er zeigte die interessanten Aufnahmen ihrem Mann, um so die Trennung zu provozieren.

Also hatte sie Danner und mich beauftragt, das Telefon schnellstmöglich wiederzubeschaffen.

»In Bertis Werkstatt habe ich jedenfalls kein knallrotes Handy gefunden.« Danner nippte an seinem Bier.

Dank der Signalfarbe sollte Frau Müller-Wunks Telefon eigentlich nicht zu übersehen sein. Stilbewusst hatte die Kindergartenleiterin es nämlich passend zu Haaren, Handtasche und Schuhen in ihrer Lieblingsfarbe gekauft.

Im Klartext waren wir mit unseren Ermittlungen also keinen Schritt vorangekommen. Das bedeutete, mir stand morgen ein weiterer Tag in der Schlumpfgruppe bevor. Seufzend rutschte ich vom Stuhl und trat neben Molle hinter den Tresen.

»Wofür schuftest du hier, Mädchen? Lohnt sich doch nicht! Benutz dein Köpfchen nicht nur zum Haarefärben, denk mal drüber nach.«

Inzwischen war es halb neun und ich wollte zurück an den Tisch an der Theke, an dem Danner und meine Teetasse auf mich warteten. Nach einem Tag unter kreischenden Kleinkindern war meine Toleranz für die Vollstrammen in Molles Kneipe begrenzt.

Wortlos stellte ich dem Idioten das nächste *Fiege*-Bier hin. Dabei betrachtete ich seine violett verfärbte Kartoffelnase etwas länger als nötig und überlegte, wie dick und blau sie erst anschwellen würde, wenn ich sie mit einem schnellen, gut platzierten Karatehieb zertrümmerte.

Die geplatzten Adern auf den Wangen des Mannes und die stark gerötete, von Knubbeln, alten Aknenarben und Bartstoppeln unebene Haut seines Gesichtes verrieten mir, dass er seinen Kopf seit Jahren nur benutzte, um Alkohol in seinen Körper zu füllen. Zumindest entschuldigten die freundlich geschätzten drei Promille, die er heute bereits in seine Blutbahn gepanscht hatte, seine hirnfreien Sprüche ein klitzeklein wenig und bewahrten dieses Mal sein bunt schillerndes Riechorgan vor dem Zusammenstoß mit meiner Handkante.

Ich sparte mir eine Antwort.

»Die wollen dich auslutschen«, lallte er hinter mir her. »Alle! Bei Vater Staat fängt's an und bei der lieben Familie hört's auf! Wenn du 'n dickes Auto unterm Arsch hast, lieben se dich. Aber wenn de inner Gosse liegst, trampeln sogar die Penner auf dir rum!«

Seine Zunge schien ihm beim Sprechen im Weg zu sein, was ihn aber nicht am Weiterfluchen hinderte. »Dat is unser doller Sozialstaat. Der lässt dich nich mehr hochkommen, wenn du einmal auf die Schnauze jefallen bist!«

Er setzte das Bierglas an die rissigen Lippen und trank mit großen Schlucken.

»Bring das mal Ben und Lenny, Lila!« Molle schob seinen beschürzten Bauch hinter der Zapfanlage hervor und reichte mir zwei Gläser. Sein grauer Haarkranz wippte um das von hellen Bartstoppeln übersäte Gesicht und Lachfältchen runzelten sich in seinen Augenwinkeln, als er mir über die halbmondförmige Brille hinweg zuzwinkerte: »Sonst fangen die auch noch an zu randalieren.«

Ich trug die beiden Biergläser zum Tisch an der Theke, an dem neben Danner jetzt auch Danners bester Kumpel Kriminalkommissar Lennart Staschek saß.

»Wieso schmeißt Molle den Penner nicht endlich raus?«,

knurrte Staschek genervt. »Der hatte doch schon vorm Mittag genug.«

Der anschmiegsame braune Kaschmir des Pullunders harmonierte perfekt mit dem dicken, welligen Haar des Kommissars und seinen schönen, kastanienfarbenen Augen. Die Wahl der samtweichen Oberbekleidung schien sogar auf seine Stimme abgestimmt zu sein, deren Klang einen Versicherungsverkäufer im Telefondienst vermuten ließ. Dass Staschek seinen guten Geschmack gern auf seine Frau schob, hatte ich ihm noch nie so ganz abgekauft. Denn das schmale Gesicht des Polizisten schien auch jetzt im Januar ansprechend gebräunt, was ich mir nur mit heimlichen Solariumbesuchen erklären konnte. Und zu denen zwang ihn vermutlich doch eher die eigene Eitelkeit als seine patente Ehefau. In jedem Fall hätte der attraktive Kommissar besser auf ein Werbeplakat für Haarpflegeprodukte gepasst als in eine schmuddelige Kneipe in Bochum-Stahlhausen.

Ich stellte die Gläser auf den Tisch.

»Molle setzt doch nicht mal den Köter des Typen vor die Tür«, beantwortete Danner Stascheks Frage gerade abwinkend.

Missbilligend musterte der Detektiv den zottigen, kleinen Hund, der neben den verdreckten Schuhen des Besoffenen auf dem Boden hockte. Form und Farbe des Tieres ähnelten einem verschimmelten Wischmopp, der mithilfe der Schädlingskolonien, die ihn bevölkerten, ein Eigenleben entwickelt hatte. Das Schwanzende des haarigen Bodenputzers konnte man nur vom Kopfende unterscheiden, weil es freundlich hin- und herwedelte, während Herrchen weiter wahllos über Regierung, Gesellschaft, Finanzamt, die Krise, das Wetter und das wackelnde Bein des Barhockers schimpfte.

Danner lehnte sich zurück und klaute dem Besoffenen die unter dessen Arm klemmende Tageszeitung. Der Schimpfende bemerkte den Diebstahl nicht.

»Molle würde den auch einziehen lassen, wenn er dreist

genug schnorrt«, brummte Danner und begann, die Schlagzeilen zu studieren.

Gemeiner Tiefschlag in meine Richtung. Ich funkelte den Detektiv wütend an.

Gut, ich hatte mich dreist reingeschnorrt, in die gemütlich-schmuddelige Männer-WG von Danner und Molle – aber ich hatte zumindest nicht gerochen, als hätte ich ein halbes Jahrzehnt lang nicht geduscht. Und ich soff auch nicht die Kneipenvorräte leer.

»Der sucht bestimmt ein trockenes Plätzchen für die Nacht«, vermutete Staschek. »Gleich kriegt er von mir ein kostenloses Taxi und eine Gratisübernachtung in der Ausnüchterungszelle.«

Der Penner hatte sich mittlerweile über die Theke zu Molle gebeugt, damit der dicke Wirt ihm auch ganz sicher zuhörte. Er war klein und stämmig und seine Haare und sein Bart hatten eine starke Ähnlichkeit mit dem Fell seines Hundes. Zu einem geflickten, klein karierten Sakko trug er eine ausgefranste Fliege um den Hals. Irgendwann war das Ding vermutlich mal rosa gewesen. Damit erinnerte er an einen traurigen Clown.

Immerhin ließ der Wohnungslose ein paar Eurostücke auf die Theke klimpern und bezahlte sein Bier. Anscheinend hatte er genug Geld für einen Vollrausch erbettelt. Was leider mal wieder die weit verbreitete Annahme bestätigte, dass Penner die Almosen, die man ihnen gab, sowieso nur versoffen.

»… und die Scheißweiber sind auch alle nur Finanzbeamte mit Titten. Guck dir nur die Göre da an!«, schimpfte er, ohne Luft zu holen, weiter und schwappte mit seinem Bier in meine Richtung.

Interessiert richtete ich mich auf. Anscheinend war seine Nase für heute doch noch nicht außer Gefahr.

»Noch nicht mal volljährig und verdreht den Kerlen schon den Kopf, die Schlampe! Das haste drauf, wa?«, pöbelte er mich jetzt direkt an. »Den alten Fliege kannste aber nicht bezirzen, du kleine Nutte!«

Danners Stuhl polterte zu Boden. Doch weil ich keine zwei Meter neben dem Besoffenen gestanden hatte, war ich schneller.

Ich packte den Clown an seiner fransigen Fliege und schubste ihn mit dem Rücken gegen die Theke.

»Pass auf, was du sagst, du Arsch!«, zischte ich wütend.

Der Penner hustete mir eine Wolke aus Alkohol und Mundgeruch entgegen und seine Fusselbürste kläffte aufgeregt meine Füße an.

Ich spürte Muskeln, die ich unter dem dicken, kratzigen Stoff seines Sakkos nicht erwartet hatte. Unkontrolliert ruderte er mit den Armen – nicht so sehr, weil er sich gegen meinen Griff wehren wollte, sondern eher, um das Gleichgewicht nicht zu verlieren. Ich hätte Schwierigkeiten gehabt, ihn festzuhalten, hätte Danner nicht einen Moment später den rechten Arm des Penners gepackt und Staschek den linken.

»Das war's für heute, Fliege«, brummte Molle und deutete mit dem Kopf zur Tür.

Ich ließ den Sakkokragen los.

»Du kannst dir aussuchen, ob du die Nacht in der Ausnüchterungszelle oder im Obdachlosenasyl in Gelsenkirchen verbringen willst«, informierte ihn Staschek.

»Oder im Krankenhaus«, ergänzte Danner freundlich.

Na toll, das Arschloch bekam auch noch eine Gratisübernachtung für seine große Fresse. Ärgerlich plumpste ich am Tisch neben der Theke vor meine Teetasse und schnappte mir die Zeitung, die Danner dem Penner entwendet hatte.

Ich blätterte durch die Schlagzeilen, während Danner und Staschek den Obdachlosen zur Tür schoben. Doch die Überschriften kannte ich bereits, das Blatt war mindestens zwei Wochen alt. Wahrscheinlich benutzte der Typ es auf seiner Parkbank als Decke.

»Ihr versteht ja echt kein Spaß, wa? Locker bleiben, Leute, kommt nich wieder vor, ehrlich!«, versicherte der Penner. »Mach mir ma noch 'n Bier, Molle, ja?«

»Dir machen wir hier heute gar nichts mehr«, klärte Staschek ihn auf.

»Du wills' mir vorschreiben, wie viel ich saufen darf?«, wurde der Penner schon wieder lauter. »Arrogante Wichser seid ihr Bullen! Aber wenn ihr selber mal auffe Fresse fliegt, werdet ihr euch an meine Worte erinnern! Dann merkt ihr schon, dat der alte Fliege recht hatte. Jetzt sach wat, Molle! Sach deinen Bullen, dat ich noch 'n Bier krieje!«

Molle zögerte.

»Och nö, Molle!«, stöhnte Staschek.

Seufzend stellte der dicke Wirt ein neues Glas auf die Theke: »Deine letzte Chance, Meister.«

»Mann, Molle!« Wütend ließ Danner den Arm des Besoffenen los. Der taumelte zur Seite und polterte gegen einen Barhocker.

»Adoptier lieber 'ne Katze!«, schnauzte Danner den Wirt an.

Doch wie immer prallte Danners Ärger wirkungslos an Molle ab.

Der Penner stützte sich mit den Ellenbogen auf den Tresen. »Wär janz schlecht, wenn se mich heute einbuchten würden«, verriet er Molle. »Ich muss nämlich noch auffe Jagd gehn, weißte?!«

»Auf die Jagd?« Über seine Brille hinweg blickte Molle den Betrunkenen streng an. »Und was willste jagen?«

Fliege lehnte sich noch ein bisschen weiter zu ihm hinüber. Molle wich vor dem Atem des Penners zurück.

»Vampire«, verkündete der Vollstramme verschwörerisch.

Molle zog eine buschige Augenbraue in die Höhe.

Doch der Alte nickte ernsthaft: »Blutsauger, die lauern da draußen überall, weißte?«

Ich blätterte kopfschüttelnd in der Zeitung. Was für ein

Spinner. So was passierte eben, wenn man sich sein Gehirn mit 'ner Flasche Korn pro Tag wegballerte.

Beinahe ironisch, dass die Schlagzeile ausgerechnet in der Zeitung, unter der der Mann offenbar jede Nacht schlief, *Gepanschter Schnaps* lautete. Daneben ein Foto von einem zerfetzten Sportwagen. *2,3 Promille! – Nach Silvesterfeier verunglückt Bauunternehmer tödlich in seiner S-Klasse,* las ich. *Wollten die Veranstalter mit Billigschnaps Geld sparen?*

Tja, da hatte auch der Sportwagen dem Gehirn nichts mehr genutzt. Immerhin würde sich Fliege, der Penner, wohl nicht mit einer S-Klasse ins Jenseits befördern.

Ich warf die Zeitung neben das Bierglas des Obdachlosen auf den Tresen.

»Ich lass mir nix mehr gefallen, ich nicht!«, wetterte Fliege lauter. »Heute ist endgültig Schluss! Ich spiel das Scheißspiel nicht mehr mit! He, merk dir das, du Nutte! Du kriegst auch irgendwann die Quittung!«

Bevor ich begriff, dass der Besoffene sich umgedreht hatte und wild gestikulierend auf mich zuwankte, hatte Danner ihn an der Schulter gepackt. »Jetzt ist endgültig Schluss, Kollege! Abmarsch!«

Deutlich sah ich die Spannung von Danners Oberarmen unter seinem schlabbrigen Rolli. Doch trotz seiner durch Hanteltraining aufgepumpten Muskeln konnte auch der Detektiv den Betrunkenen nicht ganz mühelos zum Gehen überreden.

»Molle, alter Kumpel«, lallte der Obdachlose noch, während Danner ihn zur Tür schob. »Pass auf meine Mücke auf, okay?«

Mit einer schwungvollen Armbewegung, unter der sich Danner gerade noch wegduckte, deutete der Mann auf den wedelnden Wischmopp, dessen Leine am wackelnden Hockerbein festgebunden war. »Ich hol ihn nachher wieder ab.«

Endlich schwankte der Besoffene hinaus.

»Dann sag mal Hallo zu deinem neuen, vollautomatischen

Staubwedel«, grinste Danner, nachdem die Kneipentür hinter dem Obdachlosen zugeklirrt war.

Molle war hinter der Theke vorgetreten und betrachtete den fiependen Flusenfänger misstrauisch. Hinter den dunklen Fellzotteln, die dem Tier in die Stirn hingen, blinzelte es mit glänzend schwarzen Knopfaugen treuherzig zurück.

»Du glaubst doch selbst nicht, dass der den heute noch abholt«, unkte Danner. »Fliege schnarcht garantiert schon auf irgendeiner Parkbank. Sei froh, wenn der das Vieh in drei Wochen zurückhaben will.«

»Ich kapier nicht, warum du den Penner überhaupt reinlässt«, tippte Staschek sich an die Stirn.

»Nun mach mal langsam, Herr Kommissar.« Molle bückte sich ächzend und löste die Hundeleine vom Stuhlbein. Irgendwo im Fell versteckt klimperte ein Halsband. »Unter der Brücke kann jeder landen.«

»Ja, sicher, ist mir letzte Woche erst passiert«, spottete der Kommissar.

Molle schnaufte verärgert: »Sei dir mal nicht so sicher, dass du da nie hinkommst, nur weil du ein fettes Beamtengehalt nach Hause schleppst.«

Molles Worte wärmten mich.

Gegen halb elf verabschiedete sich der letzte Gast. Nur Mücke, die schwanzwedelnde Schädlingskolonie, war – wie Danner vorausgesagt hatte – noch immer da.

Seufzend beschloss Molle, noch eine Runde Gassi zu gehen.

3.

Heute war Gemüsetag.

Gelber Gemüsetag, um genau zu sein. Gestern war roter Gemüsetag gewesen und der morgige Mittwoch würde ein grüner Gemüsetag werden.

Die Gemüsetage dienten wohl hauptsächlich dazu, die Schlumpfmütter in drei Gruppen einteilen zu können. Jeden Morgen lieferten verschiedene Kategorien von Frauen ihren Nachwuchs in dem zweistöckigen Gebäude mit den bunt bebastelten Fenstern ab.

Erstens gab es die Supermamis, die Vollzeitmütter, die jeden Morgen noch eine gute Stunde auf den winzigen Stühlen im Gruppenraum hocken blieben und die die Tupperboxen ihrer Kinder am Montag vorschriftsmäßig mit sämtlichen Sorten roten Gemüses gefüllt hatten. Tatsächlich waren da nicht nur Tomaten und Paprika oder Radieschen aufgetaucht, sondern auch Sorten, die ich noch nie zu Gesicht bekommen hatte. Rote Bete, dunkelrote Hokkaido-Kürbisse und eine rötliche Zwiebelsorte zum Beispiel. Heute, am gelben Gemüsetag, hatten die Markenjeans tragenden Supermami-Sprösslinge Dinge wie Ingwerwurzeln und Steckrüben in ihren Frühstückstaschen.

Zweitens gab es die Chaos-Queens, die Berufstätigen, deren Kinder auch mal ungebügelte Shirts oder zwei verschiedene Socken trugen und die ihre Sprösslinge vor der Arbeit im Laufschritt in der Kita ablieferten. Die Chaos-Queens hatten die Gemüsetage am Montag verschwitzt und die Supermamis konnten gnädig darauf hinweisen, dass ihre Kinder genug Gemüse für alle dabeihatten. Um nicht als überforderte Rabenmütter dazustehen, besorgten die Chaos-Queens in ihren Frühstückspausen schnell noch eine ordnungsgemäß gefärbte Paprika und kritzelten sich eine Notiz auf die Handfläche, um die Farbe des nächsten Gemüsetages nicht zu vergessen.

Und drittens gab es die Asis. Ein typisches Beispiel dafür war die quadratische Frau, die den prügelnden Latzhosenträger Justin in der Schlumpfgruppe absetzte. Auch an den Gemüsetagen hatte der kleine Schläger eine *BiFi* und ein *Snickers* dabei, was die Mutter mit den Worten begründete: »Der mag kein Obst.«

Ach so – und neuerdings gab es noch eine vierte Gruppe: die Väter!

Laut Doro eine sehr seltene Spezies, die erst seit Einführung der Vätermonate des neuen Elterngeldes vereinzelt zu beobachten war. Die neuen Helden des Alltags: Väter in Elternzeit. Auch die hatten natürlich nie das passende Gemüse dabei, aber das brauchten sie auch nicht, denn für einen Mann war es ja schon eine geradezu heroische Leistung, sich überhaupt der Herausforderung der Kindererziehung zu stellen. Die Väter wurden schon bewundert, wenn sie ihrem Nachwuchs die Straßenschuhe gegen Puschen tauschten.

Statt sich den Ingwerwurzeln ihrer Schützlinge zu widmen, lauerte Doro den ganzen Vormittag auf Danner. Der hatte es unter Vortäuschung einer Schreibtischreparatur geschafft, in das Büro von Simone Müller-Wunk zu gelangen. Im Vorbeigehen hatte ich ihn unter dem Schreibtisch liegen sehen, während der dicke Berti in einer Ecke lehnte und verträumt die Arbeitsplatte vor dem PC betrachtete. Doro – frisch blondiert – war im Laufe des Morgens übrigens zwölf Mal auf nicht unbedingt kindergartentauglichen Pumps an der offenen Bürotür vorbeigestöckelt.

Vielleicht hatte Simone Müller-Wunk ihr Handy ja auch nur verlegt und die ganze Aufregung war umsonst?

»Kein Handy – aber der Schreibtisch ist hin«, berichtete Danner, als er in der Mittagspause seinen klapprigen Geländewagen vor Molles Kneipe parkte.

Heute war es beißend kalt. Mein Atem bildete eine helle Wolke vor meinem Mund.

»Die Arbeitsplatte ist durchgeknackt«, fuhr Danner grinsend fort. »Die Müller-Wunk behauptet, sie habe sich draufgestellt, um ein Bild aufzuhängen. Sieht aber eher danach aus, als hätte Berti tatsächlich seine drei Zentner für 'n Quickie da draufgewuchtet.«

Danner drückte die Tür zur Gaststätte mit der Schulter auf und zog sich in der gleichen Bewegung die Mütze von der Glatze. Ich berührte den Messingtürgriff mit der Hand, die Kälte des Metalls tat mir an den Fingern weh.

Die Kneipe hingegen hatte Molle wie immer gut geheizt und es roch deftig nach Grünkohl. Auf unserem Tisch an der Theke standen bereits zwei dampfende Töpfe.

Ich setzte mich auf meinen Platz, Danners Stuhl neben mir war schon besetzt.

»Der Flohverteiler ist ja immer noch da, Molle!«, meckerte der Detektiv sofort.

Dem pelzigen Stuhlbesetzer entging Danners Angriff nicht, prompt ließ er ein empörtes Knurren hören.

»Schwing deinen haarigen Hintern von meinem Platz!«, knurrte Danner wütend zurück.

Einen Augenblick lang starrten sich Detektiv und Hund feindselig an.

»Rück halt einen weiter«, beendete Molle den Streit und zeigte auf Stascheks leeren Stuhl. »Lenny ist ja nicht da.«

Der Sieger der Auseinandersetzung hob triumphierend die feuchte, glänzend schwarze Nase. Danner fixierte ihn drohend, während er sich mir gegenüber fallen ließ.

»Was machen eure Ermittlungen?«, erkundigte sich Molle und schob mir einen Teller hin.

Danner winkte ab.

»Zur Abwechslung könntet ihr mal was für mich rausfinden.« Molle füllte meinen Teller, während Danner sich mit seiner Gabel schon eine Kartoffel aus dem Topf spießte.

Der Detektiv deutete mit dem aufgepikten Gemüse auf seine Stirn: »In der Mittagspause, oder was?«

»Wenn hier kein Essen auf dem Tisch stünde, hättet ihr allemal genug Zeit«, gab Molle zurück.

»Was sollen wir denn für dich rausfinden?«, erkundigte ich mich neugierig.

Molle deutete auf den Hund: »Fliege ist immer noch nicht aufgetaucht ...«

Ach.

»Welch Überraschung.« Danner verdrehte die Augen. »Wir rennen bestimmt nicht los und suchen die Parkbank, auf der dein Penner seinen Rausch ausschläft. Ich hab dir doch gleich gesagt, dass du den nicht so schnell wiedersiehst.«

»Wir hatten minus sechs Grad heute Nacht«, appellierte Molle an unser Mitgefühl.

»Mann, Molle!« Mitgefühl zählte bekanntlich nicht zu Danners Stärken.

»Für euch Meisterdetektive ist es doch eine Kleinigkeit, Fliege wieder aufzutreiben«, änderte Molle prompt seine Taktik und versuchte es mit Schleimen.

»Die Kleinigkeit könnten wir uns sparen, wenn du Möchtegernpfadfinder nicht jeden Tag eine gute Tat vollbringen müsstest«, motzte Danner weiter, weil er auch gegen Schleim jeder Art von Natur aus resistent war. »Kannst du nicht fürs Rote Kreuz spenden wie jeder andere normale Mensch?«

»Kannst du nicht deine Miete zahlen und dir dein Essen selber kochen wie jeder andere normale Mensch?«, konterte Molle, allmählich wirklich wütend. »Iss endlich und dann treib den verdammten Penner auf, damit ich die Ratte wieder loswerde. Der hat mir in die Bude gepinkelt heute Nacht.«

4.

Unsere Mittagspause war also nach knapp zwanzig Minuten beendet.

»Na schön, also was haben wir?«, fragte ich, während ich mir noch schnell meinen grünen Schlabberpulli über mein braves Praktikantinnen-Outfit zog und mir einen dicken Schal um den Hals wurschtelte.

Danner setzte seine Mütze wieder auf und schloss den Reißverschluss seines dunkelblauen Winterparkas bis ans unrasierte Kinn: »Wir wissen, dass Fliege an dem Abend noch ein paar Vampire jagen wollte.«

»Also suchen wir ihn auf dem Friedhof in irgendeiner Gruft?«, alberte ich, während ich mich bemühte, meine alte, blaue Cordjacke über den beiden Pullis zuzuknöpfen. Wegen Schal und Rollkragen ließen sich die oberen Knöpfe nicht schließen. Sobald die Müller-Wunk uns bezahlt hatte, musste ich mir unbedingt eine Winterjacke besorgen.

»Versuchen wir erst mal rauszufinden, wo sich Fliege rumtreibt, wenn er sich nicht bei Molle durchschnorrt«, schlug Danner vor.

Schon seit ein paar Tagen war es lausig kalt. Die Temperaturen krochen selbst gegen Mittag kaum mehr über den Gefrierpunkt.

Nach knapp fünfzehn Minuten Fußweg von unserer Detektei bis in die Innenstadt schlotterten mir die Knie. Ein klirrend kalter Wind heulte durch die engen Häuserschluchten der Bochumer Innenstadt und fraß sich durch meine zwiebelartig übereinandergeschichtete Kleidung.

Als wir den Westring überquerten, pfiff eine so boshafte Böe die Straße hinunter, dass ich den Rücken gegen den Wind drehte. Wir ließen uns ein Stück den Gehweg hinunterpusten, bis Danner am Willy-Brandt-Platz vor dem Rathaus plötzlich innehielt.

»Aha«, sagte er nur und wechselte die Richtung.

Das Bochumer Rathaus war ein kantiger, sechs Stockwerke hoher Klotz aus dickem Stein. Beeindruckend, beinahe bedrohlich, wie eine Festung. Die Fenster am Burgtor waren mit gusseisernen Gittern gesichert, die massiven Türen mit Metall beschlagen. Heute fehlte diesem Ort jede Farbe. Der dick bewölkte Januarhimmel war grau, die Steinplatten des Willy-Brandt-Platzes waren grau, die Festungsfront des Gebäudes war grau. Nicht mal die Stämme der wenigen kahlen Bäumchen hoben sich von der Farblosigkeit dieses Ortes ab. Die Baumkronen hatte man passend zu den kantigen Formen des Platzes schnurgerade gestutzt.

Grau schien auch die in Lumpen gehüllte Gestalt, die im Schutz des von schweren, eckigen Steinsäulen getragenen Dachüberstandes des Rathauses hockte.

Auf einem platt gedrückten Pappkarton saß der Mann auf der Steinbank, die sich an der gesamten Rathausfront entlangzog. Sonnenschein mochte diese Sitzgelegenheit angenehm warm aufheizen, doch bei diesen Temperaturen drohte man daran festzufrieren.

Neben dem Mann stand eine Bierflasche. Unter einem Schlapphut quollen schulterlang strähnige Haare hervor und das eingefallene Gesicht hatte eine unnatürlich gelbe Farbe. Über den Jochbeinen spannte sich die schlecht durchblutete Haut der Wangen, sodass ich die Konturen des Schädelknochens darunter erahnen konnte.

»Tach«, meinte Danner. »Wir suchen Fliege.«

»Wat?«

»Fliege.« Danner zupfte am Kragen seines Parkas. »Kollege von dir. Nicht besonders groß, kräftig, hat 'nen kleinen, schwarzen Hund und trägt 'n Sakko.«

»Kenn ich nich.«

Danner kramte sein Portemonnaie hervor und zog fünf Euro heraus. »Wirklich nicht?«

»Nur vom Sehen«, erinnerte sich der Penner prompt.

Ich betrachtete die Bierflasche, die der Mann nun mit beiden Händen umklammerte. Seine Finger waren lang, knochig, die Gelenke viel dicker als die Glieder dazwischen, die Nägel gelb, eingerissen und schmutzig.

»Weißt du, wo wir ihn finden?«

»Nö.«

»Kennst du jemand, der weiß, wo wir ihn finden?«

Der Obdachlose musterte Danner mit getrübtem Blick. Sogar seinen Augen fehlte eine Farbe, fiel mir auf. Das Weiße darin war gelblich verfärbt.

Danner zog weitere fünf Euro aus dem Portemonnaie.

»Frag mal die Weiber«, riet der Penner.

»Welche Weiber?«
»Ist egal.«

Als Nächstes versuchten wir es bei der *Tafel,* die an jedem Wochentag an einer anderen Ausgabestelle nicht mehr haltbare Lebensmittel aus Supermärkten, Geschäften und Restaurants an Bedürftige verteilte.

Mein Handy war internetfähig und ein kurzer Blick auf die Homepage der *Tafel* hatte uns verraten, dass die Ausgabe dienstags praktischerweise ab dreizehn Uhr an der Pauluskirche in der Innenstadt stattfand.

Nach fünf weiteren Minuten zu Fuß durch die von der Kälte leer gefegte Einkaufszone erreichten wir die schmale Gasse, die auf den Kirchhof führte.

Auch hier bemerkte ich die Enge. Vierstöckige, hellgraue Gebäudewände grenzten den Platz vor der Kirche ein. Mir kam es vor, als rückten sie immer näher. Uralte, mit Efeu bewachsene Bäume reckten knorrige Stämme und kahle Äste zwischen den Häusern zum Himmel empor. Efeu rankte sich auch um die hohen Bleiglasfenster des kurzen Sandsteinbaus mit dem spitz in die Wolken pikenden Kirchturm.

Ich staunte nicht schlecht über die Menge dick vermummter Menschen, die sich dem Wetter zum Trotz zwischen der halbhohen Kirchenmauer und einem provisorischen Bauzaun vor dem Eingang versammelt hatte.

»Würde mich interessieren, ob die Sonntagspredigt genauso gut besucht wird«, bemerkte Danner.

Kinder mit Mützen und Handschuhen rannten kreischend durcheinander, farbige und weiße. Einige Rentnerinnen hatten sich, auf ihre Rollatoren gestützt, an die Mauer angelehnt. Eine gepflegte ältere Dame in einem altrosa Mantel unterhielt sich lachend mit einer jungen Mutter, die einen Kinderwagen hin- und herschuckelte. Hinter den beiden Frauen stand ein Wildwestfan mit Schnurrbart, Cowboyhut und Lederstiefeln mit zwei bärtigen Harley-Davidson-Freunden. Die Älteren zogen Einkaufstaschen auf Rädern – vorzugsweise kariert – hinter sich her, andere hatten Körbe, Taschen, einige nur ein paar zusammengeknüllte Plastiktüten dabei.

Offensichtlich zählten nicht nur Obdachlose zu den ›Kunden‹ der *Tafel*. Tatsächlich schien sogar der Großteil der Bedürftigen Rentner oder Mütter mit Kindern zu sein. Ich hatte mir noch nie Gedanken darüber gemacht, wer gespendete Lebensmittel benötigte, erkannte ich. In meinem ersten Leben als behütete Oberstaatsanwaltstochter waren Hilfseinrichtungen dieser Art schlicht und einfach nicht vorgekommen.

Danner riss mich aus meinen Gedanken.

Er deutete auf eine Frau mit gebeugtem Rücken, die Erste in der Reihe. Sie wartete, mit dem Rücken an die steinerne Säule neben der hölzernen Kirchentür gelehnt. Die Alte sah aus wie schon lange verstorben – und plötzlich kamen mir Flieges Vampirgeschichten gar nicht mehr so absurd vor. Ihr zerfurchtes Gesicht war von braunen Altersflecken übersät wie von platt gedrückten Rosinen. Die Haare hingen struppig herunter. Die Frau kam durchaus als Kollegin unseres verschwundenen Penners infrage. Sie bemerkte Danners Blick und grinste ihn lückenhaft an. Einzelne gelbe Zähne ragten aus bräunlichem Zahnfleisch.

Doch bevor wir die Frau erreicht hatten, wurde die Holztür mit einem Klacken entriegelt und schwang quietschend auf. Die Alte huschte als Erste ins Innere der Kirche. Und der Strom aus Menschen ergriff uns und spülte uns ebenfalls auf die dunkle Türöffnung zu. Schon standen wir eingekeilt zwischen Mauer, Bauzaun und schiebenden Menschen in der auf das Portal zukriechenden Schlange.

Den Vorraum der Kirche trennte eine Bierzeltbank in Eingang und Ausgang. Brav stellten sich alle Kunden auf der rechten Seite an, wo eine zierliche Frau mit kurzem, weißem Haar an einem wackligen Tischchen zur Kasse bat.

Achtung, las ich über ihr auf einem Pappschild. *Der Spen-denbetrag pro Lebensmittelration hat sich ab sofort auf zwei Euro erhöht!*

»Wat soll dat heißen, zwei Euro?«, ereiferte sich da schon der Cowboy lautstark. »Wir sind hier nich anner Börse, dass ihr einfach die Preise hochziehen könnt!«

»Sorry, Jo.« Die Kassiererin hob beschwichtigend die Hände.

»Die Supermärkte haben neue Vorschriften, wegen der Hygiene und so. Die werfen jetzt jeden Tag nach Laden-schluss alle abgelaufenen Waren weg. Egal, ob die noch gut sind oder nicht.«

Es lebe der Wohlstand.

»Na und?«, grollte der Westernfan.

»Wir müssen jetzt jeden Tag jemanden hinschicken statt nur zweimal die Woche. Und wenn wir zu spät kommen, haben die trotzdem schon alles weggeschmissen. Wir brau-chen mehr Leute und mehr Sprit und so weiter. Deshalb mehr Kohle.«

»Das ist doch Hundekacke!«, wurde Jo noch lauter. Die hinter ihm Schlangestehenden brummelten zustimmend. »Die schmeißen das lieber weg statt es uns zu geben?«

»Genau. Die heißen nämlich nicht Robin Hood und ver-teilen an die Armen, Schätzeken! Einen Supermarktmanager interessiert nicht, ob du diese Woche was zu essen hast«, erklärte die Weißhaarige geduldig. »Und ich kann von mei-ner Rente auch nicht für jeden hier das Essen bezahlen. Also musst du ab heute zwei Euro berappen, kapiert?«

»Ich hab aber nur einen Euro dabei, Elsbeth!«, knurrte der Cowboy.

Elsbeth winkte ihn durch: »Aber nächsten Monat denkste dran, wenn du deine Stütze kriegst, verstanden?«

Fluchend marschierte der Cowboy in die Kirche.

»Na, zum ersten Mal hier?«, erkundigte sich die Frau da bereits bei Danner.

»Ja«, nickte der. Er ließ sein Portemonnaie aufklappen und die Weißhaarige einen kurzen Blick auf eine Farbkopie von Stascheks Dienstausweis werfen, auf die er sein eigenes Passfoto gebastelt hatte. »Wir suchen Fliege.«

Erlauben konnte er sich solche hilfreichen Ermittlungsmethoden erst, seit er über einige säuberlich abgeheftete Fotos der Kripochefin in Strapsen verfügte.

Die Kassiererin zuckte die Schultern: »Kenn ich nicht, aber sehen Sie sich ruhig selbst um.« Damit winkte sie uns ebenfalls ins Innere der Kirche.

Einen Moment lang sah ich im Halbdunkel nur die hohen, kunterbunt leuchtenden Bleiglasfenster, die rund um mich herum zur Decke strebten.

Laute Stimmen hallten gar nicht ehrfürchtig durch den Altarraum. Als sich meine Augen an das Dämmerlicht gewöhnt hatten, erkannte ich weitere Bierzelttische, die direkt vor mir im schmalen Gang hinter den hölzernen Kirchenbänken aufgebaut waren. Plastikkörbe und Kühlboxen aus Styropor waren über- und nebeneinander gestapelt. Die daran vorbeidrängelnden Leute füllten Taschen und Tüten mit nicht mehr ganz frischem Obst, Brot, Margarine, Joghurt, übrig gebliebenen Schokoweihnachtsmännern und sogar Fertiggerichten von *Weight-Watchers.*

»Na, Schnucki? Du stehst wohl auf mich, wa?« Die mutmaßlich Obdachlose hatte ihre riesige Aldi-Tüte prall gefüllt. Ohne Kontaktscheu kniff sie Danner in den Hintern.

Danner schob sich die Mütze ins Genick: »Hab leider keine Zeit, Süße. Ich such Fliege.«

Missbilligend runzelte die Frau ihr zerfurchtes Gesicht: »Biste schwul, oder was?«

Danner verkniff sich ein Grinsen. »Weißt du denn, wo ich den finde?«

Sie schüttelte bedauernd den Kopf. »Hat sich lange nicht mehr blicken lassen. Hätt ihm ja gern mal wieder seinen knackigen Hintern gewärmt, bei dem Scheißwetter.«

»Kennst du jemanden, der weiß, wo ich ihn finde?«

Sie kniff die Augen zu zwei faltigen Schlitzen zusammen und musterte erst Danner, dann mich misstrauisch. »Was willste 'n von dem?«

»Er hat seinen Köter verloren.«

Die Frau zögerte einen Moment.

»Dann frag mal die Eule«, entschied sie sich schließlich, uns weiterzuhelfen. »Die hat was mit dem. Vielleicht weiß die, wo der jetzt pennt. Meistens verkauft se *bodo* am Dr.-Ruer-Platz.«

»*bodo?*«

Der spöttische Blick der Untoten verriet, dass sie bei mir eine Bildungslücke entdeckt zu haben glaubte, die problemlos mit den Ausmaßen der Löcher ihrer Zähne konkurrieren konnte: »Das ist die Straßenzeitung hier in Bochum und Dortmund.«

Ach so. *Bo – Do* eben.

»Einer der wenigen Jobs, die unsereins auch ohne festen Wohnsitz bekommt, Süße.«

5.

Meine Bildungslücke war eine auf Recyclingpapier gedruckte Zeitschrift, deren aktuelles Titelfoto eine füllige Frau in einem weißen Kittel zeigte, und kostete einen Euro achtzig.

Seit fünfzehn Jahren behandelt Dr. Raissa Schmidtmeyer Obdachlose ehrenamtlich, lautete die Überschrift.

Danner drückte der Verkäuferin zwei Euro in die Hand und nahm sich die oberste Zeitschrift vom Stapel.

Die Frau hatte flaumig-dünne Haare, denen eine schiefgegangene Färbung einen orangefarbenen Schimmer verlieh. Ein Haufen silbriger Ringe glänzte in beiden Ohren. Sie hockte neben dem Zeitschriftenstapel auf einer Wolldecke und blinzelte durch eine runde Brille. Die dicken Gläser vergrößerten ihre von langen Wimpern umrahmten Augen so stark, dass sie das gesamte Glas auszufüllen schienen.

Eule. Kein Zweifel.

»Fliege? Hab ich seit Tagen nicht gesehen.« Ihre Stimme klang brüchig und leise. Ihr Blick flitzte gehetzt zwischen Danner und mir hin und her und ihr Gesicht färbte sich kalkweiß, als hätten wir eine Bombendrohung bekannt gegeben.

Eilig packte sie ihre Zeitungen zusammen, um die Flucht ergreifen zu können.

»Ich hab gehört, Sie wissen, wo Fliege pennt«, hakte Danner nach.

Eule schüttelte abwehrend den Kopf: »Ich kenn den nicht. Ich weiß nicht, wo der ist.«

Sie war kleiner als ich, registrierte ich, als sie aufstand. Und nicht gerade schlank.

»Und ich hab gehört, Sie bumsen ihn«, wurde Danner allmählich ungeduldig.

»Ich?«

»Ja.«

»Ich – ich bums den nicht!« Die Frau schüttelte erschrocken den Kopf. »Bestimmt nicht! Ich nicht.«

Den Kopf tief gesenkt, unter dem einen Arm den Zeitungsstapel, unter dem anderen ihre Wolldecke, hastete sie los. Weil sie nicht die Dünnste war und zudem leicht hinkte, hielten Danner und ich mühelos mit ihr Schritt.

»Aber Sie hatten mal was mit ihm?«, fragte Danner unbarmherzig weiter.

»Schon seit Wochen nicht.« Sie bemühte sich, noch schneller zu laufen.

Wir kamen der Sache näher.

»Wir wollen ja auch nur wissen, wo er jetzt steckt.«

Schulterzucken.

»Na schön.« Abrupt blieb Danner stehen. »Dann richten Sie ihm aus, wir haben seinen Köter ins Tierheim gesteckt, wenn Sie das nächste Mal was mit ihm haben!«, rief er der flüchtenden Frau nach.

Eule zuckte zusammen. »Mücke?« Ihre Schritte verlangsamten sich merklich.

Hm. Ganz so flüchtig schien die Bekanntschaft doch nicht gewesen zu sein, wenn sie sich noch an den Namen der kleinen Zeckenzucht erinnerte.

In sicherer Entfernung zu uns drehte sich die Zeitungsverkäuferin um. Der Blick hinter den dicken Brillengläsern hetzte panisch von Danner zu mir, dann sah sie wieder stur auf den Boden.

Ich überlegte, ob sie Drogen nahm.

»Ja, Mücke. Klein, schwarz, nicht stubenrein.«

Weil Eule sich nicht entschließen konnte, ob sie antworten wollte oder nicht, drohte sie jeden Moment in Tränen auszubrechen.

»Fliege hängt in letzter Zeit öfter am Bahnhof ab«, rückte sie schließlich weinerlich mit der Sprache raus. »Der lässt sich bei mir nicht mehr blicken.«

Na also. War doch gar nicht so schwer gewesen.

»Ey, Ische, Bock auf Party?«

Ein Junge mit Irokesenfrisur à la Tokio Hotel steuerte direkt auf mich zu. Es war zwar erst früher Nachmittag, kurz vor zwei, trotzdem war er offensichtlich bereits vollstramm. In der Hand hielt er eine Colaflasche. Die Lautstärke, mit der er hinter mir hergrölte, verriet jedoch jedem im Umkreis von hundert Metern, dass da keine Cola drin war.

Eine ganze Gruppe Jugendlicher hockte links neben dem Eingang des Bochumer Hauptbahnhofs unter dem weit ausladenden Dachüberstand. Die Kids hatten sich auf einer kleinen Betonstufe zwischen den grün gestrichenen Stahlträgern der Bahnhofskonstruktion niedergelassen.

Jetzt hörten sie auf, Pappbehälter von *McDonald's*, Zigarettenkippen und Kronkorken um sich herum zu verteilen, und johlten begeistert auf. Drei weitere Punks gesellten sich zu meinem Verehrer.

Ich ging weiter, etwas schneller als vorher vielleicht.

»Wat willste mit dem alten Sack da?« Spritzend fuchtelte der Tokio-Hotel-Fan seine Colaflasche in Danners Richtung. »Der bringt's doch nich mehr! Ich schwör dir, ich mach's dir besser!«

Ich merkte, dass Danner hinter mir zurückblieb.

Zu den ausgefallenen Frisuren trugen die Jugendlichen Armeehosen, Piercings, Stachelhalsbänder und jeder mindestens ein sichtbares Tattoo.

Es war ja nicht so, dass ich kein Verständnis für Kinder hatte, die sich eine extravagante Frisur zulegten, um ihre Eltern zu ärgern. Schließlich waren meine eigenen Haare die längste Zeit meiner Pubertät über lila gewesen. Aber man konnte alles übertreiben. Und auch mit dem Alkohol hatten die Jungs es hier definitiv übertrieben.

»Komm schon, du Möse! Bist doch nass!« Ein schlaksiger, rotblonder Junge mit Sommersprossen und noch mehr Pickeln rund um eine kindlich-niedliche Stupsnase versperrte uns den Weg. Zu seiner Lederweste trug er schwere Panzerketten um den Hals und an jedem Finger einen klobigen Silberring.

Danner blieb endgültig stehen.

Ich war mir ziemlich sicher, dass das keine gute Idee war.

»Halt die Fresse, Bohne!«, mischte sich der Irokese wieder ein. »Die Braut hab ich zuerst gesehen!«

Mittlerweile waren es bereits sieben schwankende Gestalten, die uns bis vor den im Bahnhofsgebäude gelegenen *McDonald's*-Imbiss gefolgt waren.

Der Tokio-Hotel-Sympathisant packte den Schmuckfetischisten an der Schulter. Der wirbelte herum und schubste den Angreifer grob zu Seite.

»Ey, fass mich nicht an, Alter!«

Ich nutzte die Gelegenheit, um Danner vorwärtszuziehen.

»Die haben zu viel getankt«, erklärte ich, als wir einigermaßen außer Hörweite waren. »Versuchen wir's heute Abend noch mal. Vielleicht finden wir dann einen, der noch ansprechbar ist.«

6.

»Heute Morgen war noch alles in Ordnung«, heulte Doro gerade, als ich leicht verspätet nach der Mittagpause in den Schlumpfgruppenraum trat. »Und ich hab bestimmt abgeschlossen, ich kontrollier das immer. Herd ausschalten, Stecker vom Bügeleisen rausziehen, Tür abschließen! Immer!«

»Was ist denn passiert?« Ich wickelte den Wollschal von meinem Hals.

»Bei Doro ist eingebrochen worden.« Friederun, eine überzeugt christliche Zwergenhüterin, rubbelte der pummeligen Blondine tröstend den Rücken.

»Am helllichten Tag!«, schniefte Doro empört. »Sind mit 'nem Kleintransporter vorgefahren. Die dämliche Kruse aus dem ersten Stock hat die sogar zur Wohnung geführt.«

»Wie bitte?«, staunte ich.

»Der nette, junge Mann hat gesagt, er wäre mein neuer Freund. Er wolle ein paar meiner Sachen in seine Wohnung bringen, wir würden bald zusammenziehen«, nuschelte Doro zwischen Schluchzern. »Die haben den Laptop, den Fernseher, die Stereoanlage, den *Miele*-Herd, sogar den neuen Bio-Ethanol-Kamin mitgenommen.«

»Einfach so?«

»Die alte Kruse hat ihnen die Wohnung wahrscheinlich sogar aufgeschlossen!«

»Das kann doch nicht wahr sein?!«, Friederun stemmte empört die Hände in die Taille.

Auch ich konnte Doro das kaum glauben.

»Sie gibt das natürlich nicht zu! Aber als Hausverwalterin hat sie einen Zweitschlüssel und das Türschloss wurde nicht aufgebrochen. Und die Geschichte mit meinem neuen Freund hat sie denen ja auch abgekauft.«

Uff.

»Jedenfalls hab ich Anzeige erstattet. Und jetzt soll ich genau gucken, was fehlt, und mich dann auf dem Polizeipräsidium melden.«

Klar.

»Du müsstest deshalb heute länger bleiben und mir beim Aufräumen helfen, Lila«, informierte mich Friederun.

Na toll.

»Ihr glaubt doch nicht, dass ich noch 'ne Nacht lang stündlich mit dem blasenschwachen Köter Gassi gehe«, beschwerte sich Molle, als ich mich nach neunzehn Uhr erschöpft neben Danner auf den Stuhl fallen ließ.

Ich war mittlerweile über zwölf Stunden auf den Beinen – abgesehen von den gerade mal zwanzig Mittagspausenminuten – und hatte nach einem vorgezogenen Frühjahrsputz mit der zwanghaft reinlichen Friederun überhaupt keine Lust, mich gleich wieder auf die Suche nach dem verschwundenen Penner zu machen.

»Wenn ihr zur Abwechslung mal was für mich machen sollt, stellt ihr euch an!« Molle nahm Danner sein Bier weg. »Der Köter hält meinen Wohnzimmerteppich für eine Wiese, also bewegt endlich eure Hintern.«

Ich hätte mir an diesem Abend was Schöneres vorstellen können, als eingezwiebelt in drei dicke Pullover, zwei übereinandergezogene Jeans, Jacke, Schal und Mütze in Richtung Hauptbahnhof zu marschieren. Aber was tat man nicht alles für ein warmes Essen.

Vor dem Bahnhof herrschte trotz der Eiskälte scheinbar Happy Hour.

Den Schmuckfetischisten mit dem Kindergesicht erkannte ich sofort wieder. Natürlich war er seit heute Mittag nicht spontan ernüchtert. Neben dem Kettenträger schwankte ein gefühlt zwei Meter fünfzig großer Dicker mit einem grünen Ziegenbart. Zwei kleinere Punks bemühten sich, den Riesen am Umkippen zu hindern. Der Schmuckfreund verteilte Dosenbier.

»Vielleicht finden wir im Bahnhof ansprechbarere Kids«, hoffte ich.

»Vergiss es«, winkte Danner ab. »Ich hab keinen Bock, mich wegen dem Penner hier den ganzen Abend festzuquatschen.«

Die Hände in den Jackentaschen steuerte Danner auf einen etwas abseits stehenden Jungen zu. »Hey!«

Ein magerer Typ, auf dessen Bomberjacke ein fast meterlanger geflochtener Zopf von einer rasierten Glatze baumelte, drehte sich zu uns um.

»Häh?«

Zwischen verquollenen, müden Augen ragte eine gebogene Geierschnabelnase aus einem schmalen Gesicht. Mit hängenden Schultern starrte er durch uns hindurch. Auch der Typ war kurz vorm Koma.

»Wo finde ich Fliege?«, wollte Danner direkt wissen.

Der Name des Penners ließ den Jungen aus seiner Lethargie schrecken. Schlagartig wurde er wach und blinzelte unsicher.

Im gleichen Augenblick stand auch der Kettenträger neben uns. Ich hatte weder damit gerechnet, dass er Danners Frage hören würde, noch mit der Schnelligkeit, mit der er sich umdrehte. Der war weniger zugedröhnt, als es zuerst den Anschein hatte.

»Nach wem hast du gefragt, du Sack?«, brüllte er laut und baute sich vor Danner auf.

Danner musste zu dem großen Jungen aufsehen. »Nicht nach dir«, gab er sich unbeeindruckt.

»Du suchst Ärger, was?«, schnappte der Schmuckfreund bissig.

Wie Schafe einer Herde scharten sich seine Kumpel um ihren klimpernden Leithammel. Der schwankende Ziegenbart befreite seine Arme aus der Umklammerung der beiden anderen.

»Hab gehört, Fliege hängt hier öfter ab«, blieb Danner hartnäckig.

Der Glatzkopf mit dem Zopf wich erschrocken hinter seinen angriffslustigen Kollegen zurück: »Fliege hab ich seit Wochen nicht gesehen!«

Er erblasste, als hätte sich Danner nach Osama bin Laden erkundigt.

»Haste was mit den Ohren, Alter?«, brüllte der Kettenträger wütend dazwischen und kam drohend auf Danner zu. »Wenn ich den Penner in die Finger kriege, schlag ich ihn tot! Das ist ein Versprechen! Und wenn du hier noch mal aufkreuzt und blöde Fragen stellst, passiert dir das Gleiche, du Wichser! Dann kannste dich neben deinem Kumpel beerdigen lassen!«

Er kam Danner so nah, dass er für diese Frechheit eine Ohrfeige kassieren würde. Im nächsten Moment begriff ich, dass der Punk gar nicht stehen bleiben wollte. Grob rempelte er Danner an.

Danner wich rückwärts aus, griff in derselben Bewegung beide Schultern des Teenagers, drückte seinen Oberkörper herunter und rammte ihm mit Wucht ein Knie in den Bauch.

Im gleichen Augenblick krachte mir etwas auf die linke Schulter und ließ mich taumeln.

»Lass Bohne los, du Arsch! Oder der Süßen hier passiert was!«

Der Ziegenbart hatte mich mit einer Hand an der Schulter gepackt. Er schaukelte mich hin und her – nicht um Danner zu drohen oder mich am Weglaufen zu hindern, begriff ich, sondern weil er selbst etwas zum Festhalten brauchte.

Der Riese kämpfte gegen die Schwerkraft, um nicht umzu-
kippen.

Trottel!

Mit beiden Händen packte ich die Pranke auf meiner
Schulter, warf mich nach vorn und riss den Dicken von den
Beinen. Er war so besoffen, dass er ungebremst mit dem
Gesicht aufs Pflaster krachte und liegen blieb.

Ich wirbelte herum, um mich gegen weitere Angreifer zu
verteidigen, doch die übrigen Punker hielten Abstand. Alle
starrten Bohne, den Kettenträger, an. In dem Rudel war er
anscheinend so etwas wie der Chef.

Hinter den sicheren Scheiben des Bahnhofsimbisses starrten zwei gelb uniformierte *McDonald's*-Mitarbeiter ebenfalls.

Weil der Chef zusammengekrümmt auf dem Boden lag,
Danners Stiefel im Nacken, warteten die Übrigen unentschlossen ab.

Der Ziegenbart stemmte sich mühsam auf alle viere und
sabberte Blut auf die Pflastersteine.

»Also noch mal von vorn«, knurrte Danner die ratlosen
Teenager an. »Wo finden wir Fliege?«

»Lass mich los und ich mach dich kalt!«, tobte Bohne.

Da er noch immer unter Danners Schuh klemmte, mit der
rechten Wange auf das schmutzige Pflaster gepresst, überzeugte er nicht ganz.

»Noch ein Wort und du kannst dir mit deinem Kumpel
zusammen einen Zahnarzttermin besorgen«, warnte ihn
Danner.

Und tatsächlich: Bohne biss sich wütend auf die Lippen.

Danner sah mich an. Ich zuckte die Schultern. Zugleich
nahmen wir Abstand von den am Boden liegenden Jugendlichen.

Bohne sprang sofort auf die Füße und wischte sich fluchend den Dreck und eine Zigarettenkippe aus dem Gesicht.
Der Ziegenbartträger hingegen brauchte Hilfe beim Aufstehen.

»Lass dich hier bloß nicht wieder blicken! Ich schlag dich tot, du Wichser, ich schlag dich tot! Hast du verstanden?«, schrie Bohne uns mit vor Wut überkippender Stimme nach.

Im Gehen hob Danner den Mittelfinger der rechten Hand.

»Ihr habt ihn immer noch nicht? Was zum Teufel ist so schwierig dran, einen Penner aufzutreiben?« Molle rummste Danner ein Bier unter die Nase.

Mücke kläffte die Beine des Wirtes an.

»Das Vieh springt nachts in mein Bett, pisst in die Bude und ich muss dreihundertmal am Tag Gassi gehen«, schimpfte Molle weiter.

»Ist gut für die Figur.« Danner tätschelte Molles fleckige Schürze.

Molle zog ihm den Teller mit dem Schnitzel wieder weg: »Statt blöde Sprüche zu klopfen, solltest du deinen Superschnüfflerarsch mal ein bisschen schneller bewegen. Schließlich hast du den armen Kerl vor die Tür gesetzt.«

»Jetzt mach aber mal halblang, Molle«, schnauzte Danner verärgert. »Wir haben den Penner schließlich nicht aus seiner Wohnung gejagt.«

Sekundenlang runzelte Molle wütend die Stirn. Dann ließ sich der dicke Wirt ächzend neben Danner auf den Stuhl sinken.

»Mann, mach dir mal keinen Kopp, Molle.« Danner klopfte seinem Kumpel beruhigend auf die Schulter. »Ist doch nicht Flieges erster Winter auf der Straße.«

»Wenn der heute Abend nicht auftaucht, sucht ihr morgen weiter«, bockte Molle.

»Aber nicht wieder in der Mittagspause.«

Der verfilzte Stubenpinkler flog auf den Schoß des Wirtes und leckte ihm tröstend durch das Gesicht. Obwohl das Tier noch einen halben Meter von mir entfernt war, konnte ich die Duftwolke, in der es hockte – eine Mischung von Fell, Hundefutter und Bier? –, unmöglich ignorieren.

Molle kraulte den Hund hinter den verfilzten Ohren.

»Du solltest den Stinker mal baden«, fand ich.

7.

»Justin hat mir mein Nutellabrot geklaut«, nölte Till-Schlumpf am nächsten Vormittag.

Seufzend sah ich hinunter auf das echte *Lacoste*-Mini-poloshirt der kleinen Petze. Zweifellos würde der als zehn Jahre älterer Gymnasiast immer noch das Gleiche sagen, während Dickerchen Justin wohl eine Bilderbuchkarriere als Schutzgelderpresser bevorstand. Und nach einem mittelmäßigen Hauptschulabschluss bequemes Abhartzen. Oder ein Platz auf der Parkbank, gleich neben unserem Kumpel Fliege.

Manchmal überraschten mich meine merkwürdigen Gedankengänge selbst. Was für ein Quatsch! Man konnte den Kleinen wohl kaum ansehen, was später mal aus ihnen wurde. Oder?

Ich versuchte mir Till in vierzig Jahren vorzustellen, ein größerer, dünnerer, schüchterner Doppelgänger unseres gesuchten Penners, der verfilzte Bart rötlich. Es wollte mir einfach nicht gelingen, mein fiktiver Alt-Schlumpf erinnerte stark an einen Bankangestellten. Gut, so könnte es funktionieren: Till scheiterte als korrupter Bankmanager, wurde gefeuert und landete so auf der Straße …

»Liiiiiiilaaaaa!«, kreischte Till erbost los, weil ich ihn noch immer interessiert betrachtete, ohne mich um sein Nutella-brotproblem zu kümmern.

Ich seufzte.

Tills Glück war, dass Justin sein Frühstück immer in einer Wegwerfmülltüte mitbrachte. Der dickliche Junge hatte sich mit seiner Beute in der Kuschelecke unter der Treppe hinter einem großen roten Sitzkissen verschanzt und kämpfte mit dem komplizierten Öffnungsmechanismus von Tills Tupperfrühstücksbox.

»Justin! Das ist Tills Frühstück!« Ich bückte mich unter die Treppe.

Justin schleuderte mir ein Kissen entgegen.

»Her damit!« Mit einem schnellen Griff schnappte ich dem Wutzwerg die widerstandsfähige Box aus der Hand und warf einen kurzen Blick auf den zähnefletschenden T-Rex auf dem Deckel. Unterdessen lag Justin hysterisch kreischend und strampelnd zwischen den Kissen.

Und die Brotdose öffnete sich – Abrakadabra – in Tills winzigen Fingerchen wie durch Zauberhand.

Ich versuchte, mir das wild um sich tretende Kind, das seine kleinen Fäuste zornig in die dicken Kissen rammte, als erwachsenen Justin mit Brille und Aktenkoffer vorzustellen.

Ein Vorhaben, das eine gute Stunde später vollends zunichte gemacht wurde. Und zwar von einer fünfzehn Jahre älteren und hundert Kilo schwereren Ausgabe des Pausenbrotdiebs. Justins großer Doppelgänger hatte offenbar den Auftrag, seine kleine Kopie abzuholen.

»Komm schon, Zecke«, kommandierte der Große, der in etwa in meinem Alter sein musste, genervt. Er trug Springerstiefel, Glatze und eine Bomberjacke, aus deren Kragen eine Speckrolle statt eines Nackens quoll. Der große Bruder oder der mal locker zwanzig Jahre jüngere Stecher von Justins quadratischer Mutter. Beide Möglichkeiten waren ohne Weiteres denkbar.

Im Vorbeigehen steckte Justin noch schnell einen kindergarteneigenen Gummigeier in die Hosentasche.

In Sachen Sex-Handy kamen wir einfach nicht weiter.

Morgens, mittags und abends versuchte Danner regelmäßig, das Telefon zu orten. Dank GPS und Internet eine einfache Möglichkeit, den Aufenthaltsort eines Mobiltelefons zu bestimmen. Dazu musste man nur die Telefonnummer kennen. Leider funktionierte diese praktische Ermittlungshilfe für Privatdetektive nur, solange der Akku im Gerät war.

Das gesuchte Handy von Frau Müller-Wunk war seit Beginn unserer Ermittlungen nicht zu orten gewesen. Vielleicht war also der Akku leer, immerhin lagen zwischen dem Verschwinden des Telefons und dem Beginn unserer Arbeit drei Tage. Oder es gab tatsächlich einen Dieb. Einen, der clever genug gewesen war, den Akku zu entfernen. Was allerdings gegen den dicken Berti als Täter sprechen würde, denn dem traute ich so viel kriminelle Weitsicht nicht zu.

Frau Müller-Wunk hingegen hatte immerhin genug Weitsicht besessen, ihr Handy mit einem sogenannten *Silent Finder* auszurüsten, ein Programm, das das Handy durch Senden eines Codes per SMS dazu brachte, Alarm zu schlagen. Eine praktische Einrichtung für Menschen, die dazu neigten, ihr Telefon zu verlieren.

Danner und ich hatten also die Nummer des vermissten Apparats auf unseren eigenen Geräten gespeichert und in verschiedenen Räumlichkeiten des Kindergartens versucht, den Alarm auszulösen – ohne Erfolg.

Das Handy blieb verschollen und ich würde morgen wieder das Vergnügen haben, einen spannenden Tag unter Zwergen zu verbringen. Auf den winzigen Kinderstühlen an den niedrigen Tischen der Kita fühlte ich mich allmählich wie Gulliver in Liliput.

Doch bevor ich mich auf meinen nächsten Tag im Schlumpfland freuen konnte, stand uns ja an diesem Abend bei minus sechs Grad noch die mindestens ebenso erfreuliche Suche nach Fliege, dem Hunde-Aussetzer, bevor.

Trotz der Kälte, der tiefschwarzen Wolken und der hereinbrechenden Dunkelheit hatten sich heute rund zwanzig eher mehr als weniger verwahrloste Teenager auf den öffentlichen Bänken des Busbahnhofs vor *McDonald's* niedergelassen. Sie rauchten, soffen, lärmten.

Danner parkte seinen klapprigen Geländewagen auf der anderen Seite des gläsernen Vorbaus der Bahnhofshalle zwischen einigen Taxis. Ein südländischer Taxifahrer schien sich nicht besonders über unser sperriges Ungetüm von einem Auto zu freuen, das mal eben zwei Taxenstellplätze belegte. Er meckerte auf Türkisch.

»Sorry, Kumpel. Ich nix verstehen«, entgegnete Danner und ließ den schimpfenden Taxifahrer stehen.

Ich zuckte entschuldigend die Schultern und rannte Danner hinterher, denn ich hatte keine Lust, sein unmögliches Parkverhalten auszubaden und mir das Gemecker von zehn bis zwölf Taxifahrern anzuhören, die um seine im Weg stehende Schrottschüssel herummanövrieren mussten.

Danner steuerte zielstrebig am gläsernen Eingang des Hauptbahnhofs vorbei auf die Besoffenen am Busbahnhof zu.

Irgendwer rülpste.

Um keine Wiederholung der Anmache von den Besoffenen zu provozieren, zog ich mir die Kapuze meiner Cordjacke über die blonden Haare und marschierte im Schatten des Bahnhofsgebäudes weiter, statt wie Danner die gepflasterte Fahrspur der Busse zu überqueren.

Während Danner an die grell beleuchteten Busfahrpläne neben die lärmenden Punks trat, entdeckte ich zwei pummelige Gestalten, die unter einer Straßenlaterne auf öffentlichen Bänken saßen. Hinter den beiden vermummten Mädchen ragten die zwei Stämme eines Baumes in den Nachthimmel. Die Vorderseiten des kahlen Gewächses schienen im grellen Laternenlicht zu leuchten, die Rückseiten verschwanden im Schatten. Das Klappern der Imbissküche und die vorbeirauschende Straße verbreiteten Gemütlichkeit.

Gegenüber, mitten auf der Kreuzung von Ring und Universitätsstraße, steckte ein riesiger, rostiger Stahlklotz im Asphalt. Wie ein alter Container, der irgendwann mal aus dem Frachtraum eines Flugzeuges gestürzt und dort stecken geblieben war, das dachte ich jedes Mal, wenn ich das Ding sah.

Beide Mädchen waren stark übergewichtig. Unter der Bomberjacke des dickeren quoll der Kälte zum Trotz eine nackige Speckschicht von der Breite eines Kinderschwimmrings zwischen einem olivgrünen T-Shirt und einer überbreiten Hüftjeans hervor. Die fettigen Haare hatte sie zu einem strähnigen Pferdeschwanz von undefinierbarer Farbe zusammengewurschtelt. Ihr Hintern passte kaum zwischen die Kanten der Ziegelmauer, in die die kurze, zersplitterte Holzbank eingelassen war.

Die andere, kleinere, trug Kleidungsschichten, die meinem eigenen bewährten Zwiebel-Outfit gar nicht unähnlich waren – bis auf die Farbwahl, die eine mehr oder weniger ausgeprägte Depression vermuten ließ. Von ihren langen, rabenschwarz gefärbten Haaren hoben sich ein paar rote Strähnen ab. Unter einer weiten, ausgefransten Strickjacke trug sie zwei bis drei weitere Shirts, durch deren zerlöcherte Ärmel sie ihre Finger gesteckt hatte. Dazu eine schwarze Hose, Stiefel, Stulpen und Strickmütze. Den Schal hatte sie bis übers Kinn hochgezogen – gerade so weit, dass sie den Joint im Wechsel mit einer Zigarette zwischen ihre beiden Unterlippenpiercings stecken konnte. Die schlichten Silberringe glänzten in Verlängerung ihrer Eckzähne.

Vor den starren Stämmen des Zwillingsbaumes, die sich hinter den Mädchen aus dem Fast-Food-Verpackungsmüll erhoben, sorgte sie für Gruselflair. Vampirmäßig.

»Hat eine von euch mal 'ne Kippe für mich?«, sprach ich die Mädchen an, obwohl ich seit Wochen nicht mehr geraucht hatte. Aber noch immer waren die Dinger ein wirksames Hilfsmittel, um ein Gespräch in Gang zu bringen.

Das Vampirmädchen hielt mir ein Päckchen hin.

Ihre rot gefrorenen Wangen waren füllig, doch im Verhältnis zu ihrem unförmigen Körper kam mir ihr Gesicht zu schmal vor. Mein Blick wanderte auf den dicken Bauch unter den Kleidungsschichten.

Sie war schwanger.

Ich griff nach der Zigarette.

»Bist neu hier, hm?«, bemerkte die andere sofort.

Ich musterte auch sie genauer, doch sie blieb auch auf den zweiten Blick einfach fett. Sie gab mir Feuer.

»Ich such 'n Kollegen.«

»Ich hab dich gewarnt! Ich mach dich kalt, du Sack! Genau wie deinen Kumpel, diesen Penner!«, unterbrach ein wütendes Kreischen mein gerade begonnenes Gespräch. Offenbar hatte Danner am hell erleuchteten Busbahnhof ebenfalls mit seinen Ermittlungen begonnen.

Die beiden Mädchen sahen sich nach dem Lärm um.

Bohne, der Kettenträger, klirrte zwischen den anderen Straßenkids hindurch. Er stürzte sich auf Danner. Der wich dem Angriff geübt aus, Bohne stolperte an ihm vorbei, den Bordstein hinunter und strauchelte auf der Fahrspur der Busse.

Danner trat unterdessen an den Riesen mit dem Ziegenbart heran, dessen Oberlippe von unserer letzten Befragung blutverkrustet war: »Irgendwas solltest du mal langsam ausspucken. Jedenfalls, wenn's diesmal keine Zähne sein sollen.«

Der große Junge wich vor Danner zurück.

»Mann, der Vogel ist nur halb so groß wie du, Keule!«, beschimpfte Bohne den feigen Riesen erbost. Taumelnd steuerte der Kettenträger wieder auf die Gruppe zu. »Sei nicht so eine Memme, sonst kriegste von mir gleich eins in die Fresse!«

Aufgeregtes Murmeln wurde laut.

Die beiden Mädchen auf der Bank verfolgten interessiert das nur wenige Meter entfernte Geschehen.

Der Ziegenbart sah sich unsicher nach dem Schmuckfreund um.

»Keiner von euch sagt dem was!«, brüllte Bohne wütend, bevor er wieder auf Danner zurasselte. »Du musst schon mit mir sprechen, Sack. Komm her, wenn du dich traust!« Wütend ballte er die mit klobigen Ringen bestückten Fäuste.

»Entweder sagt mir jetzt einer von euch, wo ich Fliege finde«, fuhr Danner die unschlüssig herumstehenden Jugendlichen an, »oder die Polizei beendet gleich euer nettes Sit-in.«

»Fliege?«, flüsterte die Schwangere hinter mir erschrocken. Sie tauschte einen schnellen Blick mit ihrer übergewichtigen Freundin.

Ein paar der Punker drehten sich zu uns um.

»Ey, das ist doch die Tusse von dem Kerl«, zischte im gleichen Moment jemand neben mir.

O Mist! Der Tokio-Hotel-Anhänger mit der hochgesprayten Irokesenfrisur griff nach mir. Ich tauchte unter seinem Arm durch und platzierte einen schnellen Karatetritt in seiner Familienplanung. Winselnd ging der Junge zu Boden.

Für einen Sekundenbruchteil war Danner abgelenkt. Im gleichen Moment blitzte ein Messer im Neonlicht der Bahnhofsbeleuchtung auf. Ich sah die zuckende Klinge, die glänzenden Ringe an der Faust, Bohnes blitzartige Bewegung.

»Ben!«, schrie ich schrill.

Jemand grapschte nach meinem rechten Arm. Auf der anderen Seite schlossen sich kräftige Hände wie Zangen um meine Schulter.

Danner wich gerade noch rechtzeitig vor dem Messer zurück und packte Bohnes Handgelenk.

Der Junge schrie auf.

Zügig drehte der Detektiv ihm das Messer aus der Hand. In der gleichen Bewegung schnellte dem Punk der stumpfe Griff der Waffe zusammen mit Danners Faust ins Gesicht. Der Schlag ließ Bohne verstummen, der Kettenträger taumelte rückwärts.

Jetzt hatte ich mich ablenken lassen. Mein rechter Ellenbogen verdrehte sich schmerzhaft und erinnerte mich an meine eigene Lage. Die Fratze des Irokesen grinste mich schadenfroh an. Mein Arm wurde hochgerissen und ein heißer Schmerz durchzuckte meine Schulter.

Zugleich erwischte der Ziegenbart Danner von hinten, umklammerte ihn, presste ihm die Arme an den Körper. Danner warf sich zurück, versuchte, dem Bärtigen seinen Hinterkopf ins Gesicht zu rammen, traf aber nur dessen Brust.

Ich trat nach dem Irokesen, doch der hatte Verstärkung von zwei Kumpeln bekommen. Ich spürte Hände an meinen Schultern, meinen Armen, jemand packte meinen Fuß, zerrte mein Bein in die Höhe, damit ich nicht noch einmal zutreten konnte.

Ein irres Grinsen zerrte Bohnes sommersprossiges Jungengesicht in die Breite. Er machte einen Schritt auf Danner zu und schlug ihm das Messer aus der Hand.

Die Jugendlichen wichen zur Seite, als die Waffe über das Pflaster davonschlitterte.

Vor meine Füße.

Der Tokio-Hotel-Fan bückte sich danach.

Das war meine Chance!

Doch bevor ich mein Bein befreien konnte, hörte ich einen dumpfen Aufprall. Ich erstarrte.

Die mit Silberringen besetzte Faust traf Danners Gesicht, die Haut auf seiner Stirn platzte auf, helles Blut strömte über sein linkes Auge. Er taumelte zur Seite.

Im gleichen Moment wurde es laut.

Ein dritter Jugendlicher trat Danner von hinten in die Knie.

Ich schrie.

Danner ging zu Boden, riss die Arme schützend vors Gesicht. Ein Tritt in die Seite, den Bauch, an den Kopf.

»Das war's, Leute!«, herrschte Bohne im Durcheinander. »Weg hier!«

Der Ziegenbart trat noch ein letztes Mal zu. Die Wucht seines Springerstiefels schleuderte Danner zur Seite.

»Lass, Keule!«, schrie Bohne ihn an. »Weg, bevor die Bullen da sind!«

Plötzlich waren meine Arme frei, die Hände, die mich festhielten, verschwunden.

Die Besoffenen schnappten ihre Bierpullen und trollten sich wie Raubtiere, die ein Geräusch verscheuchte. Sekunden später waren sie verschwunden.

Danner lag auf der Seite. Im Licht der Laterne, unter der ein paar Minuten zuvor noch die beiden dicken Mädchen gesessen hatten. Bewegungslos. Zusammengekrümmt. Ich stand nur ein paar Meter von ihm entfernt und wagte nicht, ihm näher zu kommen. Mein Gehirn weigerte sich zu begreifen, was ich sah.

Das hätte nicht passieren dürfen! Nicht Danner! Der war doch zu clever. Unbesiegbar. Unverwundbar.

Das alles war meine Schuld. Ich hätte das ahnen müssen, schneller denken müssen. Schneller handeln. Irgendwie …

Zumindest jetzt musste ich endlich etwas tun. Helfen.

Die Bilder in meinem Kopf lähmten mich, ließen meine Muskeln verkrampfen. Zeitungsartikel über aggressive Jugendliche, die Menschen totprügelten. Zum Spaß. Oder wegen ein paar Cent. Das passierte. Oft. Auch heute. Auch hier.

Mühsam versuchte ich, mich zu bewegen, die Schreckstarre zu lösen. Ich spürte meinen Knie wackeln, als ich den ersten Schritt wagte. Mein Herzschlag ruckte durch meine Glieder, während ich neben Danner in die Knie ging. Blut glänzte nass auf den grauen Pflastersteinen.

»Ben?« Meine Stimme klang ängstlich. Piepsig. Fremd. »Sag, dass du noch lebst, ja?«

Meine Finger tasteten über sein blutverschmiertes Gesicht, über seinen Hals, wurden klebrig auf der Suche nach seinem Puls.

»Bitte.«

»Ich lebe noch«, ächzte Danner.

Ich blinzelte, weil mein Blick verschwamm.

Mühsam stellte er ein Bein auf und rollte sich langsam auf den Rücken: »Besser, du fährst.«

8.

Irgendwie hatte ich es geschafft, Danner nach Hause zu bringen. Wie ich das fertiggebracht hatte, konnte ich hinterher kaum sagen.

Ich erinnerte mich noch, dass ich Danner liegen lassen musste, um den Wagen zu holen. Vor Wut hatte ich geschrien, weil die Schrottschüssel erst beim dritten Versuch ansprang.

Danner konnte nicht aufstehen, es dauerte eine Ewigkeit, bis ich ihn irgendwie in den Wagen geschoben hatte. Wie ich ihn die Treppe rauf bis in unsere Wohnung im zweiten Stock bekam, war mir im Nachhinein ein Rätsel.

Doch jetzt lag er endlich auf dem Bett und ich ließ mich schweißnass und keuchend neben ihm in die Kissen fallen. Sekundenlang rührte ich mich nicht. Mein Herz pochte noch immer aufgeregt gegen meine Rippen. In meinen Ohren rauschte es.

Die Erinnerungen wirbelten durch meinen Kopf, bruchstückhaft. *Das aufblitzende Messer, der dumpfe Laut, mit dem der Riese noch einmal zutrat, das Blut auf den Pflastersteinen …*

Mein Gehirn wollte – konnte das alles nicht so schnell verarbeiten. Die letzte Stunde kam mir unwirklich vor. Weit weg, wie ein nebulöser Albtraum.

»Du gehörst ins Krankenhaus, du Idiot!«, zwang ich mich, endlich zu begreifen. Da hätte ich eigentlich sofort dran denken müssen.

»Du glaubst doch nicht, dass ich noch mal aufstehe«, murmelte Danner, ohne die Augen zu öffnen.

Mit einem Ruck setzte ich mich auf. So ging das nicht.

Im noch immer nassen Parka und schmutzigen Winterstiefeln lag Danner auf dem Bett, eine Hand unter seiner

Jacke auf die rechte Rumpfseite gepresst, bewegungslos, als würde er bereits schlafen.

Aber er schlief natürlich nicht.

»Vielleicht hast du innere Verletzungen«, überlegte ich laut. »Und das da muss bestimmt genäht werden.«

Jetzt öffnete er doch die Augen. Sie schienen dunkler als sonst. Schwarz.

Ich deutete auf seine Stirn.

Sein Blick war müde, sein Gesicht blass, das Blut und seine Bartstoppeln bildeten einen ungewohnt scharfen Kontrast zu seiner Haut.

Er tastete mit schmutzigen Fingerkuppen über seine Glatze: »Blutet das denn noch?«

»Den Helden spielen ist bei so was ja wohl echt bescheuert«, schimpfte ich wütend.

Ich rappelte mich auf, schnappte eine von drei leeren Bierflaschen vom Nachtschrank und füllte sie im Badezimmer mit Wasser. Das erstbeste Handtuch nahm ich ebenfalls mit und spülte Danner vorsichtig das halb getrocknete Blut aus dem Gesicht. Zum Vorschein kam eine recht lange Risswunde.

»Und?«, drängelte Danner ungeduldig.

Fachmännisch begutachtete ich die Verletzung.

»Na schön«, murrte ich schließlich. »Ist lang, aber nicht besonders tief. Anscheinend war dieser Bohne zu besoffen, um richtig zu treffen. Mit den fetten Klunkern an meinen Fingern hätte ich dir ein schöneres Andenken verpasst.«

»Dann glaub nicht, dass du von mir mal 'n Ring kriegst.«

Arsch. Ich ließ das durchnässte, blutige Handtuch neben dem Bett auf den Boden klatschen. Solange er so blöde Sprüche machen konnte, benötigte er keinen Notarzt.

»Na los, raus aus den Klamotten«, kommandierte ich gereizt. Ich packte den Ärmel seiner Jacke. Es dauerte eine Weile, bis Danner sich mit meiner Hilfe aus den Klamotten geschält hatte.

»Ui«, machte ich, nachdem ich ihm schließlich sein T-Shirt über den Kopf gezerrt hatte.

Seine gesamte rechte Rumpfseite hatte sich rotblau verfärbt. Ein gelungener Abdruck der Springerstiefel-Stahlkappe des Ziegenbärtigen.

»Was?«

»Lass mal sehen.« Behutsam fuhr ich über Danners Rücken, die Wirbelsäule hinunter, tastete jeden Wirbelknochen ab. Dann strich ich mit Daumen und Zeigefinger an den einzelnen Rippen entlang. Vermutlich würde mir auffallen, wenn etwas gebrochen war. Als sich meine Finger dem Bluterguss näherten, atmete Danner scharf ein.

»Tut's weh?«, erkundigte ich mich.

»Steh ich drauf, wenn Frauen mich quälen, weißte doch«, spottete er mit zusammengepressten Zähnen. »Und? Wie lautet Ihre Diagnose, Frau Doktor?«

»Zwei Rippen könnten hin sein«, präsentierte ich ihm meine Meinung, wenn er sie schon mal hören wollte. »Und da, wo das Hämatom ist, sitzt die Leber, glaube ich. Hoffen wir mal, dass die nichts abgekriegt hat.«

Danner starrte mich an, als hätte ich vor seinen Augen einen Dschinn aus den Bierflaschen auf dem Nachtschrank gezaubert: »Ein Hämatom an der Leber?«

Ich nickte ernst. »Innere Blutungen merkt man nicht unbedingt sofort. Das kann bis zu achtundvierzig Stunden später noch passieren, dass du umkippst.«

Danner schwieg. Ein wenig beeindruckt, hätte ich beinahe behauptet.

»Ich frage gar nicht, wieso du das weißt«, beschloss er schließlich und ließ sich erschöpft in die Kissen sinken. »Weck mich, wenn ich tot bin, okay?«

Seine Augen fielen wieder zu.

Ich nahm seinen Arm und tastete den Puls am Handgelenk. Die Schläge waren regelmäßig und kräftig unter meinen Fingerkuppen zu spüren, sein nackter Brustkorb hob und senkte sich gleichmäßig im Rhythmus seiner Atmung. Im Großen und Ganzen schien es nicht, als würde er sterben, fand ich. Also rollte ich mich neben ihm in meine Decke.

9.

Ein entferntes Klopfen weckte mich.

Danners kräftiger Arm schlang sich fester um mich, ich spürte seine kratzigen Brusthaare an meinem nackten Rücken.

Im Zimmer war es noch dunkel – und kalt, meldete mir meine frierende Nasenspitze. Ich kuschelte mich enger an Danner, genoss die enge Wärme seines Griffes, das Kribbeln, das seine Berührung auf meiner Haut erzeugte.

Er lebte noch. Verdient hatte er es ja nicht, fand ich. Idiotisch, den harten Kerl zu spielen, statt ins Krankenhaus zu fahren und sich durchchecken zu lassen.

Heute Morgen neben seiner Leiche aufzuwachen, hätte mir allerdings noch gefehlt. Das wäre die absolute Krönung meines bisherigen, chaotischen Lebens gewesen. Und meiner merkwürdigen Beziehung zu einem schmuddeligen Schnüffler, der seine Frauen austauschte wie andere Staubsaugerbeutel.

Im Schlaf strichen Danners raue Finger durch die Haare in meinem Nacken.

Na schön, mal nicht ungerecht werden: Schließlich war ich selbst, als obdachlose Gewohnheitslügnerin, mindestens genauso bindungsunfähig wie er. Bevor ich bei Danner eingezogen war, hatten meine eigenen Beziehungen im Höchstfall eine Woche lang gehalten.

Es klopfte wieder an der Tür und ich erinnerte mich, dass ich dadurch aufgewacht war. Lautes Kläffen hallte vor der Wohnung durchs Treppenhaus.

»Der hat sie wohl nicht alle«, murmelte Danner wütend.

»Macht endlich auf!«, donnerte Molle. »Wisst ihr, wie lange ich gestern auf euch gewartet habe?«

»Den bringe ich um, wenn ich ihn erwische.« Genervt fuhr Danner hoch. »Au, verdammt!«, fluchte er im nächsten Moment, presste sich eine Hand in die Seite und stützte sich am Bett ab. Verkrampft hielt er den Atem an, bis der Schmerz nachließ.

»Und dann seh ich deine Schüssel draußen stehen«, schimpfte Molle vor der Wohnungstür weiter. »Da hätte ich schon 'ne Stunde im Bett liegen können!«

Das Kläffen wurde schriller.

»Habt ihr wenigstens was rausgefunden?«, wollte Molle wissen. »Wart ihr überhaupt unterwegs und habt gesucht?«

Danner drehte sich mit zusammengebissenen Zähnen auf die Seite.

»Soll er seinen Penner selbst suchen oder die Milbensiedlung ins Tierheim stecken«, zischte er wütend.

Der lange Riss auf seiner Stirn war schwarz verkrustet, sein linkes Auge blutunterlaufen und der Bluterguss an seiner Seite hatte sich violett verfärbt. Danner würde wohl erst mal eine Weile gar nicht ermitteln.

Draußen schien sich Molle endlich damit abzufinden, dass ihm niemand die Tür öffnen würde. Vor sich hin brummend, polterte der schwergewichtige Wirt die Treppe hinunter. Das Bellen entfernte sich mit ihm.

»Scheiße, seh ich scheiße aus«, stellte Danner fest, als er eine halbe Stunde später vor dem gesprungenen Spiegel in unserem altmodisch-beige gefliesten Badezimmer stand.

Ich saß hinter ihm auf dem Rand der Badewanne, meine Zahnbürste im Mund, und nickte.

Danner humpelte ins Wohnzimmer hinüber. Durch die offene Verbindungstür sah ich ihn das Telefon vom Schreibtisch nehmen.

»Danner, guten Morgen ... Ich hatte einen Unfall, würden Sie Frau Müller-Wunk ausrichten, dass ich etwas später zur Arbeit komme? – Danke.«

»Du willst heute noch in den Kindergarten?«, nuschelte ich, ohne die Zahnbürste aus dem Mund zu nehmen.

»Nachdem ich die Anzeige aufgegeben habe, logisch.«

Och, nee. Das Letzte, worauf ich nach dem ganzen Desaster Bock hatte, war ein weiterer zwölfstündiger Arbeitstag in der Schlumpfgruppe. Überhaupt würden wir das verschwundene Handy sowieso nie auftreiben, weil die Müller-Wunk es bestimmt in den Tiefen ihrer knallroten Handtasche vergraben hatte, wo es ihr frühestens in fünf bis sechs Jahren rein zufällig in die Hände fiel.

»Aber sehen wir erst mal nach, ob wir bei Molle was zu essen kriegen.«

»Was ist denn mit dir passiert?« Molle kam gerade mit der Kaffeekanne aus der Küche.

Heute standen weder Brötchen noch Teller für uns bereit. Ein sicheres Zeichen dafür, dass Molle uns die Abfuhr am Morgen übel nahm.

Der dicke Wirt hielt inne, als er Danners blutunterlaufenes Auge sah. Auf der Platzwunde an der Stirn klebte ein Pflaster, über das Danner seine Wollmütze gezogen hatte.

»Nichts, was man mit einem Kaffee nicht in den Griff kriegen kann«, winkte Danner ab und stellte Tassen auf den leeren Tisch.

Molle zupfte dem Detektiv die Mütze von der Glatze: »Hast du etwa eine in die Fresse gekriegt?«

Danner knurrte zur Antwort.

Molle füllte meine Tasse mit der dampfend heißen Flüssigkeit. Ich nickte an Danners Stelle und kassierte dafür einen eisigen Blick seiner noch immer ungewöhnlich dunklen Augen.

»Aber nicht wegen der Sache mit Mücke, ne?« Molle runzelte die Stirn, als Danner ihm wortlos den Mittelfinger zeigte, und schenkte auch ihm ein.

»Besorg der Flohzucht 'ne Ferienwohnung im Tierheim«, schlug der Detektiv vor.

Schnaufend setzte sich Molle Danner gegenüber: »Seit wann schmeißt du einen Fall wegen 'ner polierten Fresse hin?«

»Seit ich für die Arbeit keine Kohle sehe, von der ich den Schönheitschirurgen bezahlen könnte.«

»Und was ist mit Fliege?«, versuchte es Molle noch mal mit einem Appell an Danners nicht vorhandenes Mitgefühl. »Der ist seit Tagen wie vom Erdboden verschluckt. Was, wenn der überhaupt nicht wieder auftaucht?«

»Dann hat der sich über den Winter nach Malle abgesetzt«, mutmaßte Danner ungerührt. »Da friert sein Arsch jedenfalls nicht an der Bank fest, auf der er pennt. Seinen Kläffer hat er ja die nächsten drei Monate gut untergebracht.«

»Mann, Ben, du Arsch«, motzte Molle. Allerdings schien ihm kein Argument mehr einzufallen, mit dem er Danner zum Weitersuchen überreden konnte. Der Wirt ließ die Schultern sinken und sah ratlos auf seinen unerwünschten Mitbewohner hinunter. Der kleine Fusselfabrikant erwiderte Molles Blick aus treuherzigen Knopfaugen.

Mir fiel auf, dass das Hundefell nicht mehr verfilzt und fleckig aussah. Die schwarzen Haare umwehten das Tier seidenweich und es duftete herb. Nach den Weiten Alaskas – genau wie Molles Duschgel.

Im Leben landete der nicht im Zwinger.

»*Ich* könnte ja noch mal zum Bahnhof gehen und mich weiter nach Fliege umhören«, schlug ich vor.

Danner rummste seinen Kaffeebecher auf den Tisch. Die heiße Flüssigkeit schwappte über und produzierte braune Flecken auf der rot karierten Tischdecke. »Tickst du nicht richtig?«

Molle sah überrascht auf.

Ich zuckte die Schultern: »Ich falle bestimmt weniger auf

56

als du. Vielleicht erzählen mir die Kids mehr, wenn ich nett nachfrage.«

Danner verschränkte skeptisch die Arme vor der Brust: »*Du* bist also unauffälliger als ich, ja?«

Ich verschränkte ebenfalls die Arme – direkt auf der Riesensonnenblume, die auf meinen giftgrünen Schlabberpulli aufgenäht war: »Klar.« Du bist nicht der einzige Superschnüffler hier, Sherlock. »Wollen wir wetten?«

Danner zog eine Augenbraue hoch.

»Du willst das alleine machen, Lila?«, vergewisserte sich Molle. Die gerunzelte Stirn über seinen sonst so fröhlichen blauen Augen verriet mir seine fehlende Begeisterung für meinen Vorschlag. »Ich weiß nicht, ob das eine so kluge Idee ist …«

»*Ich* weiß, dass das *keine* kluge Idee ist«, stellte Danner fest.

Ich legte den Kopf schief: »Ein blaues Auge werde ich mir jedenfalls nicht einfangen. Was ist? Gilt die Wette, oder machst du einen Rückzieher?«

Frech hielt ich Danner die Hand hin.

»Ähm, ich glaube nicht, dass das eine gute Idee …«, versuchte Molle hastig zu bremsen.

Doch das Glitzern in Danners Augen verriet mir, dass er meine Herausforderung nicht auf sich sitzen lassen würde.

»Gilt.« Er schlug ein. »Melde dich im Kindergarten krank. Findest du den Penner, kriegst du 'n Arbeitsvertrag und wir nennen die Detektei *Danner und Ziegler*.«

Molle sah verblüfft über seine Brille hinweg.

»Dann besorg schon mal ein neues Türschild«, grinste ich.

10.

Nachdem wir im Polizeipräsidium Anzeige erstattet und ein schläfriger Beamter in einer nagelneuen blauen Uniform unsere Aussagen aufgenommen hatte, fuhr Danner zum Kindergarten. Ich hingegen meldete mich in der Schlumpfgruppe krank und schlenderte durch die Innenstadt nach Hause, um die Ermittlungen zu meinem offiziell ersten eigenen Fall zu beginnen.

Als ich die Treppe hinauf zu unserer Wohnung stapfte, streifte mein Blick im Vorbeigehen das unscheinbare, kleine Metallschild neben der Klingel. *Detektei Danner* stand da.

Ich grinste wieder.

Ich brauchte nur den verschwundenen Obdachlosen aufzutreiben, dann würde auch mein Name dort stehen. Wäre doch gelacht, wenn ich das nicht hinkriegte. Diesmal hatte Danner zu hoch gepokert. Erst denken, dann sprechen wäre klüger gewesen. Ganz sicher hatte hier in den letzten zehn Jahren kein Frauenname an der Tür gestanden. Seit damals Danners Verlobung geplatzt war, hatte es keine seiner Drei-Monats-Maries auf sein Türschild geschafft. Im Leben wollte er es nicht so weit kommen lassen. Aber jetzt kam er aus der Nummer nicht mehr raus. Wahrscheinlich biss er sich deswegen schon selbst in den Hintern.

Ich trat an den Schreibtisch und nahm eine Schere aus der Schublade.

Andererseits …

Einen Augenblick lang hielt ich inne.

Andererseits tat Danner niemals etwas Unüberlegtes …

Konnte das …?

Schwachsinn! Ich hatte ihn überrumpelt, er hatte nicht aufgepasst und jetzt würde er die Quittung kriegen. Mit der Schere in der Hand stellte ich mich im Badezimmer vor den Spiegel. Ich kämmte meine Haare mit einem leicht nach links versetzten Scheitel zur Seite. Mit einer Hand griff ich die blonden Strähnen links vom Scheitel, mit der anderen die Schere. Ohne zu zögern, schnitt ich die Haare ab.

Nachdem ich die gesamte linke Seite grob gekürzt hatte, schraubte ich den Aufsatz auf Danners Langhaarrasierer, den er nicht nur für seinen Drei-Tage-Bart, sondern auch für

seine Glatze benutzte. Ich stellte das Gerät auf einen Zentimeter ein und rasierte meine gesamte linke Kopfhälfte ras-
pelkurz.

Dann wühlte ich die Pappschachtel aus meiner Jacke, die
ich eben auf dem Rückweg vom Präsidium gekauft hatte.

Als ich eine halbe Stunde später in den Spiegel sah, war
ich zufrieden: Meine Haare – rechts noch immer schulterlang, links kurz rasiert – leuchteten in grellem Lila.

Meine Lippen hatte ich ebenfalls lila geschminkt, die Augen übertrieben schwarz – einschließlich unechter Augen-
ringe, die mich im besten Fall übermüdet, im schlimmsten
Fall drogenabhängig wirken ließen. Ein unechtes Nasenpier-
cing vervollständigte das Bild. Ich bezweifelte, dass Danner
seine Detektei noch immer verwetten wollte, wenn ich ihm
meine neue Frisur präsentierte.

Zufrieden blickte ich auf die Uhr.

Gleich elf. Mal sehen, ob ich ein paar Straßenkids auftreiben konnte, um die Wirksamkeit meines neuen Outfits zu
testen.

11.

Am Bochumer Hauptbahnhof herrschte Hochbetrieb.

Die elektrischen Türen schnurrten auf und zu, winterfest
verpackte Menschen eilten hinein und heraus. Ich sah Dau-
nenjacken, Lederstiefel mit Absatz, Aktenkoffer, die neben
knielangen Mänteln pendelten.

Ich bin doch nicht blöd, dröhnte ein weißer Werbeslogan
auf einem extralangen, roten Ziehharmonikabus an mir vorbei. Hinter mir rauschte der Verkehr zweispurig über den
Ostring und die sehbehindertengerechte Ampel fiepte.

Ich hatte plötzlich das irritierende Gefühl, alles um mich
herum bewegte sich im Zeitraffer, viel schneller als ich. Die
Menschen wussten, wohin sie wollten, alle kannten ihren

Weg. Kaum jemand verschwendete mal einen Blick nach rechts oder links. Ich stand mitten im Gewimmel und schien doch unsichtbar zu sein.

Genauso wie die drei Mädchen, die auf der lehnenlosen Edelstahlsitzbank direkt neben dem Mülleimer vorm Eingang saßen und rauchten.

Wie ich schienen auch sie sich langsamer zu bewegen als die Stadt um sie herum. Als würden wir uns auf einer anderen Zeitschiene befinden, am selben Ort wie die ganzen Menschen um uns herum und doch allein. Wie die ruhelosen Seelen Verstorbener, deren kalten Lufthauch man ignorierte, weil man gar nicht darüber nachdenken wollte, was man da bemerkt hatte.

Die Dicke hielt der Schwangeren eine gelbliche Packung Zigaretten hin. Das dritte Mädchen war eine große Dünne mit Glatze. Auf ihrer linken Kopfhälfte hockte eine auftätowierte Spinne, deren haarige Beine bis in die Stirn der jungen Frau ragten. Passte stylisch hervorragend zu den Vampir-Piercings der Schwangeren.

Ich klemmte mir eine Zigarette zwischen die lila Lippen und zögerte nicht lange, die beiden anzusprechen: »Hat eine von euch mal Feuer?«

Die Mädchen musterten meine Frisur, mein überschminktes Gesicht und meine übereinander geschichteten Klamotten. Interessanterweise war eine Veränderung meiner Kleidung für meine neue Rolle gar nicht notwendig gewesen. Heute trug ich das lilafarbene Modell meiner verschiedenen knielangen Wollpullis zuoberst, der Saum ragte gute zwanzig Zentimeter unter meiner Cordjacke hervor.

Ich betrachtete die Spinnenfrau, weil ich sie noch nicht kannte. Sie war wirklich sehr dünn. Mit Haaren auf dem Kopf hätte sie gut aussehen können. Mehr noch, schön. Sie hatte dunkelblaue Augen über markanten Wangenknochen und einer auffallend geraden Nase. Hätte sie sich das Riesenkriechtier nicht auf den Schädel tätowiert, wäre sie als

Kandidatin für Heidi Klums lustige Kleiderständersuche infrage gekommen.

Die Schwangere hielt mir ein Feuerzeug unter die Kippe.

Natürlich brachte ich Verständnis für Kinder auf, die versuchten, nicht hübsch und vorzeigbar zu wirken. Jahrelang hatte ich selbst alles getan, um kein niedliches, naturblondes Oberstaatsanwalts-Töchterlein zu sein.

Allerdings hatte ich mir selbst im schlimmsten Anfall von Selbstzerstörung kein Piercing oder Tattoo verpassen lassen. Nicht weil ich mit vierzehn schon die Weitsicht besessen hätte, dass eine Tätowierung möglicherweise nicht mehr schick war, wenn ich vier Kinder bekommen und dreißig Kilo Übergewicht haben würde. Oder wider Erwarten mein fünfundsechzigstes Lebensjahr erreichte.

Obwohl meine Eltern sicher entzückt gewesen wären, hatte ich auf Tätowierungen und Ähnliches verzichtet, weil ich kein Erkennungszeichen haben wollte, an dem man mich schon von Weitem identifizieren konnte.

Bis auf feine Narben und das Metallimplantat, mit dem man meinen Kiefer zusammengeflickt hatte, war mein Körper unversehrt. Dabei hatte ich als Teenager im Traum nicht daran gedacht, dass das in meinem späteren Job als Privatdetektivin mal nützlich sein könnte.

Ich schätzte, die Spinnenbeine in ihrem Gesicht würden die Kahlrasierte in ihrer Berufswahl ein wenig einschränken. All diese Gedanken gingen mir durch den Kopf, während ich das erste Mal an meiner Zigarette zog.

»Wo kann man denn hier pennen?«, versuchte ich, ein Gespräch in Gang zu bringen.

»Stress zu Hause?«

»Jau.«

Alle drei nickten verständnisvoll.

»Machste das erste Mal Platte?«, kläffte mich die Dicke an. Ihre fleischigen Wangen hingen herunter wie bei einigen, nicht gerade putzigen Hunderassen. Ihr kurzer Mund dazwischen wirkte zusammengeschoben und seine Winkel folgten ebenfalls der Schwerkraft.

Was machte ich? Platte? Ich verstand kein Wort. Aber immerhin funktionierte mein Punker-Outfit. Die Mädchen schienen keinen Gedanken daran zu verschwenden, dass ich erst gestern Abend bei ihnen geschnorrt hatte.

»Kennen wir uns nicht von irgendwo?«, bemerkte im gleichen Augenblick jedoch die Schwangere. Offensichtlich besaß sie das bessere Gedächtnis.

»War schon ’n paarmal hier«, bot ich ihr schnell eine Erklärung an. »Bin dann aber doch wieder zu meinen Alten zurück.«

Wieder verständnisvolles Nicken.

»Aber heute ist Schluss«, fuhr ich fort. »Die sehen mich nicht wieder.«

»Biste schon achtzehn?«

Ich versuchte, das Alter der drei zu schätzen. Die Dicke und die Tätowierte konnten schon volljährig sein, die Schwangere sicher nicht.

»Im Oktober.«

Die Schwangere pustete mir ihren Zigarettenrauch ins Gesicht.

»Dann haste bald ’n Streetworker am Arsch kleben«, informierte sie mich. Sie hatte ein sehr junges, beinahe niedliches Gesicht. Fröhliche, braune Augen, Stupsnase und gerötete Pausbacken, die sie wohl der Schwangerschaft verdankte. Dieses Kindergesicht wollte nicht recht zu ihrer deprimierend dunklen Kleidung und den rot-schwarz gefärbten Haarzotteln passen.

Ich machte eine erschrockene Miene.

»Keine Sorge«, winkte die Dicke ab, »die verhaften dich nicht. Die quatschen dich nur voll. Du sollst wieder nach Hause und so. Die wollen, dass du mit deinen Eltern redest. Musst heulen, einen auf Mitleid machen, dann kannste die Typen um den Finger wickeln.«

Na, die kannten sich offenbar alle gut aus.

»Und wo pennt ihr nun?«, kam ich auf meine Frage zurück.

Die drei tauschten einen kurzen Blick.

»Versuch's im *Schlaf am Zug* an der Castroper Straße. Da gibt es Übernachtungsmöglichkeiten extra für Jugendliche. Oder in der Notunterkunft am Stadion. Aber pass auf deine Klamotten auf«, brummte die Dicke und schob sich einen Joint ins zerknautschte Gesicht. »Die Junkies klauen dir den Schlüpper vom Arsch weg.«

»Wenn du nix findest, komm heute Abend wieder her«, bot mir die Schwangere an.

Das Gesicht der Dicken zerknautschte noch ein bisschen mehr. Ich konnte ihre Miene nicht genau deuten, doch Begeisterung über die spontane Einladung sollte sie vermutlich nicht ausdrücken.

»Gebongt!«, freute ich mich trotzdem.

Bevor die Dicke was einzuwenden hatte, hob ich die Zigarette zum Abschied. Ich hatte ja was erreicht, jetzt nicht zu aufdringlich wirken. Immerhin hatte man mich nicht gleich zur Begrüßung zusammengeschlagen.

Natürlich würde ich heute Abend am Bahnhof sein. Und mit ein bisschen Glück fand ich nicht nur heraus, wo die Mädchen nachts untertauchten, sondern begegnete auch Bohne und seinem Schlägertrupp.

Dann könnte ich zwei Fliegen mit einer Klappe schlagen: die Mädels über den verschwundenen Penner aushorchen und die Polizeiarbeit ein wenig unterstützen und dafür sorgen, dass Bohnes Gemüsetruppe hinter Gittern landete.

Ein Gedanke blitzte zwischen meinen Überlegungen auf: Bei unserem Zusammentreffen hatte der Schmuckfreund auch Fliege Prügel angedroht. Konnte es sein, dass der Penner einen ähnlichen Zusammenstoß mit den Straßenkids gehabt hatte wie Danner und ich?

»Ey, du!«, bellte die Dicke hinter mir her, als ich schon ein gutes Stück in Richtung Ampel geschlendert war.

Ich tat, als fühlte ich mich nicht angesprochen, und ging einfach weiter. Nicht, dass die mir die freundliche Einladung der Schwangeren noch vermieste.

»Wie heißte eigentlich?«

Jetzt sah mich doch um.

»Lila.« In einem Umfeld, in dem man sich wahlweise mit Tier- oder Gemüsenamen ansprach, erschien mir das mehr als ausreichend. »Und ihr?«

»Dicke«, sagte die Dicke.

»Glatze«, sagte die Tätowierte.

»Engel«, sagte die Schwangere.

Lila reichte vollkommen.

12.

Ich bemerkte den dunklen Wagen erst, nachdem er schon einige Meter im Schritttempo neben mir hergefahren war. Erschrocken wich ich zur Seite.

Der Mann am Steuer hatte sich über das Lenkrad nach vorn gebeugt und starrte mich an.

Es dauerte noch einige Sekunden, bis ich Staschek erkannte. Ich blieb stehen.

Der Kriminalkommissar hielt an und ließ das Seitenfenster mit einem elektrischen Surren herunter. »Lila?«

»Lenny. Hi.«

Der Polizist blockierte kurzerhand die gesamte rechte Spur des Südrings, bevor er aus dem Wagen sprang und mit wehendem Mantel auf mich zustürmte.

»Dreimal bin ich an dir vorbeigefahren!«, regte er sich auf.

Die Autofahrer, die in den von seinem Kombi verursachten Stau gerieten, regten sich ebenfalls auf. Mehrere Hupen tröteten los.

»Musst du jetzt die Verkehrskontrollen selbst übernehmen?«, erkundigte ich mich freundlich.

»He, du Arsch! Das ist kein Seniorenparkplatz hier!«, brüllte ein aufgeregter Abiturient, bei dem der BMW seines Vaters offenbar einen akuten Selbstbewusstseinsschub ausgelöst hatte.

Als Staschek sich umdrehte, hatte er seinen Polizeiausweis bereits aus der Manteltasche gezogen: »Und du kannst gleich zu Fuß weitergehen, Freundchen! Das hier ist ein Polizeieinsatz, kapiert?«

Hastig ließ der Junge das Fahrerfenster wieder zusurren.

»Also«, wandte sich Staschek mir zu. »Was soll die Verkleidung? Was machst du hier?«

»Arbeiten, sieht man doch.«

»Du tickst wohl nicht richtig! Günne hat mir eben Bens Anzeige auf den Tisch gelegt.«

»Ach so«, begriff ich. »Und weil du nach der langen Schreibtischhockerei ein bisschen Bewegung brauchtest, hältst du zur Abwechslung mal nach bunt gefärbten Haaren Ausschau.«

»So ungefähr«, bestätigte Staschek. »Und der erste Punk, dem ich begegne, bist du!«

Ich grinste: »Freut mich, dass dir mein Outfit gefällt.«

»Mann, Lila! Das ist keine Karnevalsfeier«, schimpfte der Kommissar und fuhr sich aufgeregt durch die samtigen Haare. »Ben hat mal wieder mehr Schwein als Verstand gehabt! Die Typen sind gefährlich, das ist 'ne Sache für die Kollegen.«

»Lasst euch durch mich nicht von der Arbeit abhalten.«

»Nee, Fräulein, so nicht. Ab nach Hause, Haare waschen!«, kommandierte Staschek, packte mich an den Schultern und schob mich in Richtung Auto.

»Leck mich!«, protestierte ich empört.

Überzeugt, Zeuge einer Verhaftung zu werden, betrachtete mich der Abiturient im BMW so neugierig, als sei ich ein zu sezierendes Insekt im Biologieunterricht. Noch einer, den mein Outfit überzeugte.

»Spiel dich nicht auf, als wärst du mein Vater!«, zickte ich Staschek an.

Einen Moment lang schnappte der Kommissar ratlos nach Luft. Eine Reaktion, die man auch beobachten konnte, wenn seine Tochter Lena frech wurde.

»Und ob!«, fand er seine Sprache wieder. »Wenn du jetzt nicht artig einsteigst, nehme ich dich fest und stecke dich in U-Haft. So wie du aussiehst, fragen die Kollegen nicht mal nach.«

»Na schön«, lenkte ich ein.

So brauchte ich zumindest nicht nach Hause zu laufen.

Als ich mit Staschek die Kneipe betrat, saß Danner bereits wieder am Tisch vor der Theke. Mittagspause.

Er sah von seinem Teller Eintopf auf. Etwas länger, als nötig war, um uns zu erkennen – was mir verriet, dass auch er meine neue Frisur zu würdigen wusste.

Ich setzte mich neben ihn vor meinen bereitstehenden Teller. Wenigstens kochte Molle wieder, wir würden nicht verhungern. Danner schob sich den nächsten Löffel Steckrüben in den Mund.

»Hölle!«, staunte Molle, als er aus der Küche kam. »Wahnsinn, Lila!«

»Kannst du mir mal erklären, was das zu bedeuten hat?«, nutzte Staschek das Stichwort, weil Danner keine Anstalten machte, in Panik auszubrechen.

Danner seufzte: »Das bedeutet wohl, dass ich neue Türschilder machen lassen muss.«

Ich grinste triumphierend.

»Bist du bescheuert? Reicht es nicht, dass die dich beinahe umgebracht hätten?«, regte sich Staschek weiter auf, was ihn aber nicht davon abhielt, nebenbei seinen Teller vollzuschaufeln.

Danner zuckte die Schultern: »Wieso ich? Ist doch nicht meine Fresse, die sie polieren.«

»Mir poliert keiner die Fresse«, protestierte ich empört.

»Außerdem poliert ihr keiner die Fresse, das hörst du doch«, stimmte Danner mir zu. »Sie ist doch keine Anfängerin mehr, Lenny.«

Wow.

Mein Herz machte einen aufgeregten Satz. Beinahe hatte ich das Gefühl, dass sich meine Wangen rot färbten. Ich biss mir auf die Unterlippe und angelte hochkonzentriert die Steckrüben aus dem Suppentopf.

Ein Kompliment. Ein echtes.

Staschek zog mürrisch die schön geschwungenen Brauen zusammen. Sein Blick wanderte von mir zu Danner hinüber und wieder zu mir zurück.

Beide löffelten wir schweigend unsere Suppe.

»Seid ihr noch an dieser Diebstahlgeschichte im Kindergarten dran?«, wechselte Staschek schließlich brummig das Thema. »Wo war das noch mal?«

»*Zwergenland*, Langendreer. Wieso?«

»Ach so. Nee, dann ist es falscher Alarm.«

Danner ließ den Löffel sinken: »Was ist falscher Alarm?«

Staschek winkte ab: »Da kam heute Morgen 'ne Anzeige wegen eines geklauten Autos rein. Da dachte ich gleich an euren Fall, aber das war der *Wühlmaus*-Spielkreis in Riemke.«

Danners graue Augen wurden schmal: »Geht's ein bisschen genauer?«

Staschek zuckte die Schultern: »Ich hab das Protokoll nicht gelesen. Da arbeitet wohl vormittags ein Therapeut, der mit den Kindern Gymnastik macht, und als der mittags auf den Parkplatz kommt, ist sein Wagen weg. Firmenwagen, Audi A8. Nettes Teil, der Typ hat 'ne gut gehende Praxis. Aber er hat wohl seinen Schlüssel in der Jackentasche gelassen. Würde mich wundern, wenn die Versicherung zahlt.«

»Hm«, machte Danner.

Ich überlegte fieberhaft, was dieser Diebstahl mit unserem Sex-Handy-Fall zu tun haben könnte. Dabei kam ich zu dem gleichen Ergebnis wie Staschek: gar nichts. Überall wurde geklaut, eben auch in Kindergärten.

Ich versuchte, in Danners Gesicht zu erkennen, ob er anderer Ansicht war, aber er verzog keine Miene.

13.

Es war bereits dunkel, als ich am frühen Abend durch die Häuserschluchten der Bochumer Innenstadt schlenderte. An dem schmalen Streifen Nachthimmel, den ich zwischen den scharfkantigen Silhouetten der Hochhäuser sehen konnte, stand ein blasser, runder Mond. Sein fahles Licht schaffte es aber nicht bis zu mir herunter. Oder es wurde von den Schaufensterbeleuchtungen geschluckt.

Über meinen zwei Pullovern und der Cordjacke hatte ich einen dicken Schal um Hals und Kinn geschlungen, denn es war so kalt geworden, dass mein Atem in Sekundenschnelle zu hellen Wolken gefror. Und in meinen Turnschuhen trug ich zwei Paar Socken. Schließlich musste ich damit rechnen, draußen zu übernachten, und ich war mir trotz der Kleidungsschichten nicht ganz sicher, ob ich darauf vorbereitet war.

In der Eisdiele am Ende der Fußgängerzone herrschte ohne Rücksicht auf den Winter Betrieb. Zwischen den Tischen vor der Tür hatte man riesige Heizpilze aufgestellt, deren Schirme die Wärme auf die aufgehübschten Menschen verteilten, die mit Kaffeetassen und Glühweinpötten in den Händen darunter standen.

Ich schlich unwillkürlich auf die andere Seite der Fußgängerzone hinüber, an Schaufenstern vorbei, in denen teure Uhren, Goldschmuck und glitzernde Abendroben angeboten wurden. Plötzlich war ich sehr weit weg von diesen Menschen mit ihren modischen Frisuren und perfekt sitzenden Jeans. Dabei hatte ich erst letzte Woche mit meinen Freundinnen genau hier gesessen.

Ein paar vielleicht Siebzehnjährige musterten mich so erfreut, als würde ich auf acht haarigen Beinen an der Eisdiele vorbeikrabbeln.

»Lila?«

Ups.

»Lila? Nee, oder?« Stascheks Tochter Lena kam zögernd auf mich zu. Schlank und groß, in knackigen Jeans und schwarzen Stiefeln mit Absatz und mit großen Rehaugen in Stascheks schmalem Gesicht passte sie ausgezeichnet in die angesagte Eisdiele.

Obwohl ich kaum zwei Meter von meiner besten Freundin entfernt stand, war ich in meinem Zwiebel-Outfit, überschminkt und mit Punkfrisur unerreichbar weit weg.

»Oh. Hi, Lena.« Der Schal rutschte von meiner Nase. Wie hatte sie mich überhaupt erkennen können?

Karo und Franzi waren ein paar Meter zurückgeblieben und blinzelten nur.

»Papa sagt, du knallst wieder durch.«

Na toll! Staschek hatte gepetzt.

»Quatsch«, knurrte ich. »Wie kommt der denn darauf?«

Lena musterte mit gerunzelter Stirn meine lila Haarfransen unter dem rechten Saum von Danners dunkler Mütze.

»Hat Lenny euch etwa beauftragt, mir hier aufzulauern?«

»Er meinte, du würdest vielleicht heute Abend am Bahnhof auftauchen«, gestand Lena ohne schlechtes Gewissen. »Er hofft, wir können dir den Schwachsinn ausreden.«

Dieser intrigante Mistkerl!, fluchte ich innerlich. Glaubte der, ich würde wie Papis Liebling sicher behütet in der warmen Stube sitzen bleiben? Und nächste Woche fing er womöglich an zu predigen, ich solle studieren, damit was Anständiges aus mir wird.

Karo und Franzi kamen jetzt ebenfalls näher.

»Lila! Bist du total crazy? Was ist mit deinen Haaren passiert?«, quietschte Karo entsetzt. Die große Sechzehnjährige trug zu ihrer wattierten Winterjacke einen pinkfarbenen

Lackminirock. Die Empörung hätte ich eher von Franzi erwartet, denn Karo war normalerweise für jedes Aufrege-styling offen.

»Papa sagt, du schlitterst da wieder in irgendwas rein!« Lena starrte mich an wie ein verschrecktes Reh. »Du hast doch nichts genommen, oder?«

Genommen? Ich stöhnte. Ihre Gedanken konnte ich in ihrem Gesicht ablesen: Du warst doch neulich erst zur Ent-giftung im Krankenhaus.

Mann, das war doch schon fast einen Monat her!

»Ich habe natürlich nichts genommen«, knurrte ich ge-reizt. »Ich arbeite nur. Ist mein Job, falls du dich erinnerst.«

Lena blinzelte. Wahrscheinlich erinnerte sie sich wirklich erst jetzt dran, dass ich Privatdetektivin war. Für Lena war ich wohl hauptsächlich die durchgeknallteste ihrer Freun-dinnen. Die, die mit dem Kumpel ihres Vaters schlief.

»Ich habe den Auftrag, einen Vermissten zu suchen«, er-klärte ich großspurig. »Und natürlich lasse ich die Typen nicht laufen, die Ben zusammengeschlagen haben.«

»Die Asis solltest du lieber der Polizei überlassen«, hörte ich Staschek aus Lenas Mund zu mir sprechen.

»Das ist doch gefährlich«, erkannte auch Franzi.

Mein Blick wanderte zu Karo, weil ich von ihr als Regel-brecherin vom Dienst am ehesten Verständnis erwarten konnte.

Karo kratzte sich nachdenklich in den auftoupierten Haa-ren: »Mann, Lila, die haben sogar Ben fertiggemacht. Solche Typen hauen erst zu und fragen dann, was du wolltest.«

Na sicher: Wenn der Superschnüffler mit seinen aufge-pumpten Muckis nichts gegen die Schläger hatte ausrichten können, dann hatte ich kleines Mädchen natürlich nicht den Hauch einer Chance.

Angsthühner.

»Immerhin kann ich Karate«, bemerkte ich schnippisch und ließ meine Freundinnen stehen.

Auch an diesem Abend hatten sich die Straßenkids am Busbahnhof versammelt. Dicht gedrängt standen sie in der Kälte und ließen kleine Rauchwölkchen in den schwarzen Nachthimmel steigen, bei denen es sich wohl eher selten um reinen, kondensierten Atem handelte.

Hier nahm niemand Notiz von mir. Tatsächlich fiel ich zwischen all den Ausgerissenen, Aggressiven und Obdachlosen weniger auf als zwischen meinen besten Freundinnen.

Lag das wirklich nur an meiner Haarfarbe?

Oder war das hier die Wirklichkeit und ich eine Asoziale, eine Heimatlose, eine Durchgeknallte statt eines netten, beliebten Mädchens?

Erschreckend, wie eindeutig die Antwort auf der Hand lag. Normalerweise wäre ich schon vor Monaten auf der Straße gelandet. Nur mit Glück hatte ich mich bei Danner und Molle reinschnorren können, bevor es so weit gekommen war.

Ich begriff, wie recht Molle hatte. Jeder konnte unter einer Brücke landen. Und ich sogar schneller als andere.

Ich beschleunigte meine Schritte, lief weiter, bevor mich diese nicht gerade motivierenden Überlegungen lähmen konnten. Ich sah mich nach bekannten Gesichtern um, lenkte meine Gedanken in die richtige Richtung.

Das konnte ich, das hatte ich gelernt. Im Verdrängen war ich Meisterin.

Bohne, den Kettenträger, konnte ich nicht entdecken. Und auch der Riese mit dem Ziegenbart ragte nicht aus der Menge.

Im Schutz des Bahnhofsgebäudes huschte ich zum Imbiss und entdeckte unter der Laterne am Lieferanteneingang sofort die beiden übergewichtigen Mädchen. Zwischen ihren Füßen standen ein paar Getränkedosen auf dem Pflaster. Im Laternenlicht suchten meine Augen sekundenlang nach glitzernden Blutflecken neben den Bierdosen der Mädchen.

Danner liegt auf der Seite. Bewegungslos. Zusammengekrümmt. Sein Blut glänzt nass auf dem Pflaster des Gehwegs.

Es dauerte einen Augenblick, bis mir bewusst wurde, dass diese Spuren längst getrocknet sein mussten und ich sie, selbst wenn sie noch da wären, in der Dunkelheit nicht erkennen würde.

Ich drängte auch diese Bilder aus meinem Kopf.

Die Dicke und die Schwangere teilten sich gerade einen Joint. Ich trat neben Engel, zog eine Schachtel Marlboro aus der Tasche und steckte mir eine Zigarette zwischen die Lippen, während ich den beiden Mädchen die Packung hinhielt.

»Hi!«

»Hey!« Engel reichte der Dicken den Joint und griff nach meinen Kippen.

Sie akzeptierten, dass ich mich zwischen sie auf die kalte Ziegelmauer setzte. »Frisch heute.«

Dicke drückte mir den Joint in die Hand. Ihre tief liegenden, kleinen Augen musterten mich flink. »Willste doch lieber zurück zu Mami?«

Ich schüttelte den Kopf.

Dicke nickte zufrieden.

Der Joint zitterte leicht in meiner Hand.

Was würde passieren, wenn ich daran zog? Würde ich wieder die Kontrolle verlieren? Abstürzen in eine Welt, die ein bisschen bunter, ein bisschen einfacher und ein bisschen lustiger war als die Wirklichkeit?

Ich betrachtete die kleine, schlampig zusammengerollte Tüte, die glimmende Spitze, aus der sich der gefährlich süße Qualm kräuselte. Als ich den Joint an die Lippen setzte, achtete ich darauf, meine Hand ruhig zu halten. Ich atmete nicht ein, sondern hauchte warmen Atem in die eiskalte Nachtluft und hoffte, dass die Mädchen die sofort kondensierende Wolke für Rauch hielten.

Glücklicherweise blieb die bekannte Situation, in der alle deinen ersten Zug gespannt verfolgen, aus. Niemand erwartete, dass ich hustete, kotzte oder öffentlich erstickte. Engel und Dicke kamen gar nicht auf den Gedanken, ich würde vielleicht nicht regelmäßig kiffen. Der Joint war so normal für sie, als hätte ich mir einen Kaugummi in den Mund geschoben.

Wusste Engel überhaupt, dass Drogen für ihr ungeborenes Baby eine Behinderung bedeuten konnten? Sie war noch so jung, hatte sie sich schon mal damit beschäftigt?

Ich musterte Engels runden Babybauch.

Vielleicht war es ihr auch egal? Sie hatte doch bestimmt kein Baby gewollt. Sie würde es höchstwahrscheinlich nicht behalten können, minderjährig und obdachlos, wie sie war. Wollte sie dem Baby womöglich absichtlich schaden?

Ich reichte den Joint an die Schwangere weiter.

Engel hatte bemerkt, dass ich sie anstarrte. Ich steckte schnell meine Zigarette an, um endlich echten Rauch auspusten zu können.

»Was 'n los bei dir zu Hause?«, tastete sich die Schwangere an mich heran.

Na klar, überall galten die gleichen Regeln. Egal ob man einem Sportverein oder einer Obdachlosenclique beitreten wollte: Bevor man ins Team aufgenommen wurde, musste man zeigen, dass man auch spielen konnte.

»Der übliche Stress mit den Alten«, winkte ich ab.

Ich ließ meinen Blick zur Straße hinüberschweifen, wo der rostige Flugzeugcontainer aus der Kreuzung ragte.

»Solltest aufhören, in der Wohnung zu rauchen?«

»Oder 'ne Ausbildung machen, oder was?« Dickes Stimme hatte einen knurrenden Unterton, der irgendwie ganz gut zu ihrem Kampfhundgesicht passte.

Na, ein Rauchverbot in der Wohnung konnte wohl kein Grund sein, auf der Straße zu leben. Oder?

Ich musterte die Dicke abschätzend. Doch ihre Speckschicht machte es unmöglich zu erahnen, was in dem Menschen darunter vorging.

»Nö«, antwortete ich schließlich.

Die beiden sahen mich abwartend an.

Eine interessante Geschichte für einen Schlafplatz, schien der Deal zu lauten. Na schön. Interessante Geschichten waren meine Spezialität.

Normalerweise bleibe ich, wenn ich lüge, so dicht wie möglich an der Wahrheit. Wichtige Regel, wenn man oft und glaubhaft lügen will. Denn so kann man sich die eigene Geschichte selbst besser merken.

Ich registrierte sehr wohl, dass ich mich heute nicht an diese Regel hielt.

»Mein Vater hat mich verprügelt, seit ich denken kann«, berichtete ich knapp. »Mit sechs lag ich mit einem Schädelbasisbruch im Krankenhaus, dann kamen mit zehn drei Rippen, mit zwölf der Arm, mit dreizehn wieder die Rippen und mit fünfzehn der Kiefer.«

Tief sog ich das Gemisch aus Zigarettenrauch und Winterluft in meine Lungen. In diesem Fall passte die Wahrheit einfach zu gut.

»Die Gehirnerschütterungen hab ich nicht gezählt.«

Engel hatte vergessen, den Joint zum Mund zu bewegen.

Merkwürdig, wie leicht es mir mittlerweile fiel, darüber zu sprechen. Hätte ich geahnt, dass es einfacher wurde, je öfter man es erzählte, hätte ich nicht jahrelang geschwiegen.

»Meine Mutter und mein Bruder haben es gewusst. Haben aber nichts unternommen. Sie meinten wohl, ich hätte die Schläge verdient.« Ich nahm Engel den Joint aus der Hand. »Wahrscheinlich hatten sie recht.«

»Und was hast du gemacht?« Dicke griff nach der Tüte. Ihre kräftigen, kurzen Wurstfinger steckten in Handschuhen, aus denen die Fingerspitzen herausguckten.

Was hatte ich gemacht?

Ich zuckte die Schultern: »Schule geschwänzt, gesoffen, unmögliche Typen angeschleppt.«

Das alles war tatsächlich erst ein paar Monate her. Mir kam es unwirklich vor, als wäre es gar nicht mein Leben, über das ich berichtete.

»Immerhin hab ich mal einen Selbstverteidigungskurs gemacht, weil ich mich wehren wollte«, schloss ich meine Geschichte mit einer der bewährten Dicht-an-der-Wahrheit-Schwindeleien. Dass der Selbstverteidigungskurs in Wirklichkeit gut zehn Jahre Kampfsport-Training waren, brauchte sich nicht herumzusprechen. Man konnte ja nie wissen, wann man den Überraschungseffekt mal brauchte.

»Und?«, fragte Engel wieder. »Hast du? Dich gewehrt, meine ich?«

Ich schüttelte den Kopf. »Hab mich nie getraut.«

Das würde mir heute nicht mehr passieren. Heute würde ich dem Arschloch mit Freude die Nase brechen, und wenn es das Letzte war, was ich tat!

»Mein Vater ist groß, sportlich. Spielt Tennis, Squash und Golf. Er wiegt mindestens doppelt so viel wie ich.«

Dickes flinke Augen, die tief zwischen den nach unten gezogenen Wülsten ihrer Brauen und dem hochquellenden Fleisch ihrer Wangen verborgen waren, flitzten an mir herunter.

»Ich komme eher nach meiner Mutter«, erklärte ich.

Sogar das stimmte. Verschwommen, wie im Nebel, tauchte meine Mutter in meiner Erinnerung auf.

Sie steht nackt vor einem Spiegel.

Wohl einfach, weil sie so oft nackt vorm Spiegel steht.

Kritisch inspiziert sie ihren Körper. Angezogen wirkt sie größer, als sie ist, sehr weiblich, durch Gel-Einlagen im BH und die lange, blonde Mähne, die die wöchentliche Drei-Stunden-Sitzung beim Friseur noch immer vor grauen Strähnen bewahrt.

Nackt erscheinen die Folgen lebenslanger Diäten und Fitnesskuren surreal. Man sieht nicht nur die einzelnen Rippen, die Schlüsselbeine, das Becken deutlich unter der geisterhaft durchsichtigen Haut hervortreten, man kann auch erkennen, welche der durch gnadenloses Aerobic-Work-Out trainierten Muskelstränge sich bei ihren Bewegungen zu dünnen, harten

Sehnen spannen und ihr mit Haut überzogenes Skelett in Bewegung setzen.

Doch trotz aller Fitnessprogramme lässt ihre Haltung zu wünschen übrig. Wenn sie nackt ist, sieht man genau, dass sich ihr Rücken im oberen Bereich gebeugt hat. Spitz treten die einzelnen Wirbel ihres Rückgrats zwischen ihren Schulterblättern hervor.

Brrr.

Ich verdrängte das gruselige Bild mit einem Kopfschütteln. War meine Mutter wirklich ein Zombie oder hatte sich meine Erinnerung verzerrt?

Dicke winkte ab: »Hätte eh nix genutzt.«

Ich sah sie an und versuchte, mir nicht anmerken zu lassen, dass meine Gedanken abgeschweift waren.

Wovon hatten wir noch mal gerade gesprochen?

»Ändern kannste deine Alten nicht«, stimmte Engel ihrer Freundin zu. »Abhauen ist das Einzige, was dir übrig bleibt.«

Ich blinzelte erstaunt.

Der Teenie, der es nicht gebacken gekriegt hatte, die Pille rechtzeitig einzuwerfen, hatte zumindest das sehr viel eher erkannt als ich selbst. Wieder fühlte ich mich plötzlich sehr dicht dran an diesem Leben auf der Straße.

»Was ist mit deinen?«, fragte ich Engel.

Sie blies hellen Rauch in die Dunkelheit. »Meine Alte hat gesoffen.« Wie zum Beweis hob sie ihre Bierflasche an den Mund. »Dann hat se inner Klinik 'n anderen kennengelernt und ist mit dem weg. Seitdem dreht mein Alter durch, wenn er bei mir Kippen oder Schnaps findet. Durfte nicht mal mehr mit meinen Leuten weg, weil er meinte, die hätten schlechten Einfluss ...«

Aha.

Ich betrachtete den Joint, den Dicke Engel hinhielt.

»War mir zu blöd. Bin dann irgendwann nicht mehr nach Hause ...«

»Wie lange schon?«, erkundigte ich mich.

»Hm – 'n Jahr?!«, schätzte Engel.

»Und du?«, kam Dicke an die Reihe.

»Vier«, sagte Dicke.

»Hölle, vier Jahre?«, wiederholte ich mit übertriebenem Erstaunen, um die nächste Frage wie zufällig rausgerutscht klingen zu lassen: »Wie alt biste denn?«

Dicke fletschte die Zähne: »Sechzehn.«

»Du bist schon mit zwölf auf der Straße gewesen?«

»Rechnen kannste.«

»Wieso?«

Dicke sah zum Himmel. Heute war die Nacht sternenklar und bitterkalt.

»Gibt Regen«, meinte Dicke und griff nach ihrer Flasche.

14.

Dicke und Engel marschierten am Flugzeugcontainer vorbei in Richtung Wiemelhausen.

In die gleiche Richtung, in die Bohne und seine Gemüsegang verschwunden waren, nachdem sie Danner zusammengeschlagen hatten, registrierte ich.

Die Mädchen liefen allerdings nicht besonders schnell, beide bewegten sich im schaukelnden Gang von Hochschwangeren. Gemächlich trödelte ich neben den schwergewichtigen Straßenkids her und begann trotz meiner Kleiderschichten zu frieren.

Rechts neben dem Gehweg begleitete uns jetzt ein hoher Stahlzaun. Einer dieser Bauzäune, deren Füße mit dicken Betonklötzen fixiert waren. Vor einer schweren Kette samt Vorhängeschloss, die zwei Zaunelemente verband, blieben meine Begleiterinnen stehen.

Mit einer kurzen Handbewegung drückte die Dicke das Schloss auseinander. Es war gar nicht verschlossen gewesen, vermutete ich, denn sonst hätte sie im Zirkus mit bloßen

Händen Eisenstangen verbiegen können und nicht auf der Straße leben müssen.

Mit einem kurzen Griff schob die Übergewichtige ihre kräftigen Finger durch das Stahlgitter und hob das knirschende Zaunelement aus dem Zementfuß.

Engel und ich schlüpften durch die entstandene Lücke, bevor Dicke den Zaun wieder zuwuchtete.

Möglicherweise stand ihr doch eine Eisenverbieger-Karriere offen, es hatte nur noch niemand ihr Supertalent gecastet.

Dicke dekorierte Kette und Vorhängeschloss wieder gut sichtbar zur Straße. Die Straßenlaternen blieben hinter uns zurück, nur der blasse Wintermond beleuchtete den unebenen Boden des Baugeländes. Beinahe sofort stolperte ich über eine harte Kante, landete auf Händen und Knien.

»Autsch!«

»Pass auf. Hier gibt es keinen Weg«, informierte mich Engel.

Danke für die Warnung.

Meine Augen durchfraßen die Finsternis, trennten Schatten von Umrissen. Allmählich ahnte ich die tiefen Rinnen, die die Reifen schwerer Fahrzeuge im Matsch hinterlassen hatten und die jetzt hart gefroren scharfkantige Hindernisse bildeten. Außerdem erkannte ich rechts und links von uns mehrere kegelförmig aufgeschüttete Hügel. Ein eckiges, dunkles Gebäude ragte vor uns in den Nachthimmel wie ein schwarzer Felsen. Durch eines der Fenster schimmerte fahles Mondlicht – besser gesagt durch die Fensteröffnung, denn die Scheiben fehlten noch. Genau wie ein Dach. Wir befanden uns auf einer Baustelle.

Hier also verkrochen sich Engel und Dicke nachts. Praktisch. Denn die Zwischendecke zum ersten Stock war bereits eingezogen worden und so war zumindest das Erdgeschoss halbwegs trocken. Ob Bohnes Schlägertruppe hier ebenfalls ihren Unterschlupf hatte?

Ich folgte den beiden Mädchen ein paar Betonstufen hinauf. Die halb fertige Treppe führte zu einer schwarzen Öffnung, in die irgendwann mal die Haustür eingesetzt werden sollte. Aus dem Schatten der Stufen angelte Dicke eine Taschenlampe.

Gut ausgerüstet waren die beiden.

Gleich darauf flammte der strahlend helle Lichtkegel auf.

»Wir schlafen da vorn, unter der Treppe. Da sieht man das Licht von draußen nicht«, erklärte mir Engel, während wir Dicke und dem Licht durch den Rohbau folgten.

»Kriegen wir denn keinen Besuch von dem Besitzer?«

»Edgar sagt, der ist pleite, wegen der Krise und so. Das ganze Ding sollte schon versteigert werden, wollte aber keiner. Wir sind seit über zwei Wochen hier.«

Und sie hatten es sich bequem gemacht: An den Treppenstufen, die in den nicht vorhandenen ersten Stock führten, hatten die beiden mit losen Betonbrocken eine blaue Bauplane befestigt. Wie ein Vorhang schützte das raschelnde Plastik eine Nische unter der Treppe. Das Ganze erinnerte an eine Butze, die Fünfjährige aus Decken und Stühlen bauten. Nur dass die ihre Wolldecken nicht mit kiloschwerem Beton befestigten. Wenn jemand an der Plane hängen blieb, würden die Brocken herunterkommen ...

Dicke hob die Folie zur Seite und ich achtete darauf, mich nicht zu verheddern, als ich den Mädchen in ihr Reich folgte. Dicke hängte die schwere Taschenlampe an einen Stahlträger.

Wow!

Im Inneren der Bude stand ein hellblaues Sofa, das auf den Namen Klippan hörte. Dem Dumpingwahn des Herstellers hatte es zu verdanken, dass es in dieser Bauruine ein Gnadenbrot erhielt, denn wäre es nicht aus billigstem und damit leichtem Sperrholz gefertigt, hätten Dicke und Engel das Ding nicht auf dem Sperrmüll einsammeln und hierher tragen können.

Klippans Armlehnen waren aufgeschlitzt, die Polster mit Bierflecken und Brandlöchern übersäht. Auf dem rissigen Betonboden vor der Couch befand sich ein Lager aus weiteren Sofapolstern – allerdings ohne Sofa. Außerdem entdeckte ich einen Fünf-Euro-Grill, einen Sack Grillkohle und eine hölzerne Mandarinenkiste – voll mit Leergut. Jägermeister, Wodka, Bier.

Eine Oase der Gemütlichkeit.

»Engel kriegt das Sofa«, bestimmte Dicke.

Wie fürsorglich. Dachte hier zur Abwechslung mal irgendwer daran, dass Engel schwanger war?

»Du kannst mit mir auf 'm Boden pennen.« Dicke fletschte furchteinflößend das Gebiss, und es dauerte ein paar Sekunden, bis ich begriff, dass das ein Lächeln sein sollte.

Super. Das Lager aus zerschlissenen Sofapolstern war mit viel Glück achtzig Zentimeter breit. Nichts gegen Dicke, aber sie hatte nicht mal allein genug Platz darauf. Schließlich war sie beinahe so breit wie hoch, fast quadratisch.

Das übergewichtige Mädchen bewegte sich mit x-beinigem Schaukelgang zum Sofa und angelte eine halb volle Flasche Aldi-Schnaps zwischen den Polstern hervor. Ich versuchte, die Maße ihres Hinterns zu schätzen, als sie sich bückte. Zu breit in jedem Fall.

Dicke nahm einen ordentlichen Schluck aus der Schnapsflasche und hielt sie mir dann hin. Sie hatte die Jacke ausgezogen, der Ärmel ihres zerrissenen Shirts war hochgerutscht und gab oberhalb des Saumes ihrer löchrigen Handschuhe einen mit blutig gekratzten Pusteln übersähten Unterarm frei.

Ich nahm die Flasche, setzte sie aber nicht an den Mund.

Was war das? Neurodermitis? Allein der Anblick verursachte Herpes.

Engel ächzte erschöpft aufs Sofa. Sie schnürte ihre Stiefel auf, kickte sie neben die Leergutkiste und legte die von der Schwangerschaft dick gewordenen Beine auf die Armlehne.

Ich gab ihr die Schnapsflasche und ließ mich am Fußende der Couch auf dem Boden nieder. Dabei konnte ich die Wollsocken näher betrachten, deren Sohlen tiefschwarz verfärbt waren und speckig glänzten. Wäre mir dieser Anblick erspart geblieben, hätte mir allein der Geruch ihrer Füßen verraten, dass Engel die Stiefel seit Wochen trug, ohne die Socken – oder wenigstens die Füße – mal gewaschen zu haben.

So unauffällig wie möglich rückte ich ein Stück zur Seite.

Dicke ließ ihren massigen Körper auf die am Boden liegenden Sofapolster sinken und streckte ihre Füße ebenfalls in meine Richtung.

15.

Meine Nase kitzelte. Es war ein beißender Gestank, der mich weckte. Ein Wunder, dass mir die Augen nicht tränten.

Ich hatte im Sitzen geschlafen, mein Kopf war auf das Sofa zurückgesackt und nur noch Zentimeter von Engels Wollsocken mit den speckigen Sohlen entfernt.

Ich fuhr hoch.

Bäh! Mit dem Ärmel rieb ich mir die Nase, um den scharfen Schweißgeruch zu vertreiben.

Mein Hintern war eiskalt, beinahe taub, denn der Nachtfrost war durch den blanken Betonboden und meine Zwiebelschichten gekrochen.

Frische Luft!

Gebückt wurschtelte ich mich unter der Folie hindurch aus der Pennerbutze. Gierig sog ich die klare, kalte Luft in meine Lungen, die mir hinter der Plastikplane durch die offenen Fensterlöcher der Bauruine entgegenströmte.

Draußen wurde es gerade hell. Die Stadt brummte in der mattgrauen Dämmerung.

Ich sah mich um.

Die Baustelle war im wahrsten Sinne des Wortes auf Eis gelegt. Schutt- und Sandhaufen hatte man mit den gleichen Folien abgedeckt, die Dicke und Engel zum Butzenbau benutzt hatten. An anderen Stellen ragten dünne Eisenstangen aus dem Fundament. Gerüstbretter lehnten neben der Treppe an der Wand.

Waren die Mädchen die Einzigen, die sich hier häuslich eingerichtet hatten?, erwachte meine detektivische Neugier. Ich suchte ja nach Fliege und Bohne.

Das schwache Licht der Morgendämmerung reichte noch nicht aus, um das Halbdunkel in der Bauruine zu erhellen. Deshalb tauchte ich mit angehaltenem Atem noch einmal unter der Folie hindurch in die Butze und angelte die schwere Taschenlampe neben Dickes Füßen weg.

Eine Profileuchte der Firma *Makita*, erkannte ich, als ich das Gerät in der Hand hielt. Mit Sicherheit teuer. Wo kam die wohl her? Ebenfalls gespendet vom gastfreundlichen, aber leider bankrotten Bauherrn?

Ich ließ den Lichtkegel über einen in der Ecke stehenden Betonmischer wandern. Daneben lagen ein paar Stahlträger auf dem Boden. Eine unfertige Treppe führte in den Keller.

Wohnte es sich da unten ähnlich gemütlich?

Leise schlich ich die Stufen hinunter. Im Keller war es eiskalt und stockdunkel. Und ein feiner, beißend scharfer und irgendwie vertrauter Geruch wehte mir entgegen.

Was war das? Ich schnüffelte konzentriert, um einordnen zu können, was ich roch.

Da, ein Rascheln!

Ich schnellte herum, mein Lichtkegel flitzte über kahle Wände, Betonboden – etwas huschte durch den Lichtschein!

Ein langer, nackter Schwanz – Ratten!

Na toll. Mein Herzschlag beruhigte sich etwas. Wir hatten tatsächlich Mitbewohner.

Mit der Taschenlampe suchte ich nach dem Nager, hörte trippelnde Schritte, folgte dem Geräusch mit dem Licht.

Ein Schuh tauchte in dem scharfen Lichtkranz der Taschenlampe auf – und bewegte sich!

Mein Herz machte erneut einen Satz. Als ich die Lampe hochriss, rechnete ich damit, eine mit klobigen Ringen gespickte Faust auf mich zurasen zu sehen.

Die Ratte sprang aus dem zerfressenen Pantoffel und verschwand in der Dunkelheit. Der leere Schuh kippte zur Seite.

Mistvieh! Ein Schädlingsbekämpfer sollte das kleine Ungeheuer killen.

Eine zerfetzte Wolldecke, alte Zeitungen, leere Bierflaschen, ein angebrochenes Glas Linseneintopf neben einer offenen Dose Hundefutter tauchten im Licht meiner Lampe auf.

Im gleichen Augenblick verstärkte sich der Gestank bis an die Kotzgrenze. Aber immerhin wusste ich jetzt, was ich gerochen hatte: Hund. In Kombination mit Hundefutter. Schimmelndem Hundefutter. In der *Chappi*-Dose steckte ein verkrusteter Löffel und daneben stand ein Napf, in den das Futter immer wieder gefüllt wurde, ohne dass je jemand auf die Idee kam, ihn auszuspülen. Lecker.

»Was machste da?«

Ich fuhr herum.

Engel wischte sich verfilzte rot-schwarze Strähnen aus dem Gesicht. Sie hatte sich in die Wolldecke eingerollt, unter der sie geschlafen hatte, und roch nach kaltem Rauch und Alkohol.

Interessant, dass ich den Geruch neben Hundefutter und Linsen überhaupt wahrnahm.

»Ich such wen.«

»Wen?« Engel wickelte sich die Wolldecke fester um ihre Schultern.

»'n Kumpel.«

»Wen?«, wollte Engel hartnäckig wissen.

Ich musterte das Mädchen scharf: »Fliege.«

Engels müde Miene verfinsterte sich: »Woher kennst *du* denn Fliege?«

»Aus 'er Kneipe«, klärte ich sie auf – man bemerke: schon wieder wahrheitsgetreu! »*Bei Molle* – das ist ein Schuppen in der Annastraße, in Stahlhausen.«

»Und was willste von Fliege?«

»Ich weiß, wo sein Köter ist.«

Engel zog die Augenbrauen hoch: »Mücke?«

Sieh mal an. Der kleine Läusetransport hatte bemerkenswert viele Freunde.

»So heißt die Klobürste wohl«, nickte ich.

»Mücke ist nicht bei Fliege?« Plötzlich wirkte Engel verwirrt. Nachdenklich zupfte sie an ihren Ärmeln.

»Ist das denn seine Bude hier?«, bohrte ich nach.

»Der ist schon seit Tagen nicht aufgetaucht.«

Also ja. Ich hatte den Unterschlupf unseres Penners gefunden! Mein Türschild rückte in greifbare Nähe.

»Wohnt ihr mit dem zusammen?«, riss ich Engel aus ihren Gedanken.

»Wie?«

»Wohnt ihr hier mit Fliege?«

»Wir hatten die Schnauze voll von Bohne«, nickte Engel. »Da hat uns Fliege mit hierher genommen. Der pennt öfter auf Baustellen, ist 'ne geile Idee. Aber jetzt ist er schon länger weg.«

Das bestätigte die Schimmelschicht auf dem Hundefutter. Ein ungutes Gefühl krabbelte unter meinen Kleiderschichten meinen Rücken hinauf, verursachte eine Gänsehaut und wurde zu einer leisen Ahnung.

Ich stand sozusagen vor Flieges Hab und Gut, seinen persönlichen Sachen. Warum war er nicht hierher zurückgekommen?

Wir hatten minus sechs Grad, erinnerte ich mich an Molles Worte.

Hatte Fliege es nicht mehr bis hierher geschafft, nachdem wir ihn aus der Kneipe geworfen hatten? Lag er auch jetzt noch unentdeckt an der Stelle, an der er besoffen umgekippt war? Oder war er womöglich Bohne und seinen Schlägern in die Arme getorkelt?

Wir hätten ihn an dem Abend ins Krankenhaus schaffen müssen, meldete sich mein Gewissen. Statt ihn einfach vor die Tür zu setzen und uns nicht weiter zuständig zu fühlen.

Trotz der Kälte im ungeheizten Rohbaukeller wurde mir plötzlich siedend heiß.

Cool bleiben, versuchte ich meine ungewohnt besorgte innere Stimme ruhigzustellen. Wahrscheinlich saß Fliege längst in einer Ausnüchterungszelle. Oder er machte auf Kosten von Herrn Hartz Urlaub auf Mallorca. Anscheinend war er doch ein ganz pfiffiges Kerlchen.

Mit dem Fuß schob ich die Wolldecken auseinander. Eine noch halb volle Bierflasche fiel klirrend um. Der Inhalt war angefroren, ein Gemisch aus Eis und Bier ergoss sich über eine ausgebreitete Zeitung.

Mein Blick fiel auf das Foto eines verunglückten Sport-wagens.

Moment, das Bild kannte ich doch?!

Ich hockte mich neben die Zeitung. Der Alkoholgeruch der Bierlache verdrängte ein wenig den Gestank nach Lin-seneintopf.

Das Blatt war alt, vom zweiten Januar. Genau diese Zei-tung hatte der Penner in Molles Kneipe unterm Arm gehabt.

Er war also noch einmal hier gewesen!

Er hatte die Zeitung hierher zurückgebracht.

Um dann zu verschwinden.

16.

»Ey, Engel. Dein Plattenpapa war da. Ist eben wieder raus«, berichtete Dicke, als wir gleich darauf wieder unter der Pla-ne hindurch in den Unterschlupf der beiden Jugendlichen krabbelten. Das übergewichtige Mädchen lag lang ausgestreckt auf dem Sofa, die Beine auf der Lehne. Glücklicherweise hatte auch sie ihre Stiefel wieder angezogen.

»Wollte was von dir. Keine Ahnung, wo du steckst, hab ich gesagt. Und dass ich ihm die Fresse blau hau, wenn er es noch mal wagt, mich zu wecken.«

»Plattenpapa?«, versuchte ich, mich weiterzubilden.

»Mein Sozialonkel«, erklärte mir Engel. »Der Wichser weiß eigentlich genau, dass ich so früh am Morgen kein' Bock auf ihn hab.«

Engel zündete sich eine Zigarette an.

»Das interessiert den Wichser wenig, das solltest du mittlerweile wissen, Nina.« Der Typ, der sich mühsam unter der Plane durchwurschtelte, war die lebendig gewordene Karikatur eines Sozialarbeiters. Groß und hager, mit überlangen, baumelnden Armen. Sah aus, als würde er auf Händen und Füßen laufen, wie ein Schimpanse.

Sein Gesicht war rechteckig, seine hellbraunen Locken zu lang und zu Jeans und Turnschuhen trug er einen Ohrring. Typischer Öko, von der Sorte, die in ihrer Freizeit winzige Zäune am Straßenrand errichteten, um wandernde Kröten vor dem Plattgefahrenwerden zu bewahren.

Der Mann trat zwischen uns und legte Engel kumpelhaft einen Arm um die Schultern. Aus dem anderen Ärmel seiner Daunenjacke schüttelte er eine Armbanduhr.

Obwohl mein leicht radikales Umweltbewusstsein prinzipiell mit Krötenrettern sympathisierte, wollte sich bei Engels Plattenpapa keine automatische Gleichgesinnung einstellen. Seine Umarmung war für meinen Geschmack zu dicht. Ich fragte mich, ob das zu den üblichen Vertrauensaufbaustrategien eines Streetworkers gehörte? Oder zählte der Vogel zu den Männern, die bei jungen Mädchen eine normalerweise selbstverständliche Distanz für unnötig hielten?

Von wem war Engel eigentlich schwanger?

»Halb elf. Du hast doch nicht etwa unser Date vergessen?«

»Leck mich, Hagen, ich hab 'n Schädel!«, bockte Engel und wand sich aus seinem Griff.

»Wir hatten doch abgemacht, dass du weniger trinkst.«

»Ich trinke weniger!«

Der Krötenretter warf einen unzufriedenen Blick auf die Zigarette in Engels Hand.

»Ey, ich rauche auch weniger.«

»Ich fände es gut, wenn du jetzt mitkommst und es dir ansiehst. Es ist nicht leicht, einen Platz in einem Mutter-Kind-Haus zu bekommen. Außerdem kannst du dort mal mit Sammy reden. Sie hat während der Schwangerschaft Kette geraucht, dadurch ist der Mutterkuchen verkalkt und der kleine Leon wurde nicht ausreichend mit Sauerstoff versorgt.«

»Scheiße, da hab ich kein' Bock drauf«, wehrte sich Engel.

»Du kannst immer noch zu mir ziehen«, bemerkte der Sozialarbeiter ironisch.

Auch sein Humor gefiel mir nicht.

»Kennen wir uns eigentlich schon?«, wandte sich der Mann prompt an mich, ohne weiter auf Engels Abwehr einzugehen. »Wie heißt du?«

Es dauerte einen Augenblick, bis ich kapierte, dass er auf eine Antwort von mir wartete. Und einen weiteren Augenblick, bis ich begriff, dass es gefährlich für mich wurde.

»Geht Sie nix an!«, schnauzte ich abwehrend.

Er musterte mich abschätzend. Aus der Nähe betrachtet waren seine Augen wässrig trüb, als hätte auch er schon den einen oder anderen Joint zu viel geraucht. »Bist du volljährig?«

»Logisch.«

Er winkte ab: »Wenn dich einer vermisst gemeldet hat, krieg ich's sowieso raus.«

Ich schwieg, doch mein Herz hopste erschrocken in die Höhe. Konnte es sein, dass mich meine Eltern als vermisst gemeldet hatten?

Blöde Frage – ich war seit mehreren Monaten spurlos verschwunden. Entweder war mein Vater vor Wut darüber geplatzt oder er hatte seine Beziehungen als Oberstaatsanwalt genutzt, um mich europaweit zur Fahndung ausschreiben zu lassen.

Ich bemerkte das weiße Pappkärtchen, das vor meiner Nase hin- und herwedelte.

»Falls du Hilfe brauchst.«

Wütend schnappte ich dem Krötenretter die Karte aus der Hand. Sein Name, Adresse und Telefonnummer vom Jugendamt standen drauf.

Hagen Borze-Filzhut. Ein feministischer Krötenretter also. Mit 'nem Scheißnamen.

Hagen Borze-Filzhut wandte sich wieder Engel zu: »So, können wir?«

Engel verdrehte die Augen.

»Wenn du auf der Straße lebst, musst du das Kind gleich zur Adoption freigeben.«

Engels Blick wurde feindselig: »Das Thema hatten wir durch, Alter.«

»Dann sieh dir das Mutter-Kind-Haus wenigstens mal an.« Der Streetworker griff Engel an den Schultern und schob sie in Richtung Ausgang.

Grapscher.

Ich steckte seine Karte in die Jackentasche.

17.

Die Kälte hatte sich durch meine Kleiderschichten gefressen und ich schlotterte am ganzen Körper, als ich den Fußmarsch vom Rohbau in Wiemelhausen hinter mir hatte. Mein Magen hatte die Hundefutter-Eintopf-Schweißfuß-Übelkeit überwunden und knurrte vor Hunger. Pünktlich zum Mittagessen erreichte ich die Kneipe.

Danner, Molle und auch Staschek hatten offensichtlich auf mich gewartet.

»Na endlich!« Molle sprang auf und fing hektisch an, Nudeln auf meinen Teller zu häufen. Auch wenn er es nicht zugeben wollte, hatte der Wirt sich von Stascheks Besorgter-Papa-Hysterie anstecken lassen.

Staschek zog ein Handy hervor und fing an zu tippen.

Danner war der Einzige, der ungerührt weiter Spaghetti Bolognese auf seine Gabel rollte. Ihm kaufte ich ab, dass er nicht daran gezweifelt hatte, dass ich wieder auftauchen würde.

»Und? Haste den Köter-Fall endlich gelöst?«, erkundigte er sich, als ich mir einen Stuhl heranrückte, weil es sich der Alaska-frische Fellträger heute auf meinem Platz bequem gemacht hatte.

Nach den vielfältigen Gerüchen dieser Nacht war ich wirklich erleichtert, dass Molle Mücke gewaschen hatte.

Vorsichtig schälte ich meine rot gefrorenen Finger aus den überlangen Ärmeln meiner Pullover.

»Und? Haste das Sex-Handy gefunden?«, konterte ich, während ich meine schmerzenden Hände massierte.

»Also ist der Fall nicht gelöst«, grinste Danner. »Prima, dann kann ich meine Detektei für mich behalten.«

»Freu dich nicht zu früh. Bestimmt hab ich heute mehr rausgekriegt als du«, schnappte ich bissig zurück.

Die Funken, die meinen Magen jedes Mal wieder leise kribbeln ließen, tanzten durch Danners graue Augen, als sich unsere Blicke trafen.

»Ich weiß inzwischen, dass Doro, die Schlumpfgruppen-anführerin, letzte Woche noch ein Date mit einem anderen hatte. Deshalb habe ich sie abblitzen lassen, die Schlampe«, informierte mich Danner amüsiert.

»Ach ja. Mit dem Fensterputzer«, winkte ich ab. »Weiß ich doch längst.«

Danner schnitt verärgert eine Grimasse: »Dann spuck aus, was du zu bieten hast.«

»Ich weiß, wo zumindest ein paar der Punks pennen«, punktete ich.

Molle pfiff durch die Zähne.

Und auch Staschek wurde hellhörig: »Raus mit der Sprache, dann schick ich gleich 'ne Streife hin!«

Schwungvoll zischte meine Gabel samt der sich herunterwindenen Nudeln zur Seite unter die Nase des Kommissars: »Wenn du mir noch einmal Lena auf den Hals hetzt, erzähl ich dir gar nichts mehr.«

Staschek wich vor meiner Gabel zurück und schielte auf die vor Soße tropfenden Spaghetti, die sich wie Würmer vor ihm auf der Tischdecke kringelten.

»Außerdem rede ich von Straßenkids, die nichts mit Bohne zu tun haben wollen und deshalb lieber bei Fliege übernachtet haben«, erklärte ich und schob die Nudeln, die sich noch nicht selbstständig gemacht hatten, in meinen Mund.

»Bei Fliege?«, schaltete Danner sofort. »Du weißt, wo Fliege ist?«

Ich biss mir auf die Zunge, um nicht zu grinsen. Ein paar Sekunden wollte ich Danners angespanntes Gesicht genießen und ihn zappeln lassen.

Danner verschränkte die Arme und lehnte sich abwartend zurück. Doch sein forschender Blick heftete sich fest an mein Gesicht, seine Aufmerksamkeit hatte ich mir gesichert.

»Ich weiß, wo er übernachtet hat, bevor er verschwunden ist«, klärte ich ihn widerwillig auf.

Danner ließ die Arme sinken, zweifellos erleichtert darüber, dass er meinen Namen noch nicht neben seinen eigenen setzen musste.

Vorerst.

»Und ich weiß, dass er noch mal in seinem Unterschlupf gewesen sein muss, nachdem er seinen Hund bei Molle einquartiert hatte. Und bevor er verschwunden ist.«

»Du solltest vielleicht irgendwann einen Bericht tippen«, bemerkte Danner, jetzt wieder kauend.

Unter dem Tisch spürte ich im gleichen Moment, wie sein Fuß mein Schienbein hinaufwanderte.

Ich tippte mir mit zwei Fingern an die Stirn: »Wird erledigt, Boss.«

Sein Stiefel erreichte die Innenseite meines Oberschenkels und ich stopfte mir hastig drei Gabeln voller Nudeln in den Mund: »Außerdem weiß ich, welcher Sozialarbeiter für die Kids zuständig ist.« Kauend wurschtelte ich die zerknickte Karte des Krötenretters aus meiner Jackentasche. »Der wird mir sicher noch mehr erzählen können.«

Danner nahm mir Hagen Borze-Filzhuts Visitenkarte aus der Hand und betrachtete sie nachdenklich.

»Irgendwie habe ich allmählich ein ziemlich mieses Gefühl bei der Sache«, gestand ich. »Fliege hat sein Zeckenasyl nicht wieder abgeholt und sein ganzes Hab und Gut in der Bauruine zurückgelassen ...«

Danner nickte.

»Check mal die Krankenhäuser, Lenny«, beauftragte er den Leiter der Mordkommission. »Vielleicht wurde Fliege irgendwo eingeliefert.«

Staschek holte Luft, um zu protestieren.

Danner erhob sich und klopfte dem Kommissar auf die Schulter: »Du überarbeitest dich schon nicht. Was ist mit deinem Bericht, Lila?«

Ich stand ebenfalls auf.

»Und was ist mit meinem Essen?«, murrte Molle mit einem Blick auf meinen halb voll stehen gelassenen Teller.

Die Kneipentür war noch nicht hinter uns zugefallen, da hatte Danner mich schon gegen die Flurwand gegenüber gedrückt, an die ein unbekannter Künstler in übergroßen Buchstaben *FUCK* gesprayt hatte. Ich spürte die warme Berührung seiner linken Hand, die unter meine drei Pullover wanderte, meinen nackten Bauch fand, nach oben glitt. Und ich spürte den kräftigen Griff seiner Rechten im Nacken, die meinen Hinterkopf vor dem Zusammenstoß mit der Betonwand schützte und gleichzeitig verhinderte, dass ich seinem heftigen Kuss ausweichen konnte.

»Wer hat denn heute nun besser ermittelt?«, wollte ich noch wissen.

Danner verschloss meinen Mund mit seinen Lippen, presste mich fester gegen die Wand. Nur sein für Sekunden stockender Atem verriet, dass seine vermutlich angeknacksten Rippen ihm die Belastung übel nahmen.

Ich schlang ein Bein um seine Hüften.

»Warten wir's ab«, grinste Danner. Mit beiden Händen umgriff er meinen Hintern, hob mich hoch und trug mich die Treppe hinauf.

18.

»Mistwetter«, fluchte ich. Ich hatte mein winterfestes Outfit um zwei von Danners T-Shirts ergänzt.

Die Temperaturen fielen noch immer. Klimawandel und Erderwärmung zum Trotz schien dieser Januar der kälteste seit Jahren zu werden. Und ausgerechnet jetzt kam ich auf die Idee, draußen zu übernachten. Brillant.

»Ich hab uns was zum Aufwärmen mitgebracht.«

Ich verteilte Schnapsgläser aus Plastik an Dicke und Engel und auch an Glatze, die heute mit uns unter der Laterne vorm Lieferanteneingang des Bahnhofsimbiss saß. Dann setzte ich mich neben die Tätowierte auf die Ziegelmauer, weil Engel und Dicke je eine der kurzen Holzbänke ausfüllten. Aus dem Ärmel meiner Cordjacke zog ich eine Flasche Tequila.

Wahrscheinlich würde Molle überhaupt nicht auffallen, dass ihm eine fehlte. Wenn doch, konnte ich sie ja als Spesen verbuchen.

Engel gab mir das Glas zurück und zog ein Bier aus ihrer Tasche. Hatte der Krötenretter es etwa geschafft, ein bisschen mütterliches Verantwortungsgefühl bei der Hochschwangeren zu erzeugen?

»Wie war's mit deinem Kumpel vom Amt?«, erkundigte ich mich.

Engel zuckte die Schultern. »Wie immer.«

Sie hatte ihr rundes Gesicht hinter einem Schal versteckt, über dem nur ihre spitze, rote Nase und runde Pausbacken zwischen schwarz-roten Haarfransen herausguckten.

»Heißt das, du gehst jetzt ins Mutter-Kind-Haus?«

Wieder Schulterzucken. »Weiß nich.«

Sie leerte das Bier auf Ex und rülpste. So viel zum mütterlichen Verantwortungsbewusstsein.

»Spinnste jetzt, oder was? Du willst dich doch wohl von dem nich einknasten lassen?«, brauste Dicke auf. Zweifellos war der Tequila nicht ihr erster Hochprozentiger heute.

Engel zupfte die zerlöcherten Ärmel ihrer Strickjacke über ihre rot gefrorenen Finger. »Jedenfalls behalte ich das Baby«, stellte sie trotzig klar.

Offenbar ahnte Engel, dass Dicke das nicht gefallen würde, denn sie war aufgestanden und hatte ein paar Schritte Sicherheitsabstand genommen.

»Letzte Woche wollteste das Bratz noch inne Klappe machen«, blaffte die Dicke wütend.

»Leck mich, Dicke!«

»Ey, so sprichste nich mit mir!« Dicke fuhr hoch und fletschte die Zähne.

Doch da hatte Engel sich schon umgedreht und war gegangen.

»Bleib ma locker!« Glatze stellte sich Dicke in den Weg. Obwohl die besenstieldünne Kahlköpfige die Dicke niemals hätte aufhalten können, ließ sich die Angriffslustige von ihr bremsen.

Ich nutzte die Gelegenheit und rannte hinter Engel her. Die Hochschwangere ließ sich auf eine der eiskalten Edelstahlbänke am Busbahnhof plumpsen. Die restlichen Jugendlichen waren in Richtung Bahnhofseingang weitergezogen. Engel ploppte die nächste Bierflasche auf.

Mit etwas Abstand setzte ich mich neben sie. Sofort durchdrang die Kälte der Metallrippen den Stoff meiner Jeans.

»Wie lange haste noch?« Ich deutete mit einem Blick auf ihren Bauch.

Nach kurzem Zögern antwortete Engel: »Sechs Wochen.«

»Dann musste dich langsam entscheiden, hm?«, bemerkte ich.

Ohne Vorwarnung donnerte Engel die noch volle Bierflasche auf den Asphalt. Das Glas zerplatzte klirrend und die Splitter spritzten in alle Richtungen.

»Die müssen da um halb elf drin sein!«, schimpfte sie empört. »Und Bier und Zigaretten sind verboten. Das ist der reinste Knast!«

Ach.

»Hagen hat sich totgelacht, der Wichser! Der weiß genau, dass ich das nicht aushalte! Da hab ich kein Bock drauf! Mein Leben gefällt mir, wie's is.«

Ich runzelte die Stirn. »Willste denn wirklich mit 'nem Baby auf der Straße leben?« Meiner Meinung nach kein vollständig ausgereifter Plan.

Engel zuckte die Schultern: »Kann ich mir nicht vorstellen.«

Immerhin.

»Mit 'nem Kind auf der Baustelle übernachten kann ich mir auch nicht vorstellen«, stimmte ich ihr zu.

»Nee«, schüttelte Engel ihre schwarz-rote Mähne. »Ich meine, ich kann mir nicht vorstellen, ein Kind zu haben. Das ist noch so weit weg.«

Oi. Sie hatte weniger begriffen, als ich gehofft hatte.

Wie aufs Stichwort schnippte sie sich die nächste Zigarette aus der Packung.

Mann! Aufwachen, Engelchen! Spätestens, wenn man einen Bauch wie Molle vor sich herschob, sollte man sich mit dem Gedanken anfreunden, dass da bald ein Baby rauskommen könnte. Denn, dass es ein tanzender Alien wurde, der in sein Raumschiff hüpfte und verschwand, damit sie ungestört weiterleben konnte, war doch eher unwahrscheinlich.

»Du wolltest nicht schwanger werden, hm?!«, stellte ich fest.

Engel zog so stark an ihrer Zigarette, dass ihre Hamsterbacken sich hohl nach innen sogen. »Doch, klar.«

Erstaunt sah ich sie an.

Engel hatte offensichtlich mit meiner Verwunderung gerechnet. Sie pustete eine langsam aufsteigende Wolke aus Rauch und Atem in das klar-kalte Rosa des Sonnenuntergangs.

Im gleichen Augenblick kam Bewegung in die versammelten Teenager. Gegröle wurde laut. Vorbeigehende Passanten machten automatisch einen Bogen um die Horde.

Ich richtete mich auf.

Der große, dünne Junge, der die Dicke da gerade im Würgegriff hatte, trug Dutzende klirrender Ketten um den Hals. Weil Dickes Kopf unter seinem Arm klemmte, stand sie gebückt. Ihre sowieso zu enge Hüfthose war runtergerutscht und gab den Blick auf ihre wackelnden Arschbacken frei, die ihren dünnen String verschluckten.

Das Kindergesicht des Kettenträgers erkannte ich sofort: Bohne, der Schlägerboss!

Ich war aufgestanden, ohne es zu merken.

»Fick dich, du Hirn!«, brüllte Dicke unter Bohnes Arm. Sie klang heiser – das lag aber wohl eher an ihrer Wut als an seinem Würgegriff.

»Ich fick lieber dich!«, mischte sich der Riese mit dem Ziegenbart ein. Er stellte sich dicht hinter Dickes wackelnden Po und stieß sein Becken in einer eindeutigen Bewegung gegen ihren Hintern.

Im gleichen Augenblick schrie Bohne auf und ließ das Mädchen frei: »Aua! Die Schlampe hat mich gebissen!«

Ohne eine Sekunde zu zögern, sprang die Dicke hoch und rammte dem Kettenträger ihren breiten Schädel ins Gesicht. Ich bildete mir ein, den dumpfen Aufprall und das Knacken hören zu können.

»Uff.« Bohne taumelte rückwärts und klirrte zu Boden. Hellrotes Blut schoss aus seiner Nase.

»Leg dich nicht mit mir an, Pissgesicht! Hast du gehört? Leg dich nie wieder mit mir an!«, keifte Dicke triumphierend.

Bohnes Blut klebte an ihrem Knautschgesicht. Die übrigen Jugendlichen wichen rasch vor dem Mädchen zurück. Sogar der Riese machte ihr respektvoll Platz.

»Hab mir kein neues Rezept besorgt, als die Pillen alle waren«, führte Engel unser Gespräch ungerührt weiter. »Hagen hatte mir zwar den Termin beim Arzt gemacht, aber ich bin nicht hin.«

Sie beobachtete das Geschehen auf der anderen Straßenseite so unbeteiligt, als sähe sie einen Actionfilm, der nebenbei im Fernsehen lief. Bohne wurde von seinen Kumpeln auf die Beine gezogen, die Hände ins Gesicht gepresst. Blut quoll zwischen seinen Finger hervor und tropfte zu Boden.

Der Schmuckfreund taumelte davon, seine Gemüsegang folgte brav.

Verdammt! Das war die Gelegenheit. Die waren mit sich selbst beschäftigt, niemand würde auf mich achten. Ich könnte ihnen mühelos folgen, herausfinden, in welchem Loch sie sich verkrochen, und dann Staschek ranpfeifen. Dann kriegten sie die Quittung für die Prügelattacke auf Danner.

»Hat auch gleich geklappt«, sagte Engel.

Ich blieb neben ihr stehen.

Mist.

Wenn ich Engel jetzt einfach sitzen ließ, bekam ich sie womöglich nie wieder zum Reden.

Ich plumpste erneut neben die Schwangere auf die Metallbank. Sollte unser Superbulle eben selbst suchen.

»Du wolltest ein Kind?«, hakte ich nach, während ich rechts neben meiner Hüfte in mein Handy tickerte.

Schläger am Bahnhof Südring, simste ich Staschek.

Nachdem ich die Textnachricht abgeschickt hatte, ließ ich mein Telefon unauffällig wieder verschwinden und schenkte Engel meine volle Aufmerksamkeit.

Ich war davon ausgegangen, dass Engel zu der Sorte Teenager zählte, die besoffen vergaßen, dass die Pille nicht wirkte, wenn man sie wieder auskotzte.

»Wieso ein Kind?«

Ohne Kohle, ohne Job, sogar ohne den passenden Vater dazu? Moment, den einen Punkt hatte ich noch gar nicht überprüft: »Und wer ist eigentlich der Vater?«

Mit der Bierflasche, die aus ihrem Jackenärmel ragte, winkte das Mädchen ab: »Kommen mehrere infrage.«

Das wiederum passte beinahe zu gut in mein Bild.

Ich rollte mich fester in meine Jacke. Mittlerweile war es fast dunkel.

»Aber wieso wolltest du schwanger werden?«

Engel rauchte schweigend.

»Was glotzt du so? Soll ich dir auch die Nase brechen?«, blaffte Dicke ein Stück entfernt Glatze an.

»Ich wollte einfach, dass jemand zu mir gehört«, sagte Engel leise.

Ihre Worte trafen mich unvorbereitet wie eine Faust in den Magen. Ich spürte, wie mir Tränen in die Augen schossen. Schnell stürzte ich meinen Tequila hinunter.

Das war ein Gedanke, den ich noch nie zu denken gewagt hatte. Und Engel hatte nicht nur gedacht, sie hatte gleich Nägel mit Köpfen gemacht.

Meine Augen brannten. Ich wollte mir nicht durchs Gesicht wischen, hoffte, dass sich kein Tropfen aus meinen Augenwinkeln löste und über mein Gesicht kullerte.

Ich wischte doch.

Engel bemerkte es.

»Verstehe«, krächzte ich.

Engel tickte ihre Bierflasche gegen mein Plastikglas, bevor sie trank.

19.

Die Kälte brannte schmerzhaft in meinen Händen und Oberschenkeln. Außerdem drückte mir ein dumpfer Schmerz in den Rücken, rechts unten, irgendwo zwischen Rippen und Kreuzbein. Meine Füße spürte ich nicht.

Stöhnend wollte ich mich auf die Seite drehen, doch es ging nicht, mein Knie klebte am Boden fest. Ein feines Stechen bohrte sich wie eine Nadel in meine Stirn. Der kalte, harte Boden unter mir schaukelte.

Meine Füße spürte ich noch immer nicht. Tatsächlich konnte ich nicht einmal sagen, ob ich überhaupt noch Füße hatte.

Erschrocken setzte ich mich auf.

Meine oberste Jeansschicht riss mit einem Ratschen. Ich hatte zwischen mehreren umgekippten Bierflaschen in einer Pfütze gelegen und meine Hose war am Betonboden der Bauruine festgefroren.

Eine weitere Flasche zog ich unter meinem Hintern hervor. Tequila. Leer.

Mist.

Und was war mit meinen Füßen?

Mein Herz schlug schneller, brachte meinen Kreislauf in Sekundenbruchteilen auf Touren. Ich zerrte die Turnschuhe von meinen Füßen. Mit steif gefrorenen Fingern war das nicht einfach. Dann die Sockenschichten. Meine Füße waren noch da. Aber sie schimmerten leicht violett. Mit beiden Händen fing ich an, meine Fußballen zu rubbeln, zu kneten. Ich spürte nichts.

Heiße Panik pochte durch meinen Körper.

Was war das? Erfrierungen? Mussten mir jetzt die Zehen amputiert werden?

Mit Fäusten schlug ich auf meine Füße ein, die davon rote Flecken bekamen. Endlich fühlte ich ein Kribbeln. Ganz leise, aber ich fühlte.

Gott sei Dank!

Schon wieder schossen mir Tränen in die Augen, diesmal vor Erleichterung. Wann war ich eigentlich so ein Weichei geworden? Das Kribbeln wurde stärker, spürbarer, selten hatte ich mich so gefreut, etwas zu fühlen! Es war ja nicht so, dass ich neuerdings besonders an meinem Leben hing, aber ich wollte es irgendwann zumindest in einem Stück beenden.

Aus dem Kribbeln wurde ein Brennen, das sich zu einem kochend heißen Schmerz steigerte.

Am liebsten wollte ich aufspringen und mit einen jodelnden Kriegstanz durch die Pennerbude hüpfen, doch mit einem Blick auf das Sofa verkniff ich es mir.

Engel lag zusammengerollt auf der Seite, von der Decke, ihrer Jacke, Schal und Handschuhen beinahe vollständig verhüllt. Ein leises Schnarchen verriet, dass in dem dicken Stoffhaufen jemand atmete.

Ich knetete meine auftauenden Füße kräftig weiter.

Hatten wir zu zweit die Flasche Tequila geleert?

Neben einer Bierpulle entdeckte ich mein Handy. Es musste mir aus der Tasche gerutscht sein. Ein kleiner, gelber Briefumschlag im Display wies auf ungelesene Nachrichten hin.

Sieben neue SMS, um genau zu sein. Von Staschek.

22.11 Uhr: *Schicke Streife*
22.11 Uhr: *Wo genau sollen die Schläger sein?*
22.16 Uhr: *Lila, antworten!*
22.30 Uhr: *Drei Streifen melden nichts Verdächtiges.*
22.32 Uhr: *Wo bist du?*

22.36 Uhr: *Lila, melde dich!*
22.50 Uhr: *Streifen abgezogen, keine Festnahmen. Wo*
bist du?

Ich schaltete das Handy aus und beschloss, mich wärmer anzuziehen, bevor ich weiterermittelte.

Die Wohnung war leer. Klar, es war kurz vor halb elf, Danner arbeitete im Kindergarten. Ich kickte meine Stiefel neben seine Turnschuhe unter die Garderobe, schlurfte hinüber ins Badezimmer, pellte mich aus meinen zerrissenen Klamotten und kletterte in die Wanne.

Im Gegensatz zu meiner sonst blassen, jetzt im Winter beinahe leichenbleichen Haut leuchteten meine Füße, meine Hände und – wie mir ein Blick in den Spiegel verriet – auch meine Nase feuerrot.

Ich stellte die Dusche vorsichtshalber lauwarm, doch als das Wasser meine roten Füße traf, schien es brühend heiß. Ich wusch mich also beinahe kalt. Immerhin ließ dadurch mein Schwindel nach.

Nachdem ich einigermaßen aufgetaut war, föhnte ich die schulterlange lila Mähne auf meiner rechten Kopfhälfte, spülte Haarstoppeln aus dem Waschbecken, betrachtete prüfend meine Frisur.

Dann erst mein Gesicht.

Erstaunt hielt ich inne: Das war nicht ich.

Oder doch?

Es war mein altes Ich, das mich anstarrte. Fremd, obwohl ich die letzten zehn Jahre so ähnlich ausgesehen hatte. Doch tatsächlich war das Vergangenheit. Die Vergangenheit, in der ich die lila Punkfrisur noch zwecks Rebellion und nicht aus ermittlungstechnischen Gründen getragen hatte.

Oder war es die Zukunft, die ich im Spiegel sah?

Ich bildete mir zwar ein, ein Zuhause, Freunde und einen Job zu haben, doch ich hatte bereits erfahren, wie schnell diese schillernd schöne Seifenblase einfach zerplatzen konnte. Ein Sekundenbruchteil reichte, um mein ganzes Leben in winzige schmierige Tropfen zu sprengen.

Diese Wohnung war nicht meine. Und auch meine Beziehung war eigentlich keine. Ganz abgesehen vom Altersunterschied waren weder Danner noch ich selbst für eine dauerhafte Bindung geeignet. Es war nur eine Frage der Zeit, bis die nächste Marie oder Klara auftauchte und meine Seifenblase mit einem Fingerschnipsen in Luft auflöste. Früher oder später würde ich genau da ankommen, wo ich mich im Spiegel bereits sah.

Energisch schüttelte ich die Gedanken aus meinem Kopf.

Konzentration jetzt! Es war nicht mein Auftrag, zur deprimierten Dauerstrammen zu mutieren. Ich sollte Fliege und Bohne finden.

Aus dem Kleiderschrank wühlte ich frische Klamotten. Als ich alles übereinander angezogen hatte, ließ sich meine Jacke beim besten Willen nicht mehr zuknöpfen. Ich kramte in den Taschen. Mein Handy, ein Kugelschreiber, mehrere Tampons, ein bisschen Kleingeld, Zigaretten, ein Plastikschnapsglas.

Die Visitenkarte war weg.

Egal. Ich schnappte mir eine von Danners schwarzen Wollmützen von der Garderobe, zog sie über meine halbe lila Mähne und huschte aus der Tür.

20.

Als ich eine Viertelstunde später die nächste Tür öffnete, wäre ich um ein Haar verblüfft zurückgeprallt. In jedem Fall zögerte ich einen Augenblick zu lange, um noch lässig zu wirken.

Was sollte das?

Oje, hoffentlich hatte ich das nicht laut gesagt!

Ich stand im vierten Stock der beeindruckenden Festung des Bochumer Rathauses. In der Tür zum Büro von Dipl.-Päd. Hagen Borze-Filzhut – besser bekannt als der Kröten-retter.

Der Streetworker hing mit gebeugtem Rücken über einem weitläufigen Zettelchaos, unter dem sich irgendwo ein Schreibtisch verbergen musste. Im grellen Flimmerlicht der Bürolampen wirkte er älter und zerknitterter als im Halb-dunkel der Bauruine. Ihm gegenüber auf einem Plastikstuhl mit wackligen Metallbeinen saß – Danner!

Was zum Teufel machte der hier? Das war mein Fall, er war raus, er hatte doch hingeschmissen! Wieso war er nicht im Kindergarten? Und war es so schwer, mal einen Ton davon zu sagen, dass er mir in die Ermittlungen pfuschen wollte?

Ich schoss einen giftigen Blick in seine Richtung.

Danner grinste.

Der Sozialarbeiter hatte inzwischen aufgesehen. Sein Ge-sicht zerknitterte noch mehr. Offenbar überlegte er, woher er mich kannte.

»Tach«, entschied ich mich für einen Überraschungsan-griff. »Sie hatten doch gesagt, ich kann mich melden.« Ich verschränkte die Arme vor der Brust.

Danner hatte sich zu mir umgedreht. Das Grübchen, das auf seiner linken Wange erschien, machte das Denken für mich nicht unbedingt leichter.

»Ah … äh …« Der Beamte versuchte erfolglos, sich an meinen Namen zu erinnern. In seinen Unterlagen wühlend, fuhr er fort: »… schön, dass du es dir überlegt hast. Komm ruhig rein.«

Ich war ja schon drin.

Mit einem Rums schloss ich die Tür hinter mir. Ich rückte einen billigen Plastikstuhl von Danner weg, bevor ich mich setzte. Mein Blick wanderte über die schwarze Jeans, den dunklen Rolli und die klobigen Winterstiefel des Detektivs.

Er war rasiert, bemerkte ich. Und den Bluterguss unter dem linken Auge hatte er irgendwie verschwinden lassen – mit meinem Make-up, jede Wette. Nur die Schramme auf seiner Stirn zeugte noch von der Prügelei.

»Das ist Herr … äh …« Anscheinend hatte der Sozialarbeiter mit Namen Schwierigkeiten.

»Danner«, half ihm Danner weiter und erhob sich. »Aber ich wollte sowieso gerade gehen.«

Das wurde auch Zeit! Das war mein Fall! Meiner! Der Feigling hatte kalte Füße bekommen bei dem Gedanken, dass tatsächlich der Name einer Frau auf seinem Klingelschild erscheinen könnte!

Hätte ich mir denken können. Bindungsunfähiger Schisshase!

Danner verabschiedete sich mit einem Nicken und schlenderte ohne Eile zur Tür.

Der Sozialarbeiter winkte zerstreut und wurschtelte weiter in seinen Zetteln.

Die Bürotür klackte hinter Danner ins Schloss. Im gleichen Moment schleuderte Hagen Borze-Filzhut seine wilde Haarmähne nach hinten: »Ah! Liliana, nicht wahr?«

Ich zuckte zusammen.

Mit einem abgenagten Fingernagel tippte der Sozialarbeiter auf einen Zettel, der ungefähr so zerknittert war wie sein Gesicht. »Da haben wir es ja.«

Verflucht! Woher kannte der meinen Namen?

»Treffer, hm?«, triumphierte der Streetworker. »Ich hab ja versprochen, ich finde es heraus.« Zufrieden nuckelte Borze-Filzhut an einer Kaffeetasse. »Liliana-Cassandra Simanowski-Ziegler.«

Er stellte die Tasse auf den Zettel, von dem er las. Ein feuchter, brauner Rand bildete sich um das Gefäß herum.

»Zwanzig Jahre alt, einen Meter einundsechzig groß, blond oder auffällig gefärbt und so weiter und so weiter … Vermisst gemeldet seit Oktober letzten Jahres.«

Vermisst gemeldet?

Genauso gut hätte der Sozialarbeiter meinen Hals mit seinen knochigen Fingern umschließen und mir die Luft abdrücken können. Ich wollte schlucken, konnte nicht.

Wussten sie womöglich schon, wo ich war?

Ich sprang auf und klatschte meine Hände vor Borze-Filzhut auf den Schreibtisch. Vor Schreck schwappte dem Krötenretter der Kaffee über die Finger und tropfte auch auf den zerknitterten und fleckigen Zettel, bei dem es sich offenbar um meine Vermisstenmeldung handelte.

»Das haben Sie richtig erkannt«, schnauzte ich den Mann an. »Ich bin volljährig. Deshalb können Sie mal anfangen, mich zu siezen. Es geht niemanden was an, wo ich bin! Kapiert?«

Wie zwei hellblaue Murmeln kullerten die erschrockenen Augen durch Borze-Filzhuts eckiges Gesicht. »Aber deine – Ihre Familie weiß nicht, wo Sie stecken. Sie suchen nach Ihnen, machen sich Sorgen …«

»Und das ist gut so!«

Das fehlte mir noch: dass meine Eltern mich nach all der Zeit doch noch fanden, nur weil dieser Pfadfinder glückliche Familien zusammenführen wollte.

Mein Vater würde den Sozialarbeiter zum ›Hilfswilligen der Woche‹ ernennen, bevor er mich bereuen ließ, dass ich ihn seit Monaten zum Gespött seiner Kollegen machte.

Lebhaft konnte ich mir vorstellen, wie der Herr Oberstaatsanwalt versuchte, mein Verschwinden zu vertuschen:

»Und? Wie macht sich Ihr süßes Töchterchen im Jurastudium, Herr Oberstaatsanwalt?«, fragt einer seiner Lieblingsfeinde – ein Pflichtverteidiger.

Die kräftigen Kiefermuskeln meines Vaters spannen sich, seine Zähne knirschen, während er das Kinn hin- und herschiebt. Sein Nacken wölbt sich wie bei einem Stier vor einem flatternden Tuch und sein Gesicht läuft dunkelrot an.

»Bestens, bestens. Das zweite Semester beginnt bald«, presst er hervor. »Jura liegt ihr einfach im Blut.«

»Was wollen Sie dann eigentlich hier?«, holte der Kröten-
retter meine Gedanken zurück in das Sozialarbeiterbüro.
»Sozialhilfe oder Wohngeld gibt's bei den Kollegen von der
Grundsicherung. Streetworker helfen jugendlichen Obdach-
losen, wieder in Kontakt mit ihren Eltern zu treten, den
Schulabschluss zu machen oder eine Ausbildung zu begin-
nen. Oder wie bei Nina einen Platz in einem Mutter-Kind-
Haus zu finden. Für Sie bin ich nicht zuständig.«

Richtig, ich war hier, um was rauszufinden.

»Sie könnten mir ein paar Fragen beantworten«, informierte ich ihn betont ruhig, während mein Puls raste.

»Was für Fragen?«

»Was wissen Sie über Bohne?«

Schulterzucken. »Nichts. Wieso?« Borze-Filzhut strich
sich eine spröde Locke hinters Ohr. »Sie haben doch bestimmt mal mit Engel über ihn geredet.«

»Ich hab ihn nie betreut.«

»Das heißt nicht, dass Sie nichts über ihn wissen!« Mein
Puls verlangsamte sich ein wenig.

»Es gibt Datenschutzvorschriften, an die ich mich halten
muss. Ich kann nicht mit jedem, der hier reinschneit, über
meine Fälle quatschen.«

»Ich denke, Sie haben Bohne nicht betreut. Also gibt es
keine Daten, die Sie schützen müssen.«

Der Krötenretter blinzelte irritiert.

»Na schön, andere Frage: Bieten Sie allen schwangeren
Obdachlosen an, bei Ihnen zu wohnen? Wissen Ihre Vorge-
setzten eigentlich von diesem selbstlosen und aufopfernden
Einsatz?«

Die Augen des Streetworkers flitzten gehetzt durch den
Raum.

»Nur übergangsweise natürlich«, erklärte er beherrscht.
»Nina steckt in Schwierigkeiten. Kevin Bonetzki – Ihr
Freund Bohne – ist wohl der Vater ihres Kind. Und der
freut sich nicht gerade darüber, dass er Papa wird.«

»Was?«, schnappte ich erstaunt. Jetzt hatte der Krötenretter mich überrumpelt. »Engel ist von Bohne schwanger?«

»Direkt gesagt hat sie es nicht. Aber da sie schwanger war, als sie mit ihm Schluss gemacht hat, liegt die Vermutung nahe«, bestätigte der Krötenretter. »Dabei hatten die beiden vorher schon Krach. Ninas Vater hat Kevin angezeigt. Sie war zum Zeitpunkt der Beziehung ja erst vierzehn und er immerhin schon einundzwanzig.«

Das wurde ja immer besser. Der Schmuckfetischist hatte sich nicht nur durch eine Körperverletzung, sondern auch durch Sex mit einer Minderjährigen Freunde gemacht. Das klang nicht nach einer Bewährungsstrafe.

»Das Verfahren läuft wohl noch. Als bekannt wurde, dass Nina schwanger ist, hat Bohne sie verfolgt, zusammengeschlagen, bedroht. Ich habe versucht, sie zu überreden, ins Frauenhaus zu gehen, aber sie hatte sich mit diesem Wohnungslosen angefreundet und der hat sie erst mal verschwinden lassen.«

»Seitdem ist Bohne schlecht auf Fliege zu sprechen«, schlussfolgerte ich.

»Fliege kennt anscheinend alle Tricks«, meinte der Sozialarbeiter. »Drei Wochen lang sind Engel und Dicke mit dem Penner abgetaucht, waren nicht mehr zu finden. Ich wollte schon die Polizei informieren. Aber dann hat sich Kevin wieder einigermaßen eingekriegt. Er lässt Nina jetzt ziemlich in Ruhe.«

Die knirschenden Zähne des Streetworkers verrieten, dass die Nächstenliebe des Obdachlosen auch ihn nicht unbedingt erfreute.

»Fliege sollte Bohne jedenfalls nicht allein über den Weg laufen.«

Hoffentlich kam dieser Hinweis nicht zu spät.

21.

Als ich das Sozialarbeiterbüro verließ, fühlte ich mich beschissen.

Fliege hatte das Engelchen selbstlos vor dem bösen Schläger-Ex beschützt. Der Penner war ein Menschenfreund. Im Gegensatz zu uns. Denn wir hatten ihn in der kältesten Nacht des Jahres einfach vor die Tür gesetzt.

Ich dachte an meine taub gefrorenen Füße.

»Wer hätte gedacht, dass unser Penner ein Herz für Kinder hat?« Die Hände in den Taschen lehnte Danner an der weiß getünchten Wand des hohen Rathausflures. Offensichtlich hatte er das Gleiche herausgefunden wie ich.

»Was zum Teufel machst du hier?«, fauchte ich ihn wütend an. Ein Echo meiner Stimme hallte den langen Gang hinunter. »Du hast den Hunde-Fall hingeschmissen, erinnerst du dich? Überhaupt, warum bist du nicht im Kindergarten?«

Danner zuckte die Schultern: »Der Handy-Fall ist gelöst.« Seine Augen glitzerten triumphierend.

Ich blinzelte verdutzt. Zugegeben, er hatte mich verblüfft. »Wie bitte?«

Danner grinste.

»Wie zum Teufel hast du das denn geschafft?«

»Ich habe da so ein Türschild, auf dem steht, wie ich mein Geld verdiene … Und weil ich jetzt ja Zeit habe, helfe ich dir natürlich gern bei deinen Ermittlungen.«

Helfen – von wegen! Er wollte sein Türschild behalten, deshalb pfuschte er jetzt in meinem Fall herum. Mistkerl! Wütend biss ich mir auf die Zunge.

Schweigend folgte ich Danner durch das imposante Treppenhaus mit dem breiten Messinghandlauf, unsere Schritte auf den grau marmorierten Steinstufen schienen überlaut.

Doch kaum hatten wir die Furcht einflößende Festung verlassen und war die schwere, eisenbeschlagene Rathaustür hinter uns zugerasselt, konnte ich mir die Frage nicht mehr verkneifen.

»Jetzt sag schon«, bettelte ich ungeduldig, während wir in Richtung Stahlhausen gingen. »Hatte Berti, der Sexgott, das Handy doch in seiner Werkbank versteckt?«

»Quatsch.« Danner winkte ab. »Deine Männer verfolgende Schlumpfhüterinnen-Kollegin Doro …«

Ich schnaufte verächtlich. »Die hat doch nicht das Handy geklaut. Dann hätte sie ja eifersüchtig auf die Müller-Wunk sein müssen und Blaumann-Berti für sich haben wollen.« Ich tippte mir an die Stirn.

»Da hab ich ja noch gar nicht dran gedacht«, spottete Danner. »Wär der Fall nicht schon aufgeklärt, hätte ich das noch prüfen müssen.«

»Musst du aber nicht«, drängelte ich.

Danner nickte. »Weil du die verzweifelte Doro auf den genialen Gedanken gebracht hast, mich anzubaggern, hat sie mich ja gestern wieder eine geschlagene Stunde zugetextet. Dass ihr Gehalt kaum über Hartz-IV-Niveau liegt, dass in ihre Wohnung eingebrochen und sogar ihr neuer Intimhaar-rasierer geklaut wurde, dass die Scheißkerle sie immer nur ausnutzen und sich nach der ersten Nacht nicht mehr melden. Übrigens kein Wunder, wenn die jedem bei der ersten Pizza von ihrem Intimrasierer erzählt.«

Die Hände in den Jackentaschen, die Arme dicht an den Körper gepresst, warf ich Danner einen ungeduldigen Blick zu. Wann kam die Pointe?

»Und?«

Danner zuckte die Schultern: »Heute Morgen hab ich mal diese Fensterputzerfirma besucht.«

Der Fensterputzer!

Ich klatschte mir die flache Hand vor die Stirn.

»Rein zufällig stand der Firmenwagen offen«, fuhr Danner

zufrieden fort. »Und was meinst du, was ich zwischen den Putzmitteln gefunden habe?«

Warum war ich da nicht drauf gekommen? Schließlich wusste ich schon seit Tagen von Doros Fensterputzer-Date!

»Sag nicht, Doros Schamhaarrasierer?«

Danner nickte. »Stascheks Jungs haben sich das erfolgreiche Unternehmen inzwischen genauer angesehen und im Lager auch Doros Flachbildfernseher und ihre Stereoanlage gefunden. Außerdem den nachgemachten Wohnungsschlüssel, einen Abdruck konnte sich Doros Verehrer bei ihrem Date mühelos besorgen.«

Verdammt, Danner hatte mal wieder brillant geschaltet. Ich hatte die gleichen Infos lange vor ihm gehabt und wäre nie auf die Putzkolonne gekommen. Wahrscheinlich gehörte mein Name wirklich nicht auf das Türschild einer Detektei.

»Und das ist noch lange nicht alles«, fuhr Danner fort, während wir in die Annastraße einbogen. »Die Beamten haben einen Haufen Portemonnaies, Mobiltelefone, Computer, Laptops und Beamer gefunden. Im Auftragsbuch der Reinigungsfirma sind die Schulen, Krankenhäuser, Kirchen und Kindergärten zu finden, denen die Geräte fehlen. Interessanterweise ist auch der Kindergarten dabei, von dessen Parkplatz diesem Therapeuten das Auto geklaut wurde. Die Polizei ist bereits dran.«

Na schön. Er hatte den Sex-Handy-Fall gelöst. Und Stascheks Autodiebstahl ganz nebenbei auch.

Wir hatten die Kneipe erreicht und ich hielt ihm mit einer Verbeugung die Tür auf: »Den Rest des Tages nenne ich dich Großmeister.«

Danner winkte ab: »Gott reicht. Müller-Wunks Handy ist allerdings nicht wieder aufgetaucht. Schätze, das Ding ist längst ebayisiert worden. Die Müller-Wunk kann nur hoffen, dass der neue Besitzer Bertis Hardcorepornos der Öffentlichkeit vorenthält, sonst kann sie sich demnächst im Internet bewundern.«

»Mach es dir bequem, Großmeister.«

Molle und Staschek rissen die Augen auf, als ich Danner am Tisch an der Theke den Stuhl zurechtrückte. Sogar Mücke, der Raumdufterfrischer, legte verwundert den Kopf schief.

Am späten Nachmittag knotete ich meinen Schal wieder fest um den nur halb geschlossenen Kragen meiner Cordjacke. Die Aufklärung der Kindergartendiebstähle verschaffte Danner ein gefülltes Portemonnaie und mehr Freizeit, doch unsere Wette galt nach wie vor. Mein Fall war erst erledigt, wenn ich den Penner aufgetrieben hatte und Molle seinen nicht stubenreinen Untermieter wieder los war.

Danner hatte aufgehört, seinen Bericht zu tippen, und seinen Platz am Schreibtisch verlassen. Jetzt trat er neben mich an die Garderobe, kramte sein Handy und sein Portemonnaie aus den Taschen seines dicken, blauen Winterparkas und hielt mir die Jacke hin.

»Hier.«

Der wasserdichte Stoff der Jacke war speckig und an den Ellenbogen abgewetzt und roch nach Wachs.

»Ist wind- und wasserdicht, damit erfrierst du zumindest nicht. Aber verrat es den Obdachlosen nicht, die klauen dir das Teil sonst.«

22.

In der frühen Dämmerung kroch erneut der Frost in die engen Häuserschluchten der Innenstadt.

Einen Augenblick lang dachte ich an unser durchgesessenes Sofa, den Fernseher und die Chipstüte im warmen Wohnzimmer. Und den leckeren Anblick von Danners Schultermuskeln, wenn er sich beim Berichtetippen nachdenklich über die Glatze fuhr.

Dann dachte ich an das Türschild.

Ich klappte den Kragen von Danners Jacke hoch. Die Ärmel reichten bis über meine Finger, der Saum bedeckte meine halben Oberschenkel und der dicke Stoff schützte mich gegen den schneidenden Wind.

Ich würde den Penner finden. Und wenn ich nebenbei noch herausfinden konnte, wo Staschek Bohne und seine Schlägertruppe verhaften konnte, hatte ich unsere Wette gewonnen.

Doch am Schlafplatz in der Bauruine traf ich nur Klippan, das einsame Sofa. Engel schien ihren Tequila-Rausch inzwischen ebenfalls ausgeschlafen zu haben.

Ich beschloss, es am Bahnhof zu versuchen.

Durch die Fußgängerzone pfiff mir ein scharfer Wind entgegen. Die Kapuze zog ich mir tief ins Gesicht, doch die Kälte schnitt mir schmerzhaft in die Wangen.

Den Platz vor dem Bahnhof hatten die eisigen Böen leer gepustet. Einige Straßenkids suchten hinter den Glastüren im Eingang Schutz. In der gläsernen Halle, zwischen den Leuchtreklamen der Kioske und den Tischen des Backshops war es wärmer und windstill. Die Jugendlichen hatten Flaschen in den Händen, doch alle verhielten sich ruhig. Offenbar hatten sie keine große Lust, bei dem Wetter vor die Tür gesetzt zu werden.

Über meinen auf Nase und Lippen gepressten Ärmel hinweg checkte ich die Gruppe kurz ab. Diese Gesichter kannte ich nicht.

Egal, auch ich musste mich kurz aufwärmen.

Ich hatte die Tür schon fast erreicht, als ich im Augenwinkel links vom Eingang, im Licht der Schaufenster, zwei massige Unterschenkel mit schweren Springerstiefeln an den Füßen entdeckte.

Ich schwenkte ab.

Die Dicke saß mit ausgestreckten Beinen auf der kleinen

Betonstufe, den Kopf an einen der grün gestrichenen Stahlträger gelehnt, die den Dachüberstand stützten. Sie trug keine Mütze, in der einen Hand hielt sie eine Bierflasche, in der anderen eine Zigarette und unter ihrer Bomberjacke war ihr zu enges Shirt hochgerutscht. Eine nackte Fettrolle quoll hervor. Bei dem Anblick fingen meine Knie automatisch an zu schlottern.

Ich trat vor das Mädchen. Die Kälte musste seinen nackten Rücken an dem Stahlträger festfrieren lassen. Die tief in dem zerknautschten Gesicht versunkenen Augen hielt Dicke halb geschlossen. Ihre kurzen Finger umklammerten den Hals der Flasche. Die Hände waren knallrot, an den Knöcheln aufgeplatzt, doch sie zitterten nicht. Nichts an ihr bewegte sich.

Lebt die überhaupt noch?, ging es mir durch den Kopf. Mein Herz hüpfte gegen mein Brustbein. Was, wenn nicht?

Hastig sprach ich sie an: »He! Wach auf!«

Dicke öffnete ein Auge.

Erleichtert atmete ich auf. »Wie isses?«, erkundigte ich mich. »Weißt du, wo ich Engel finde?«

Dicke rülpste lang gezogen.

Vollstramm. Vielleicht eine gute Gelegenheit, etwas Wissenswertes aus dem sonst so misstrauischen Mädchen herauszukitzeln.

»Oder meinetwegen auch Bohne?«, bohrte ich direkt.

Dicke rülpste noch mal und schloss das Auge wieder.

»Oder Fliege?«

»Leck mich, Lila!«

Hoffnungslos. Na ja, zumindest machte meine Neugier sie heute nicht aggressiv.

»Du solltest reingehen. Wird verdammt kalt«, meinte ich.

Dicke rührte sich natürlich nicht.

Einen Augenblick lang stand ich unentschlossen neben der Betrunkenen. Doch meine bebenden Beine halfen meiner Entscheidungsfreude zügig auf die Sprünge.

»Ey, ich meine das ernst, Dicke!«, klopfte ich auf ihre Schulter. »Du frierst hier fest, wenn du deinen Arsch nicht reinbewegst.«

Einen kurzen Moment lang öffnete Dicke beide Augen. »Und? Wen kümmert's?«

Kurz starrten wir uns an, dann fielen ihre Augen schon wieder zu.

»Mich!« Entschlossen packte ich ihren Arm.

Jetzt gab das Mädchen ein drohendes Brummen von sich.

»Los, hoch mit dir!«, ließ ich mich nicht beirren und zerrte sie auf die Füße.

Dicke taumelte zur Seite und riss mich mit sich. Ich packte mit beiden Händen ihren breiten Oberarm und zerrte sie zurück. Als ich sie einigermaßen ausbalanciert hatte, hob ich ihren Arm über meine Schultern und stemmte mich unter ihre Achsel. Der scharfe Geruch von in Hautfalten angesammeltem Schweiß stieg mir in die rot gefrorene Nase. Zusammen mit den nach Nikotin stinkenden Fingern auf meiner Schulter und ihrem Bieratem verursachte das einen beachtlichen Brechreiz.

»Lass mich!« Dicke zappelte unkoordiniert. »Lass mich hier sitzen.«

»Vergiss es.« Ich schubste die Dicke zum Bahnhofseingang.

Die selbstöffnende Tür surrte zur Seite. Wir tauchten in das windgeschützte Bahnhofsinnere ein wie in eine warme Badewanne. Bunte Kioskreklamen und künstliches Licht erleuchteten die Halle. Klappernde Absätze und Lautsprecherdurchsagen ersetzten das Pfeifen des Windes, es roch nach frischen Backwaren und den Pflanzen eines Blumenladens.

Endlich ließ das Brennen meiner Wangen nach, meine Nase wurde heiß und begann zu pochen.

Ich steuerte die taumelnde Betrunkene zwischen einigen Kofferschiebenden hindurch. Obwohl die Menschen an uns vorbeiguckten, als wären wir unsichtbar, wichen alle automatisch aus.

Nur die drei Teenager, die ebenfalls im Bahnhof Unterschlupf vor der Kälte gesucht hatten, beäugten uns misstrauisch.

»Was glotzt ihr, ihr Penner?« Ehe ich mich versah, stürmte Dicke brüllend los. »Ich polier euch die Fresse, blöde Spanner!«

Hastig wichen die drei vor ihr zurück.

Ich warf mich gegen die Dicke und schaffte es mit einiger Mühe, sie an den drei Jungen vorbeizulenken.

»Ich hau euch die Fresse blau!«, blaffte Dicke wütend weiter und kippte zur Seite wie ein gefällter Baum.

Ich hatte keine Chance, ihr Gewicht zu halten. Sie krachte mit dem Gesicht gegen einen gelben Fahrplan hinter einer Plastikscheibe, sackte stöhnend zu Boden und blieb auf Knien und Händen sitzen.

Keuchend hockte ich mich neben sie.

Der kalte Wind pfiff von den Gleisen herunter. Auch nicht der gemütlichste Platz für ein Nickerchen, doch Dicke waren die Augen schon wieder zugefallen.

Dass ich es schaffen würde, sie noch einmal auf die Füße zu stellen, war eher unwahrscheinlich, überlegte ich. Zumindest würde sie hier drinnen nicht ganz so schnell erfrieren.

»Ey!« Ich rüttelte sie an der Schulter. »Penn nicht gleich wieder ein! Jetzt sag, wo steckt Engel?«

Dicke murmelte irgendwas Unverständliches.

»Dicke!«, ließ ich nicht locker. Unsanft tätschelte ich ihre schwabbelig-kalte Wange.

»Mann!« Aufbrausend fuchtelte sie meine Hand weg. »Weiß nich!«

»Engel ist nicht auf der Baustelle und hier auch nicht. Wo kann sie sonst untergekommen sein?«

Dickes Knautschgesicht schien sich um ihre platte Boxernase herum zusammenzuziehen. »Vielleicht haben die sie mittem Bus eingesammelt. Die fahren doch schon den ganzen Abend wegen dem Scheißwetter.«

»Die fahren doch immer?!«

Ich betrachtete drei beleuchtete Busse, die gerade draußen gehalten hatten.

»Ich mein den Winterbus, du Ei.«

Winterbus?

Dicke lehnte die Stirn gegen die schmutzige Wand aus grünlichem Plastik. »Wenn das so kalt ist, verteilen die Decken, Schlafsäcke, warmen Tee und so. Und wenn du willst, fahren die dich inne Notunterkunft. Vielleicht hammse Engel ja auch abgeliefert.«

Ach so?

»Und wo finde ich diesen Bus?«

Dicke schnarchte bereits.

»He!« Ich rubbelte ihre roten Wangen. »Wo finde ich den Winterbus?«

»Die finden dich.«

Seufzend ließ ich das Mädchen gegen die Wand unter dem Zugfahrplan sinken.

Scheiße. Ich konnte sie hier nicht einfach liegen lassen. Schließlich war Fliege verschwunden, seit wir ihn besoffen vor die Tür gesetzt hatten. Einen Menschen hatte ich womöglich schon auf dem Gewissen.

»Ich komm klar«, brummte Dicke, ohne die Augen noch mal zu öffnen. Sie drehte ihre Stirn gegen die schmutzige Wand. »Wie immer.«

Offensichtlich hatte sie meine Gedanken erraten.

Unentschlossen saß ich neben dem halb bewusstlosen Mädchen auf den schwarzgrau marmorierten Steinfliesen mitten im Bahnhof.

»Hau schon ab«, lallte die Dicke, wohl um endlich ihre Ruhe zu haben. »Die geben den Bahnhof heute sicher zum Übernachten frei. Kannst mich also hier pennen lassen. Kümmer dich lieber um Engel, die hat's nötiger als ich.«

Da war ich nicht so sicher. Aber zumindest war Engel so was wie Flieges Schützling gewesen und damit im Moment meine heißeste Spur bei der Suche nach dem Penner.

»Wie heißt du eigentlich wirklich?«, fragte ich, ohne mit einer Antwort zu rechnen.

»Miri«, murmelte sie. »Miri Meier.«

23.

Mit blitzendem Blaulicht hielt der Rettungswagen, den ich gerufen hatte, vor dem Bahnhofseingang. Die beiden hereineilenden Sanitäter leuchteten orangerot im grellen Neonlicht des Bahnhofs.

Ich trat einen Schritt zur Seite, als die gläserne Eingangstür aufschwang. Sofort trieb mir der eisige Wind Tränen in die Augen. Und ich wollte wieder auf der Straße übernachten. Geistreich.

Beim Hinausschauen in die von Straßenlaternen, Schaufenstern und Autoscheinwerfern beleuchtete Dunkelheit fingen meine beinah erfrorenen Füße wieder leise an zu kribbeln. Ich hatte nicht die geringste Lust, in der eisigen Nacht nach einem Bus zu suchen, in dem Engel oder Fliege bestimmt nicht zu finden waren. Aber der Bus war meine einzige Spur.

Seufzend zog ich den Reißverschluss von Danners Jacke bis unter mein Kinn zu, schob mir die Kapuze auf den Kopf und ließ meine Hände wieder in den Ärmeln verschwinden.

Als ich aus dem Bahnhof ins Freie trat, pfiff der Wind sofort durch meine Jeans, prickelte auf meinen Oberschenkeln, durchdrang meine Turnschuhe und ließ meine Füße piksen.

Ein Schauer krabbelte meine Beine hinauf, doch er schaffte es nicht, unter Danners warmem Parka meinen Rücken zu erreichen. Die Jacke erinnerte mich an mein Ziel. Ich wollte eine echte Detektivin sein.

Ich wollte auf das Türschild. Auf sein Türschild. Ich wollte die Frau sein, deren Name an Danners Wohnung stand.

Mein Herz hüpfte aufgeregt bei dem Gedanken. Das grenzte an Größenwahn. Weil das keine andere vor mir geschafft hatte. Ich konnte nur einmal mehr auf die Fresse fliegen.

Die beiden Sanitäter tauchten mit der Dicken auf und rissen mich aus meinen Gedanken. Schnell huschte ich hinüber in Richtung Busbahnhof.

Mit Mühe verluden die Männer die Betrunkene, die Tür schrammte zu und der Rettungswagen dröhnte mit blitzendem Blaulicht davon.

Ich trippelte inzwischen von einem kalten Fuß auf den anderen, als müsste ich dringend aufs Klo.

Was für eine bescheuerte Idee, in dieser klirrenden Kälte auf einen Bus zu warten, der wahrscheinlich nie kommen würde. Doch ich blieb am Busbahnhof stehen. Das kam mir logisch vor, wenn wider Erwarten tatsächlich ein Bus nach mir suchen sollte.

Nach wenigen Minuten erschien mir der Gedanke, dass dieses Fahrzeug eine alkoholbedingte Halluzination der Dicken war, allerdings noch logischer. Ich beschloss, in den Bahnhof zurückzukehren, bevor meine Füße wirklich Frostbeulen bekamen.

Im gleichen Augenblick registrierte ich die blendenden Scheinwerfer. Die Lichter hopsten über das Kopfsteinpflaster wie die aufblitzenden Augen eines Riesenkaninchens. Offenbar waren der Fahrer und die Gangschaltung nicht die besten Freunde.

Ich blieb stehen und wischte mir die Tränen aus den Augenwinkeln.

Ein weißer Bulli. Nicht neu. Auf einem orangefarbenen Klebestreifen über der Windschutzscheibe leuchtete in großen Buchstaben die Aufschrift *Winterbus*.

Nicht zu fassen: Das Ding hatte mich wirklich gefunden.

Die Lichtkegel der Scheinwerfer erfassten mich, der Winterbus machte einen letzten Hüpfer und – dann ging der Motor aus.

Abgewürgt.

Einen Moment lang standen der Wagen und ich uns schweigend gegenüber.

Ein Seitenfenster wurde heruntergekurbelt.

»Hallo! Können wir dir vielleicht helfen?«

Eine dünne Frau, die zu einem orangeroten Wollschal eine gleichfarbige Bommelmütze trug, unter der eine krause, graublonde Mähne hervorquoll, lehnte sich aus dem Busfenster. Sie sah mich an. Freundlich. Und sie lächelte. Zumindest war ich für sie nicht unsichtbar.

»Brauchst du eine Decke? 'n Schlafsack? 'n warmen Kaffee, Tee, Kakao? Kondome?«

Kondome? Es dauerte einen Augenblick, bis ich begriff. Aber bei der Aussicht auf einen heißen Tee verkniff ich es mir, die Beleidigte zu spielen.

»Kondome nicht«, stellte ich schnell klar. »Aber 'n Tee wäre toll.«

»Fahr mal ran. Unser Typ ist erwünscht«, kommandierte die Frau den Fahrer.

Der Anlasser jodelte mehrere Sekunden, bevor der Motor des Bullis aufheulte. Der Wagen hopste Richtung Bordstein, es gab hustende Geräusche, im nächsten Moment war es erneut still.

Ich bezweifelte, dass das Ding je wieder anspringen würde. Aber zumindest passten die Linienbusse vorbei, bis der Abschleppwagen kam.

An der Bulliseite schrammte eine Schiebetür auf und die Bommelmützenträgerin lächelte mich an. Sorgfältig getuschte Wimpern umrahmten ihre grünen Augen wie Sonnenstrahlen. Ausreichend Rouge milderte die Falten ihrer Wangen. Mit ihrer orangeroten Mütze, dem Schal und der neongelben Signaljacke leuchtete sie selbst im Halbdunkel des Busses wie ein überdimensionales Glühwürmchen. Ich schätzte ihr Alter auf über sechzig.

»Komm rein, wärm dich auf.«

Nur zu gern kletterte in den wohlig-warmen Wagen.

»Hi, ich bin Henriette, du kannst Henni zu mir sagen. Setz dich. Was für 'n Tee willst du denn? Ich hab hier mit Kräutern *Innere Ruhe* oder zum schnellen Warmwerden: *Drachenblut* mit Pfeffer.« Sie winkte mit zwei Thermoskannen.

»Drachenblut.« Ich nahm an einem an der Bulliwand montierten Holztischchen Platz. Wie in einem Zugabteil waren am Tisch Bänke mit je zwei Sitzplätzen angebaut, hinter den Rückenlehnen stapelten sich bis zur Decke zusammengerollte Decken, Schlafsäcke und Kleidungsbündel. Unter dem Tischchen pustete mir die Standheizung heiße Luft gegen die prickelnden Knie.

»Tach.« Die Frau, die ich hinter dem Steuer des Busses für einen Mann gehalten hatte, kletterte zwischen den vorderen Sitzen hindurch zu uns nach hinten.

»Das ist Bille«, stellte Henni vor.

Bille war deutlich jünger als Henni, ungeschminkt, pummelig, mit hennaroter Stoppelfrisur und einer im passenden Farbton gefrorenen Knubbelnase.

»Lila.«

»Hab dich hier noch nie gesehen.« Henni füllte einen großen, grünen Pott mit dampfend heißem Tee. Dabei musterte sie mich kurz, aber gründlich. An meinen lila Haaren blieben ihre grünen Augen einen Augenblick hängen. »Wir können dich auch zur Methadon-Ambulanz bringen …«

Jetzt reichte es aber!

»Ich such eine Freundin von mir«, unterbrach ich Henni, bevor sie mir anbieten konnte, mich zum nächsten Bordell zu kutschieren. »Sie nennt sich Engel, ist klein, pummelig, schwanger. Ich mach mir Sorgen, habt ihr sie heute vielleicht gesehen?«

Ich schloss meine Hände um den Teepott. Ein scharfer Geruch nach Früchten und Pfeffer dampfte durch den Bulli.

Bille und Henni tauschten einen vielsagenden Blick.

»Normal pennen wir zusammen auf 'ner Baustelle Richtung Wiemelhausen«, köderte ich die beiden Frauen mit ein paar Details, die sie davon überzeugen sollten, dass Engel tatsächlich meine Freundin war. »Heute Morgen war ich auf Tour. Als ich zurückkam, war Engel weg und ist bis jetzt nicht wieder aufgeschlagen. Da bin ich auf die Suche gegangen. Ich meine, sie ist schwanger. Sie kann ja Wehen kriegen oder so.«

»Klingt nach Nina Caspari«, fand Bille.

Stimmt, Nina war Engels richtiger Name. Hagen Borze-Filzhut, der Krötenretter, hatte sie so genannt. Ich nickte eifrig.

»Da mach dir mal keine Sorgen, die haben wir vorhin eingesammelt.«

Treffer! Ging doch. Jetzt musste ich nur noch rauskriegen, wo sie sie hingebracht hatten.

Übertrieben erleichtert, atmete ich auf: »Die sollte nämlich bei dem Wetter echt nicht draußen pennen, finde ich.«

»Das sollte niemand.« Henni musterte mich. »Was ist mit dir? Du willst heute Nacht doch wohl auch nicht auf die Platte!?«

Selbstverständlich spielte ich meine Rolle weiter und zuckte die Schultern. »Bin doch nicht schwanger.«

»Wach auf, Mädchen«, tadelte mich Bille streng. »Das ist kein Spiel. Auch in Deutschland erfrieren jeden Winter Menschen auf der Straße. Auf deiner Baustelle können wir dich morgen als Eiswürfel einsammeln.«

»Entweder bleibst du im Bahnhof, der wird bei diesen Temperaturen freigegeben«, erklärte Henni bestimmt. »Oder wir bringen dich zu Nina ins *Schlaf am Zug*. Das ist die Notschlafstelle für Jugendliche.«

Bingo!

»Die stellen dir auch noch ein Klappbett mit ins Zimmer, wenn sie voll sind«, ergänzte Bille und krabbelte wieder nach vorn auf den Fahrersitz.

Nach mehreren Versuchen, die klangen, als müsste das Fahrzeug sich übergeben, gelang es Bille tatsächlich, den Motor wieder zu starten. Hustend und hopsend reihte sich der Winterbus in den Verkehr ein.

Ich hielt meine Teetasse in die Höhe, bevor sich der Inhalt über das ganze Tischchen verteilen konnte.

Kaum zwei Minuten später bogen wir unter der Bahnunterführung der Castroper Straße in einen engen Kopfsteinpflasterweg. Der glatte, holprige Boden brachte den Bulli so stark zum Schlingern und Klappern, dass ich im Seitenspiegel nach verlorenen Wagenteilen Ausschau hielt.

In der nächsten Kurve, direkt neben der Bahnstrecke, würgte Bille den Wagen ab.

»Da sind wir.« Henni deutete auf ein niedriges, orange-rot gestrichenes Häuschen direkt an der Straße. »Wenn du Glück hast, kriegst du noch was zu essen ab.«

24.

Mir öffnete ein kräftiger Junge in einem roten Kapuzensweatshirt. Seine hohen Wangen verliehen ihm ein leicht asiatisches Aussehen, er war rasiert, die dunklen Haare kurz geschnitten und im linken seiner etwas abstehenden Ohren baumelten drei schlichte Silberringe.

»Komm rein!«, sagte er, bevor ich mich auch nur vorgestellt hatte. Ich vermutete mal, dass Jugendliche mit bunten Haaren hier abends um acht alle aus demselben Grund klingelten.

»Ich bin Chris. Du hast Glück, dass du ein Mädchen bist, da haben wir heute noch Platz.«

Ich stand in dem gefliesten Flur, direkt vor einem Tischfußballspiel, und wunderte mich über die freundlichen, hellen Farben. Die Wände waren in Gelb und Orange gestrichen, rote Gardinen dazu. Stimmen schallten durchs Haus und es roch nach Essen. Nett.

»Warst du schon mal hier?«

Ich schüttelte den Kopf.

»Zigaretten, Drogen und Alkohol sind verboten. Und morgen früh musst du bis neun wieder raus sein.« Chris öffnete eine Tür direkt neben dem Eingang. »Die Mädchen schlafen heute hier oben.«

Er führte mich in ein kleines Zimmer, die Wände waren ebenfalls gelb gestrichen, die Gardinen vor dem großen Fenster orange. Freundlich, aber kahl kam mir der Raum vor. Außer zwei Betten gab es keine Möbel, wohl weil die Gäste gewöhnlich nicht viel Gepäck mitbrachten.

»Mach es dir bequem. Wenn du so weit bist, kannst du zum Essen rüberkommen. Es gibt Bratkartoffeln.« Chris machte die Tür hinter mir zu.

Über dem Ende des am Fenster stehenden Bettes lagen eine Strickjacke und mehrere schwarze Shirts mit löchrigen Ärmeln.

Ich hängte meine Jacke über das zweite Bettgestell, stellte meine Stiefel an die Heizung und pellte mich aus allen im warmen Zimmer überflüssigen Zwiebelschichten.

Dann schlug ich die waschbare Decke zur Seite, hockte mich auf die frisch bezogene Matratze und tippte eine SMS an Danner.

Hab Engel. Schlaf am Zug.

Eine Sekunde lang starrte ich irritiert auf den Text.

Andere Menschen schrieben jetzt wohl *Ich liebe dich.* Oder verwendeten eines der allseits beliebten SMS-Kürzel: *ILD.* Oder für Vorsichtigere: *HDL. Kuss. Bussi. Mein Schatz.*

Ich hatte einen ILD-Moment, wunderte ich mich. Den ersten in meinem Leben.

Verflucht! Danner hatte mich mit dieser Türschild-Scheiße total durcheinandergebracht.

Natürlich gab es zwischen Danner und mir keine ILD-Momente, nicht mal ein HDL. Schnell schickte ich die SMS ab.

Mit Chris saßen fünf Jungs an einem langen Esstisch auf dem mehrere Teelichter brannten. Und Engel.

»Lila?« Engels rundes Gesicht leuchtete auf, als sie mich erkannte. »Biste auch hier gelandet?«

Ich nickte stumm.

Mein Blick flitzte durch den Raum, im angrenzenden Wohnbereich entdeckte ich schwarze Ledersofas vor einem großen Fernseher.

»Hier ist noch frei.« Engel deutete mein Zögern als Unsicherheit und klopfte auf den leeren Korbstuhl neben sich. Das Mädchen hatte geduscht, bemerkte ich, als ich mich setzte. Sie roch ungewohnt angenehm, nach feuchten Haaren und Shampoo. Sauber, ungeschminkt, in Jeans und einem dunklen Rolli kam sie mir wie ein ganz normaler Teenie vor. Na ja, wie ein ganz normaler schwangerer Teenie.

»Winterbus«, erklärte ich.

»Ich auch.«

»Willste auch duschen?«, erkundigte sich Chris und schob mir einen sauberen Teller hin. Ein Mädchen mit kinnlangen, kupferroten Haaren kam mit einer Bratpfanne aus der Küche.

»Oder brauchst du irgendwelche Klamotten? Wir haben eine Kleiderkammer im Keller. Und eine Waschmaschine.«

Ich schnupperte prüfend an meinem Ärmel. »Danke, geht noch«, entschied ich dann.

Automatisch wanderte der Blick des Jungen an mir herunter und blieb an meinen Socken hängen. Als hätte er bemerkt, dass sie verhältnismäßig sauber waren.

Chris und die Rothaarige – Judith – waren keine Obdachlosen, sondern Studenten, erfuhr ich beim Essen. Sie jobbten hier im Nachtdienst, hatten mit den Jugendlichen zusammen gekocht und sie übernachteten auch im Haus.

Später kickerten Engel und ich eine Runde, um halb elf lagen wir in den Betten. Die Heizung unter dem Fenster gluckerte leise. Wasser perlte an den Scheiben, ein Zeichen dafür, dass draußen die Kälte knackte. Ich war wirklich erleichtert, in einem geheizten, trockenen Zimmer schlafen zu können und nicht noch mal am Betonboden eines Rohbaus festfrieren zu müssen.

Plötzlich kam es mir vor, als hätte ich schon seit einer Ewigkeit nicht mehr in einem so sauberen Bett gelegen.

Draußen rauschten in regelmäßigen Abständen die Züge vorbei, gelegentlich huschte das Scheinwerferlicht vorbeifahrender Autos über die Wände und im nahen Krankenhaus lieferten die Rettungswagen trötend neue Kunden ab.

Ich wollte den Rest des Abends nutzen, um von Engel endlich etwas über den Verbleib von Fliege und, wenn es ging, auch von Bohne zu erfahren.

»Fliege ist immer noch verschwunden, oder?«, fragte ich also in die Dunkelheit.

Engel antwortete nicht.

»Meinste Bohne hat sich den gepackt?«

Stille.

Wieder brummte draußen ein Auto vorbei.

»Was ist? Kann doch sein, oder nicht?«, hakte ich nach.

»Ich dachte, er wär einfach auf Tour gegangen« antwortete Engel schließlich doch. »Andere Stadt, anderes Land. Aber du hast gesagt, Mücke ist noch da.«

»Stimmt«, bestätigte ich.

»Jetzt denk ich, ihm is was passiert.«

Oje. Ich auch.

»Bohne wollte Fliege doch an den Kragen. Weil Fliege dir geholfen hat, nachdem du Bohne abserviert hast?!«

Engel schwieg kurz. »Wer hat dir das denn gesteckt?«, erkundigte sie sich dann.

»Dein Sozialonkel«, verpfiff ich ohne schlechtes Gewissen den Krötenretter.

»Arschloch.«

Ich wartete.

»Edgar ist wirklich klug«, meinte Engel.

»Edgar?«

»Fliege. Das ist sein richtiger Name. Der ist schon seit Jahren auf der Straße. Freiwillig. Weil er nix hält vom Spießerleben.«

Wie bitte? Hatte ich richtig gehört? Fliege war wirklich klug? Der dauerstramme Gott-und-die-Welt-Verflucher, der mit einem einzigen Satz mehr Scheiße produzierte als sein kläffender Gehwegbeschmutzer in einer ganzen Woche?

»Edgar kennt jeden Trick«, fuhr Engel fort. »Der weiß, wo man die meisten Pfandflaschen findet. Wie man auf Tankstellen an den Schlüssel zur Dusche kommt. Wo man ein warmes Essen schnorren kann.«

Tja, das wusste ich auch.

»Oder den Baustellen-Übernachtungstrick. Ein Haus, ein Auto oder einen Schrebergarten, in dem man einmal pro Woche Rasen mähen muss, weil sich sonst die Nachbarn beschweren, so was binde dir bloß nie ans Bein, hat Edgar immer gesagt. Du besitzt die Dinge nicht, in Wirklichkeit besitzen diese Dinge dich.«

Glaubte sie wirklich den Unsinn, den Fliege in seinen Promille-Predigten verbreitete?

»Wir auf der Straße sind frei, sagt Edgar. Freier als wir kann niemand leben. Kein Rasenmähen, keine Leasingrate, keine Familie, die zum Geburtstag Kaffee und Kuchen erwartet.«

Hey, Fliege war ein obdachloser Romantiker. Ich bezweifelte aber einfach mal, dass der Penner auf seiner Freiheit beharren würde, wenn ihm ein Lottogewinn plötzlich das Haus, das Auto und den Schrebergarten ermöglichen würde.

»Wenn du hier auf der Straße Freunde hast, dann sind es

echte Freunde«, philosophierte Engel weiter. »Wenn hier einer was für dich tut, dann nicht, weil er Geld oder eine Einladung zur nächsten Gartenparty dafür erwartet.«

Engel schwieg nachdenklich.

»Edgar hat mir geholfen, als Kevin durchgedreht ist«, sprach sie leiser weiter. »Der hat mich versteckt. Hagen dagegen wollte mich ins Frauenhaus stecken, weil ich nicht bei ihm und seiner Alten einziehen wollte.«

Ich horchte auf.

»Dein Sozialonkel will dich ernsthaft durchfüttern? Samt Kind? Machen diese Typen denn so was immer?«, wunderte ich mich.

Engel schwieg.

Im Halbdunkel bildete ich mir ein, zu erkennen, dass sie zu mir herübersah.

»Die haben wohl eine Gästewohnung.«

»Und da lässt er alle Obdachlosen pennen, um die er sich kümmert?«, ließ ich nicht locker.

Wieder Schweigen.

Die viel zu vertraute Umarmung im Rohbau bahnte sich einen Weg in mein Gedächtnis. Mal direkt nachgefagt: »Oder haste etwa was mit dem?«

»Ach, Quatsch«, wehrte Engel schnell ab. »Keine Ahnung, was der an mir gefressen hat.«

Mann, Engel! Mir fiel auf Anhieb einiges ein, was ältere Männer an hübschen Mädchen gern in den Mund nehmen wollten. Oder bereits in den Mund genommen hatten.

Der Scheinwerfer eines am Fenster vorbeifahrenden Autos erhellte die Wände und gleichzeitig meine Gedanken. Vielleicht hatte der Krötenretter einen ganz anderen Grund, Engel bei der Schwangerschaft zu unterstützen?!

Einen, den er mir natürlich nicht verraten hatte.

25.

Zwischen dreistöckigen rissigen Fassaden in Hellblau, Beige und Gelb klaffte ein gigantisches Loch in der Stadt. Tief unten ragten aus einer aus Beton gegossenen Bodenplatte unzählige rostige Metallstangen wie die Gräten eines Fisches aus dem Fundament. Im hinteren Teil der Baustelle waren bereits das Kellergeschoss und die beiden darüberliegenden Stockwerke gemauert.

Sand-, Kies-, Erd- und Steinhaufen waren über das Gelände verteilt wie die Hügel eines übereifrigen Maulwurfs und zwei gelbe Kräne wuchsen zwischen den umliegenden Wohnhäusern in die tief hängende Wolkendecke.

Ein blaues Bauschild der *Guski-Bau GmbH* verkündete, dass hier ein neuer Gebäudekomplex mit vierzehn Eigentumswohnungen entstand. Die erdigen Hänge der Grube waren mit Plastikplanen abgedeckt, aus denen sich Dicke und Engel eine gemütliche Butze hätten basteln können.

Sogar heute, am Samstag, stapften drei Gestalten in dicken, blauen Arbeitsjacken und gelben Schutzhelmen durch die Grube, während die ersten feinen Schneeflocken durch die morgendliche Winterluft wirbelten.

»Da drin habt ihr gewohnt?«

Engel nickte.

»Für Montagmorgen hab ich die Betonpumpe bestellt, Freddie«, informierte der mit strammen Schritten voranmarschierende Schutzhelm deutlich. »Sieh zu, dass die genug Frostschutz zusetzen, wenn es noch kälter wird.«

Die Stimme lenkte mich kurz ab. Was vor allem daran lag, dass es eine Frauenstimme war, die Anordnungen gab. Tatsächlich quoll unter dem Schutzhelm eine hellblonde Mähne hervor. Wider Erwarten hatte die Emanzipation die letzte Machofestung, den Bau, doch noch gestürmt.

»Wir haben in dem Bauwagen gepennt. Das war richtig schön«, erklärte mir Engel weiter. Es war die dritte Baustelle, die wir an diesem Morgen besichtigten. Ich hatte Engel überredet, mir einige der Unterschlupfe zu zeigen, in denen sie sich mit Fliege zusammen verkrochen hatte.

Es war ja durchaus möglich, dass ihm die Gesellschaft der Teenager auf die Nerven gegangen und er in eines seiner alten Verstecke umgezogen war.

Die blonde Vorarbeiterin verschwand gerade mit ihren beiden Blaumännern in besagtem Bauwagen.

Der Penner war wohl auch in diesem Versteck nicht untergekommen. Denn sonst wäre er genau jetzt in hohem Bogen vor dem Eingang des Wagens erschienen.

Mein Handy summte in meiner Hosentasche.

»Wir hatten sogar einen Grill. Irgendwie hat Edgar rausgekriegt, wo die den Schlüssel versteckt hatten. Und ein paar Bierkisten haben die auch drin stehen lassen. Wir waren bestimmt zwei Wochen hier. Tagsüber in der Stadt schnorren, 'n paar Pfandflaschen einsammeln, abends Bier und Bratwürstchen. Ruhige Zeit.«

Ich zog das vibrierende Telefon hervor und warf einen Blick auf das Display. Danner.

»Wow«, zischte Engel beim Blick auf mein Hightechhandy. »Haste das geklaut, oder was?«

»Mein Macker. Moment, ja?« Ohne Engels Einverständnis abzuwarten, ging ich dran. »Ich hab zu tun. Was ist?«

»Wir haben ihn.«

»Wen?«

»Fliege.«

Mist. Damit hat er ja dann bewiesen, wer der Meisterdetektiv und wer der Lehrling ist, schoss es mir durch den Kopf. Meine Wette hatte ich verloren und Danner hatte sich das neue Türschild gespart.

»Lenny will dich sowieso nicht dabeihaben«, fuhr Danner fort. »Du tust ihm einen Gefallen, wenn du trödelst.«

Seine Worte schafften, was die Minusgrade die ganze Zeit nicht vermocht hatten: Unter Danners wärmendem Parka verursachten sie ein kaltes Kribbeln zwischen meinen Schulterblättern.

»Wo …?« Meine Stimme krächzte plötzlich. »Wo seid ihr?«

»Im Stadtpark. Die Spurensicherung ist schon da.«

Spurensicherung. Ich schloss die Augen. Von einer Sekunde zur anderen war mein böses Bauchgefühl plötzlich Gewissheit.

»Kommst du her, oder nicht?«

Engel und ich waren keine fünf Minuten vom Stadtpark entfernt, erkannte ich. »Wo seid ihr genau?«

Mein Blick wanderte zu Engel und mir wurde bewusst, dass das Mädchen die ganze Zeit aufmerksam zugehört hatte.

»Von der Kurfürstenstraße aus kannst du die Absperrung schon sehen.«

Direkt um die Ecke.

»Bin gleich da!« Ich legte auf. »Sorry, ich muss los.« Mein Handy ließ ich in der Jackentasche verschwinden.

Engel packte mich am Ärmel: »Du weißt, wo Edgar ist?!«

»Nee.« Jedenfalls noch nicht hundertprozentig.

»Aber ich hab's doch gehört!«, blieb Engel hartnäckig. »Du hast gerade erfahren, wo er steckt!«

Ich befreite meinen Arm grob und rannte los: »Ich erzähl's dir heute Abend.«

»Nein! Lila!« Engel begann, hinter mir herzulaufen. »Ich komme mit. Ich muss mit Edgar sprechen. Unbedingt.«

Davon wäre die Spurensicherung sicher nicht begeistert.

Engel hätte nicht mal mit mir Schritt halten können, wenn sie kein fast fertiges Kind plus gute zwanzig Kilo Übergewicht hätte schleppen müssen. Sicher war sie auch vor ihrer Schwangerschaft nicht die Sportlichste gewesen.

»Lila! Nimm mich mit! Bitte!«, brüllte mir das Mädchen nach, als ich sie abhängte. »Er ist doch der Vater!«

Wie bitte?

Ich drehte mich um. Wie spitze, kleine Eispfeile trafen die Schneeflocken mein Gesicht. »Was?«

Engel war keuchend stehen geblieben.

»Nicht der Krötenretter?«, begriff ich.

»Wer?«

»So eine Scheiße!« Ich rannte wieder los. »Ich melde mich bei dir.«

»Lila!«

»Versprochen!«

26.

Ich lief den schrumpelig gefrorenen Parkweg entlang, an verrosteten Skulpturen vorbei, die den Eindruck erweckten, jemand hätte kostengünstig sein Altmetall entsorgt. Links von mir dümpelten in einer Senke einige Enten auf einem halb zugefrorenen Teich, während ich zwischen den kahlen Stämmen der uralten Baumriesen zwei Dackel, das zugehörige Frauchen und einen Jogger überholte.

Dann sah ich ein paar Meter abseits des Weges, um ein weitläufiges Gebüsch herum, das rot-weiße Absperrband, die Uniformen.

»Ey! Du kannst hier nicht durch!« Ein junger Schutzpolizist versperrte mir den Weg. Ein echter Village-People-Typ, gut gebaut und mit glatt rasiertem Kinn, bei dem man jederzeit darauf gefasst war, dass er sein korrekt geknöpftes Hemd aufriss und die Hüften kreisen ließ.

Nun, das passierte natürlich nicht.

»Das ist eine polizeiliche Sperrzone«, informierte Adonis mich im Kommandoton. Das stand auch gut leserlich auf dem raschelnden Absperrband.

»Der Kriminalkommissar erwartet mich«, keuchte ich, vom Laufen atemlos. »Würden Sie freundlicherweise Bescheid sagen, dass ich da bin?«

Der Blick des Beamten wanderte von meinen roten Wangen über meine lila Haare zu den bunten Handabdrücken auf den Oberschenkeln meiner Jeans. »Und ich warte auf den Osterhasen«, spottete er. »Aber dem sagt leider auch keiner Bescheid.«

Verdammt, da hatte ich es in der Rekordzeit von der Baustelle hierher geschafft und jetzt hielt mich ein sturer Uniformträger auf, bis die Spurensicherung zusammengepackt hatte?

»Na schön, war nur 'n Versuch. Eigentlich such ich meinen Kumpel, obdachlos. Der hängt hier dauernd ab. Haste den vielleicht gesehen?«, versuchte ich es überlegter.

Der Polizist horchte auf: »Ein Kumpel von dir? Etwa so ein Kleiner, Älterer?«

Reif für den Idiotentest, würde ich sagen.

»Genau der«, nickte ich eifrig.

»Moment – äh, Frau Wegner?« Der Uniformierte winkte eine hochgewachsene Frau in Zivil heran. »Möglicherweise haben wir hier eine Zeugin.«

Die Beamtin trug zur engen, dunklen Hose mit Bügelfalte schwarze Stiefel ohne Absatz und eine schmal geschnittene Jacke. Ihre langen, braunen Haare hatte sie zu einem strengen Pferdeschwanz zusammengezurrt, der ihre auffallend schmale Schnabelnase noch auffälliger aus ihrem Gesicht ragen ließ. Sie sah aus wie eine Reitlehrerin. Eine Peitsche im Stiefelschaft hätte mich nicht verwundert. Eindeutig die engstirnigste Politesse der gesamten Mordkommission.

»Komm mit.« Sie stakste über den von Fahrradreifen zerfahrenen und dann hart gefrorenen Schotterweg und ich tauchte unter dem rot-weißen Flatterband hindurch.

Sie führte mich zu einer Parkbank, neben der Staschek und Danner standen.

»Vielleicht haben wir hier eine Zeugin, Chef«, informierte die strenge Frau Wegner Staschek pflichtbewusst.

Der Kriminalkommissar hob die rechte Augenbraue unter

den Rand seiner kastanienfarbenen Bommelmütze: »Wohl kaum.«

Frau Wegners Blick flitzte zu mir. Es dauerte einen Augenblick, bis sie begriff, dass Staschek meine Anwesenheit trotzdem duldete.

Danner hatte seine Mütze bis über die Platzwunde auf seiner Stirn gezogen, die feinen Schneeflocken bildeten bereits eine weiße Schicht auf der dunklen Wolle. Den Kopf zwischen die Schultern gedrückt, die Hände in den Taschen seiner dünnen Sportjacke vergraben, wippte der Detektiv auf den Zehenspitzen. Kein Wunder, seinen Winterparka trug ja ich.

Doch ein lautes Knacken und Knirschen lenkte meine Aufmerksamkeit auf das dichte Gebüsch hinter der Parkbank, aus dem hier und da mastartige Baumstämme in die Höhe wuchsen. Wie ungeschickte Geister krochen mehrere Gestalten in den weißen Schutzanzügen der Spurensicherung durch das nadelige Gestrüpp.

»Du solltest dir das lieber nicht ansehen, Lila.« Staschek legte mir seinen Lederhandschuh auf die Schulter.

»Ist Superpapa heute wieder im Dienst?« Ich trat einen Schritt näher an die überfrorene Bank, auf der sich eine feine Schneeschicht sammelte.

»Ben und ich haben ihn schon identifiziert«, sprach Staschek weiter, wohl hauptsächlich, um mich zurückzuhalten. »Soweit das möglich ist. Es handelt sich zweifelsfrei um den Obdachlosen, den wir alle unter dem Namen Fliege kennen.«

»Edgar«, bestätigte ich, während ich in die Hocke ging und unter der Bank hindurchsah.

Der Penner starrte mich an, die Augen weit aufgerissen. Sein Mund stand offen. Ein klaffendes schwarzes Loch zwischen den Blutkrusten seiner aufgeplatzten Lippen und gelb hervorragenden Zähnen.

»Du kennst seinen richtigen Namen?«, merkte Staschek.

Ich musste lange hinsehen, um Fliege wiederzuerkennen. Sein gewöhnlich hochrotes Gesicht war blaugrau verfärbt.

Die rissigen Lippen fast schwarz. Alte Aknenarben, geplatzte Adern und Bartstoppeln zeichneten violette Linien und Krater in die tote Haut. Seine verfilzten Haare standen als schmutzige Eiszapfen von seinem Kopf ab.

Die linke Schläfe, das linke Ohr, Haare, Wange und Hals waren dunkelrot-schwarz verkrustet. Gut zu erkennen, weil er auf der rechten Seite lag.

Blut, begriff ich. Flieges Gesicht war blutüberströmt.

»Edgar und wie weiter?«, wollte Staschek von mir wissen.

Ich hatte in meinem Leben noch nicht viele Leichen gesehen. Nicht genug jedenfalls, um beim Blick in die Augen eines Toten nebenbei noch lässig auf Stascheks Fragen antworten zu können.

Meine Gedanken wirbelten durcheinander wie die winzigen Schneeflocken im Winterwind.

Hätten wir das verhindern können? Hätte es etwas geändert, wenn wir Fliege ins Krankenhaus gebracht hätten? Oder in eine Ausnüchterungszelle? Statt ihn einfach vor die Tür zu setzen?

Natürlich hätte es das. Scheiße.

Ich kämpfte gegen eine Mischung aus Schwindel und Übelkeit.

»Lila. Kennst du seinen Nachnamen?«

Ich schüttelte den Kopf. Noch immer hockte ich auf Händen und Knien vor der Parkbank, als wäre mein Blick an dem toten Obdachlosen festgefroren. Ich konnte spüren, wie sich die Details in mein Gedächtnis brannten. Das klein karierte Sakko, die kurzen, kräftigen, krallenartig verkrampften Finger, die bröckelnden Nägel, die fransige, rosa Fliege im vereisten Bart, die irgendwie gar nicht dorthin zu gehören schien.

Schließlich legte mir Staschek die Hände auf die Schultern und zog mich zurück.

»Wie lange ist er schon tot?«, krächzte ich, als ich wieder auf den Beinen stand.

»Schwer zu sagen«, antwortete der Kommissar. »Die Kälte verzögert die Verwesung. Und im Gebüsch hinter der Bank war er kaum zu sehen, der kann da schon eine Weile gelegen haben.«

Ein Geist von der Spurensicherung blinzelte mit dick getuschten Wimpern durch eine schwarze Nana-Mouskouri-Brille über die Parkbank hinweg.

»Könnt ihr nicht ordentlich absperren?«, erkundigte sich die Frau gereizt.

»Das ist Blut!?« Ich deutete auf das verkrustete linke Ohr des Leichnams.

»Er ist nicht erfroren, oder?«, vermutete auch Danner.

»Sie sind kein Polizist mehr, Danner«, fauchte die Spurensicherin verärgert. »Also verziehen Sie sich, bevor Sie die letzte brauchbare Spur zertrampelt haben!«

»Meinen Sie, er ist besoffen von der Bank gekippt, hat sich den Kopf angeschlagen und ist liegen geblieben?«, wollte auch Staschek von dem giftigen Geist wissen.

»Wenn ich das jetzt schon wüsste, könnten wir Feierabend machen und uns die ganze Spurenauswertung und die Autopsie sparen. Wie preisgünstig.«

Staschek schob seine Bommelmütze ins Genick und strich sich eine darunter hervorwippende Locke aus der Stirn: »Aber Sie haben doch bestimmt schon eine Vermutung, Sieglinde.«

Genau registrierte ich den schnurrenden Tonfall in Stascheks Stimme, der weiblichen Wesen Sexfantasien mit dem feschen Hauptkommissar geradezu aufdrängte.

Und tatsächlich straffte der gereizte Geist plötzlich die Schultern und wippte das Becken zur Seite, ohne zu registrieren, dass seine Figur in dem übergroßen Overall sowieso nicht optimal zur Geltung kam.

»Weil du es bist, Lenny«, gab die Frau tatsächlich nach. »Ich halte einen Schädelbruch für wahrscheinlich. Um eine derartige Verletzung hervorzurufen, müsste der Tote schon sehr ungünstig auf eine harte Kante oder einen Stein gefallen sein. Allerdings haben wir einen solchen Stein im direkten Umfeld der Leiche nicht entdeckt. Außerdem liegt er auf der rechten Seite, die Verletzung ist aber links. Dem ersten Eindruck nach tippe ich auf Fremdeinwirkung – unter Vorbehalt natürlich.«

»Du bist ein Genie, Sieglinde«, schäkerte Staschek zufrieden.

Danner neben mir hüpfte mit in die Jackentaschen gestemmten Händen auf der Stelle: »Damit ist unser Fusselbürsten-Fall auch erledigt. Molle kann den Köter im Tierheim abliefern. Der Rest ist jetzt Lennys Job.«

27.

Warum war Fliege überhaupt im Park gewesen? Die Bauruine in Wiemelhausen befand sich in einer ganz anderen Richtung. Hatte der angeblich so schlaue Obdachlose in der kältesten Nacht des Jahres auf der Parkbank gepennt, statt sich in seinem sicheren Unterschlupf zu verkriechen?

Mir war noch immer übel vom Anblick der Leiche, meine Knie zitterten und meine Gedanken sprühten in alle Richtungen auseinander. Wortlos strauchelte ich hinter Danner und Staschek über die gefrorenen Parkwege zur Straße zurück.

»An deiner Stelle würde ich diesen Bohne auftreiben und mich bei ihm erkundigen, ob die zwanzig Silberringe an seiner Rechten zufällig einen Zusammenstoß mit Flieges Kopf hatten«, riet Danner dem Kommissar. »Die beiden waren ja nicht die besten Freunde.«

Na klar. Dass Fliege der Schädel eingeschlagen worden war, machte den Schmuckliebhaber schlagartig zum Lieblingsverdächtigen. Immerhin hatte Bohne dem Penner vor Zeugen dieses Schicksal angedroht. Und was seine mit Ringen bewaffnete Rechte anrichten konnte, bewies noch immer die Platzwunde unter Danners Mütze.

»Versuch's mal in den Krankenhäusern«, beteiligte ich mich wieder am Gespräch. »Irgendwo hat der sich bestimmt seine gebrochene Nase zusammenflicken lassen.«

Denn unbeschadet hatte Bohnes Riechorgan den Zusammenstoß mit dem Schädel der Dicken garantiert nicht überstanden.

Danner horchte auf: »Warum taucht Bohnes Nasenbruch nicht in deinen Ermittlungsberichten auf, Miss Marple?«

Ups, ertappt. Da war ich wohl schon wieder nicht zum Berichtetippen gekommen.

Ich errötete unter Danners scharfem Blick und hoffte, dass meine Wangen bereits durch die Kälte so leuchteten, dass es nicht auffiel.

»Wann ist das passiert?«, wollte Staschek wissen.

»Als ich dir die SMS geschrieben habe«, fuhr ich Staschek gereizter an, als er es verdient hatte. »Hättest du deinen Hintern schneller bewegt, hättest du Bohne ja schon an dem Abend einsammeln können.«

»Mist! Dann ist er heute bestimmt nicht mehr im Krankenhaus«, ärgerte sich Danner.

Ich begriff, dass nicht nur Staschek die Gelegenheit verpasst hatte, Bohne festzunehmen. Hätte ich den Nasenbeinbruch erwähnt, hätte die Polizei den Kettenträger vielleicht am nächsten Tag im Krankenhaus erwischen können. Wegen der Körperverletzung an Danner könnte Bohne schon lange verhaftet worden sein. Danner hatte vollkommen recht, es würde noch eine ganze Weile dauern, bis ich eine echte Detektivin war.

»Aber ich lasse die Krankenhäuser trotzdem checken. Vielleicht finden wir seine Spur wieder.« Ganz Kripochef hatte Staschek sein Handy bereits am Ohr und bellte Befehle hinein.

Mir war zum Heulen zumute.

Fliege war tot, was ich mit ein bisschen Mitgefühl ziemlich sicher hätte verhindern können. Gefunden hatte nicht ich den Penner, sondern die Polizei. Und Bohnes Festnahme hatte ich nebenbei auch noch vermasselt.

Die Türschildwette hatte ich verloren.

Wahrscheinlich war ich besser zur Kindergärtnerin als zur Detektivin geeignet.

28.

»Ist nur so 'ne Ahnung«, sagte Danner, »aber ich glaube nicht, dass Bohne in einem Krankenhausbett auf seine Festnahme wartet.«

Während ich mich deprimiert aufs Sofa geworfen hatte und über meine Umschulung zur Erzieherin nachdachte, zog Danner einen Ordner aus dem mit Akten vollgestopften Regal neben dem Schreibtisch.

»Außerdem gönne ich Lenny die Festnahme nicht. Den kleinen Schläger würde ich gern selbst packen. Hier!« Triumphierend hielt mir Danner eine Zeitung unter die Nase.

Seit fünfzehn Jahren behandelt Dr. Raissa Schmidtmeyer Obdachlose ehrenamtlich, las ich das Titelthema des Straßenmagazins, das Danner der Verkäuferin Eule auf unserer Suche nach Fliege abgekauft hatte.

Ordentlich abgeheftet klemmte die Zeitung in einem Hefter, der leserlich in Danners schwungvoller, nach rechts geneigter Handschrift mit *Fliege* beschriftet war.

»Detektivregel Nummer zwei«, belehrte mich Danner grinsend. »Berichte werden immer sofort geschrieben.«

Ja, ja, ich hatte es kapiert. Ich würde ihn noch in zwanzig Jahren Großmeister nennen müssen.

Praktischerweise hatte die Straßenzeitung gleich die Sprechzeiten von Dr. Schmidtmeyer bei verschiedenen Hilfseinrichtungen für Wohnungslose mit abgedruckt.

Weil die nächste Sprechstunde natürlich erst Montag in der *Bochumer Suppenküche* am Bahnhof stattfand, konnte ich die freie Zeit am Sonntag nutzen, um alle nicht geschriebenen Berichte zu tippen und sorgfältig in Danners *Fliege*-Ordner einzusortieren.

»Wärst du eher gekommen, wäre der Socken gar nicht erst eingewachsen. Und du bist doch sowieso immer zum Essen drüben.«

Doktor Raissa Schmidtmeyer war nicht zu sehen, als wir den kleinen Raum betraten, aber zu hören. Es stank nach Alkohol. Und das lag nicht am Desinfektionsmittel. Es roch unverkennbar nach Bier.

Auf dem einfachen Tisch stand ein offener Arztkoffer neben einer Blutdruckmanschette.

»Und das hier ist wieder die Krätze. Weil die Milben deine Socken für ein All-inclusive-Hotel halten.«

Der weiße Vorhang, der den hinteren Bereich des Raumes vom Rest abtrennte, bekam eine Beule.

»Hatte ich dir letztes Mal keine Salbe mitgegeben?«

»Nö«, nuschelte eine zweite Stimme undeutlich.

Die Beule im Vorhang wurde größer, ein breiter Hintern in einer weißen Hose kam zum Vorschein, dann ein rosa Pullover, in dem eine pummelige kleine Frau steckte. Um ihren Hals baumelte ein schlichtschwarzes Stethoskop. Doktor Raissa Schmidtmeyer war Ende fünfzig, trug eine fusselige, blonde Kurzhaarfrisur, blauen Lidschatten und glänzenden Lippenstift, der ihrem teigigen Gesicht Konturen gab.

»Guten Tag.« Ein goldener Schneidezahn blinkte im Mund der Ärztin auf. Sie musterte Danner und mich mit einem prüfenden Blick. »Augenblick, bitte.« Sie erwartete keine Antwort, sondern klappte ein kleines, schwarzes Buch auf und blätterte darin.

»Ich hab dir letztes Mal erst *Wilkinson-Salbe* mitgegeben,

Micha«, sagte sie zu dem Vorhang. Ihre Stimme war tief und dunkel, sie rollte die Rs und zog die Vokale ein klein bisschen in die Länge. Ein leichter östlicher Akzent.

Der Vorhang schwieg.

»Das war vor zwei Monaten.« Die Ärztin öffnete ein wackelndes Sideboard und kramte eine weiße Tube aus einer Plastikkiste.

»Hab ich Simmel verkauft«, nuschelte der Vorhang. »Für 'n Schlafsack.«

»Na, immerhin.« Die Ärztin tauchte wieder unter dem gardinenartigen Stoff hindurch, sodass nur noch ihr Hintern zu sehen war. »Hier, ist meine letzte. Benutz die aber auch, sonst wird das mit dem Ausschlag nie besser. Und besorg dir bei der Kleiderkammer neue Socken.«

Sie wurschtelte sich wieder hervor, trat mit einem Schläppchenabsatz auf den Öffner eines kleinen Mülleimers und warf die Gummihandschuhe hinein. Anschließend wusch sie sich trotzdem noch die Hände.

»Und was kann ich für Sie tun?«

»Danner, Kripo Bochum.« Geübt ließ Danner sein Portemonnaie aufklappen und die Ärztin einen kurzen Blick auf die Farbkopie von Stascheks Dienstausweis werfen.

»Wir suchen Kevin Bonetzki.«

Die Ärztin stemmte die frisch desinfizierten Hände auf die runden Hüften: »Auch wenn es Sie überrascht: Meine Patienten weisen sich eher selten aus.«

»Die Straßenkids nennen ihn Bohne. Einundzwanzig Jahre alt, groß, dünn, trägt haufenweise Ketten und Ringe …«

»… und hat ein Nasenproblem.« Ich tippte mir ins Gesicht. Die Ärztin musterte uns nachdenklich.

»Kennen Sie ihn?«, bestand Danner auf eine Antwort.

»Was hat er denn ausgefressen?«

Also ja.

»Gefährliche Körperverletzung.«

Die Ärztin runzelte die Stirn.

»Außerdem besteht der dringende Verdacht, dass er einen Obdachlosen im Stadtpark zusammengeschlagen und bewusstlos liegen gelassen haben könnte«, köderte Danner sie ziemlich fies mit dieser bisher völlig unbewiesenen Behauptung. »Der Mann ist tot.«

Doktor Schmidtmeyer schluckte sichtbar. »Wer – wer ist es?«, erkundigte sie sich nach kurzem Zögern.

»Fliege.«

Die blau geschminkten Augen der Frau weiteten sich erschrocken. »Edgar ist tot?«

Noch jemand, der den richtigen Namen des Penners benutzte.

»Er war bei Ihnen in Behandlung?«, hakte Danner sofort nach.

Sie schüttelte den Kopf.

»Aber Sie kannten ihn?«

Die Ärztin schien durcheinander, ehrlich betroffen. Fast schon zu verwirrt, angesichts des Todes eines Obdachlosen, der noch nicht einmal ihr Patient gewesen war.

»Er hat sehr vielen geholfen«, stammelte sie eine Erklärung, bei der ihr Akzent plötzlich deutlicher durchklang. »Er ist – er war ein … Guter.«

Schon wieder ein Fan von Fliege.

»Eule hat er hergebracht und sich rührend um sie gekümmert. Sie brauchte dringend psychologische Betreuung. Jetzt nimmt sie ihre Medikamente. Er hat ihr sogar geholfen, eine kleine Wohnung und den Job beim Straßenmagazin zu bekommen. Nina hat er zum Schwangerschaftstest überredet und Miriam schleppt er immer wieder wegen der Krätze her.«

Der Penner hatte sich gekümmert. Wir nicht.

Danner legte den Kopf schief und betrachtete die kleine Ärztin nachdenklich. Ich wusste genau, wie unangenehm seine Musterung werden konnte. Raissa Schmidtmeyer fusselte mit den kurzen Fingern nervös in ihren Haaren herum.

»Hatten Sie ein Verhältnis?«, fragte Danner direkt.

Vor Überraschung hätte ich beinahe laut gelacht. Die Ärztin und der Obdachlose?

»Ich?« Mit einer theatralischen Geste griff sich die Frau an die große Brust. »Was erlauben Sie sich?«

»Fragen stellen ist mein Job. Ihre Beziehung war sozusagen rein dienstlich? Edgar kam nur, um hier Kranke abzuliefern?«

»Selbstverständlich!«

Danner beobachtete sie genau.

Sie starrte feindselig zurück.

»Gut, und ich war mit ihm essen«, gestand sie widerwillig. »Bei den Suppenengeln drüben. Ein Mal.«

Ha! Fliege war ein Frauenheld gewesen! Der hatte Eule flachgelegt, Engel geschwängert und sogar die Ärztin gedatet!

Hatte Fliege womöglich den gleichen raubeinigen Charme besessen, der einen schmuddeligen Schnüffler für reiche Klientinnen, Oberstudienrätinnen und Polizeichefinnen attraktiv machte? Ich konnte mir den schnellen Seitenblick auf Danner nicht verkneifen.

»Können Sie uns denn jetzt sagen, wo wir Bohne finden?«, verhörte der Detektiv die Ärztin hartnäckig weiter, und nur das Grübchen zwischen seinen Bartstoppeln ließ mich vermuten, dass er meinen Blick bemerkt hatte.

Die Ärztin zuckte die runden Schultern: »Ich hatte ihn für heute herbestellt. Zur Kontrolle. Nasenbeinbruch.«

Na also. Sagte ich doch.

»Müsste er mit so einer Verletzung nicht in ein Krankenhaus?«

Doktor Schmidtmeyer winkte ab: »Die machen da auch nur ein Pflaster drauf. Und die meisten meiner Patienten würden nicht mal mit 'nem abgetrennten Arm in ein Krankenhaus gehen. Bei Kevin will ich die Luftwege kontrollieren, sobald die Schwellung zurückgegangen ist. Er sollte heute vorbeikommen. Aber bis jetzt war er noch nicht hier und die Sprechstunde ist in fünf Minuten beendet.«

29

»Sei froh, dass du den Kinderficker los bist! Ein obdachloser Alkoholiker, der eine Vierzehnjährige schwängert, ist sowieso kein Mann fürs Leben.«

Hm. Suboptimal. Wenn ich Engel auf diese Art mitteilte, dass Fliege tot war, würde das höchstwahrscheinlich nicht gut ankommen. Bestenfalls konnte ich so die Wehen auslösen.

Mit der Gabel rollte ich eine Kartoffel um das unberührte Schnitzel auf meinem Teller herum.

Ich hatte keine Ahnung, wie ich es Engel sagen sollte. Aber wenn ich es ihr nicht erzählte, würde sie es gar nicht erfahren. Denn niemand außer mir wusste, dass sie es wissen sollte. Und ich hatte ihr versprochen, mich bei ihr zu melden.

Mein Blick wanderte auf Molles Teller, der meinem eigenen gegenüberstand. Untypischerweise trieb der dicke Wirt eine kleine Karawane von drei Rosenkohlköpfen durch die Sauce hollandaise. Dass Fliege gestorben war, nachdem wir ihn rausgeschmissen hatten, hatte auch dem Dicken gründlich den Appetit verdorben.

Mücke lag auf dem rot karierten Stuhlpolster zwischen uns, den Kopf traurig auf den Vorderpfoten, als hätte auch er verstanden, was passiert war.

Nur Danner ließ es sich schmecken.

Die Kneipentür schwang auf und zusammen mit dem eisigen Windhauch, der unter den Tisch um meine Beine fegte, wehte Staschek herein. Der Kommissar zog sich die eleganten Lederhandschuhe von den Händen und die Bommelmütze vom Kopf.

Staunend beobachtete ich, wie er sich mit den Fingern durch die Haare fuhr. Statt wie bei jedem normalen Menschen nach dem Tragen einer Mütze unordentlich und verschwitzt am Kopf zu kleben, fielen Lennart Stascheks Haare sexy in einer glänzenden Welle in die Stirn.

Unschlüssig blieb der Polizist neben dem Tisch stehen. Seinen Stuhl besetzte Flieges deprimierter Hund.

»Was 'n Scheißtag«, murrte der Kommissar mit einem bösen Blick auf den pelzigen Platzbesetzer.

Mücke hob die Lefzen zu einem kurzen Knurren.

Molle hörte auf, den Rosenkohl zu rollen. Der dicke Wirt rückte Staschek einen fünften Stuhl an den Tisch und stellte dem Kommissar einen Teller unter die Nase.

Staschek pikte seine Gabel in das letzte Schnitzel.

»Wir haben alle Krankenhäuser nach Kevin Bonetzki abgesucht. Die Fahndung ist raus und der Bahnhof wird überwacht«, brummte Staschek grimmig. »Und der verdammte Penner hat keine Identität. Das ist das nächste Rätsel. Der wird ja nicht als ›Fliege‹ geboren worden sein. Aber er hatte natürlich keine Papiere bei sich. Und Sozialhilfe hat er anscheinend auch nicht bezogen. Ein einziges Mal war er vor Jahren bei der Kleiderkammer. Der Typ konnte sich erinnern, weil er nach einer Krawatte gefragt hat. So was wird da nicht so oft verlangt und sie hatten zu dem Zeitpunkt auch keinen Schlips im Angebot. Nur eine altrosa Fliege. Die hat er dann ja auch mitgenommen.«

Und bis zu seinem Tod getragen.

»Ansonsten hat sich unser Freund Fliege nicht mal Spenden bei der *Tafel* oder anderen Organisationen besorgt, bei denen man einen Hartz-IV-Bescheid vorlegen muss. Wovon hat der gelebt, zum Teufel?«

»Pfandflaschen«, trug ich was zum Gespräch bei.

Stascheks Blick wanderte zu mir.

»Lila ist übrigens die Einzige, die überhaupt seinen Vornamen kennt.« Der Kriminalkommissar musterte mich scharf.

»Edgar«, nickte ich.

»Hab ich mitgekriegt. Weißt du sonst noch was über ihn? Irgendeine Kleinigkeit, die dir nicht so wichtig vorkommt, dass man sie in einem Bericht erwähnen müsste? Seinen Nachnamen zum Beispiel?«

Arschloch.

»Nach dem Nachnamen müsste ich mich umhören«, giftete ich zurück. »Das nennt man Arbeit und das kostet dich zweihundert Euro.«

»Hey, du hast ja was von mir gelernt«, lobte Danner mit gespieltem Staunen.

»Vergiss es«, winkte Staschek ab. »Da schick ich lieber ein paar Grüne los.«

»Gute Idee«, nickte ich anerkennend. »Bestimmt laden die Straßenkids sie auf ein Bier ein.«

Mit knirschenden Zähnen zückte der Kommissar sein Portemonnaie.

30.

»Du wirst jemand anderen kennenlernen, Engel – Nina. Du bist doch noch jung. Irgendwann triffst du einen Netten. Gut aussehenden. Stinkreichen. Einen, der auch ein toller Papa für dein Kind sein wird.«

Unschlüssig stand ich vor der Bauruine. Und offenbar stand ich schon eine Weile zu lange dort, denn meine Turnschuhe schienen am Boden festgefroren zu sein.

Wie wäre es mit: »Es gibt so viele anständige Männer«?

Ha! Das würde mir nicht mal die Schlumpfgruppe abkaufen. Fiel mir keine brauchbarere Lüge ein?

»Sorry, falscher Alarm, Engel. Die Polizei hat da zwar eine Leiche im Stadtpark gefunden, aber es war nicht Fliegen-Edgar. Willste 'n Bier?«

»Lila?«

Augenblicklich wurde mir heiß. Meine gerade noch zitternden Finger waren nass von kaltem Schweiß. Ich drehte mich zu Engel um.

»Ich dachte schon, du tauchst nicht wieder auf. Hast du Edgar gefunden?« Engel hielt ihren Bauch mit den Händen fest, wirre, schwarz-rote Haarsträhnen hingen in ihr rundes Gesicht.

Verdammt! Es gibt noch so viele andere Männer, war das Einzige, was mir durch den Kopf ging. Aber diesen Blödsinn brachte ich nicht über die Lippen.

»Wer ruft dich an und steckt dir, wo Fliege ist?«, kläffte Dicke mich misstrauisch an. »Wieso weißt du so viel über den Typen? Was willst du von dem?«

»Halt den Mund, Miri!«, fuhr Engel die Dicke schrill an. »Wen interessiert das?« Sie wandte sich wieder an mich: »Ist er …?«

Ich nickte.

»Ach du Scheiße!« Dicke kapierte jetzt auch und griff Engel am Arm.

Die Schwangere schüttelte den Kopf: »Aber er ist doch nicht – er ist doch nicht …?«

Doch, wollte ich sagen, aber nicht einmal dieses eine Wort bekam ich heraus. Mein Mund war trocken, meine Lippen spröde, ich fuhr mit der Zunge darüber.

»Doch«, krächzte ich schließlich.

»Tot?«, flüsterte Engel tonlos. »Edgar ist tot?«

Ich nickte wieder. Durch die Feuchtigkeit der Spucke fraß sich die Kälte brennend in meine Lippen. Mit dem Ärmel wischte ich mir über den schmerzenden Mund.

Die Tränen lösten sich aus Engels Augenwinkeln, rannen über ihre Wangen.

Dicke verzog keine Miene.

Engel hörte nicht auf, den Kopf zu schütteln.

Die Sekunden dehnten sich zäh, während wir schweigend vor der Bauruine standen.

»Du brauchst was zu trinken«, entschied Dicke schließlich und schob Engel am Arm zurück in das halb fertige Haus.

»Wir haben gestritten an dem Abend«, stammelte Engel

tonlos. »Er stand schon voll unter Strom, als ich aus der Stadt zurückkam. Er war schlecht drauf. Keine Ahnung, was passiert war. Dann fing er schon wieder damit an, dass er kein Kind haben wollte.«

Ich folgte den beiden in die Pennerbude unter der Treppe. Müde hockten wir uns um den vor sich hin kokelnden Grill. Es war kalt, die glimmenden Kohlen strahlten kaum genug Hitze ab, um meine Finger zu wärmen.

Engel plumpste auf das Sofa und ploppte eine Bierflasche auf. »Er hat gemeint, ich hätte mit ihm sprechen müssen, bevor ich die Pille abgesetzt hab.«

Ach nein, wirklich?

Engel trank und Dicke schüttete den Rest ihres Bieres in die Glut im Grill. Es zischte, Qualm wirbelte in die Höhe, der scharfe Geruch von Verbranntem stieg mir in die Nase.

»Der hat nur Mist gelabert an dem Abend.« Engel öffnete bereits die nächste Flasche. »Dass ihn alle verarschen würden. Das wir alle Vampire wären, die ihn nur aussaugen wollten. Ich sowieso. Ich hätte abtreiben sollen, solange es noch ging. Wenn der voll war, tickte der nicht richtig. Der wurde dann richtig fies. Ich bin auch sauer geworden, hab gemeint, dass man nun mal schwanger werden kann, wenn man miteinander schläft, und dass er in seinem Alter davon schon mal gehört haben sollte.«

Plötzlich fühlte ich mich unwohl.

»Dieser Pisser«, knurrte Dicke. »Erst ein Kind schwängern und ihm dann noch die Schuld dafür in die Schuhe schieben.«

Mein Blick wanderte kurz zu der Dicken, die ja selbst nur ein Jahr älter war als Engel – auch wenn man ihr das nicht ansah.

Engel trank erneut, diesmal zu hastig, das Bier schäumte ihr übers Kinn. Sie wischte sich den Mund mit ihrer ausgefransten Strickjacke ab.

»Er wurde immer wütender«, schniefte sie. »Er sagte, alle würden glauben, man könne ihn verarschen! Aber er würde

nicht mehr mitspielen. Und dann ist er weg und nicht wie-
dergekommen.«

Klang tatsächlich sehr nach der bekannten Original-
Fliege-die-Welt-ist-schlecht-Predigt. Die auf einmal einen
Sinn zu ergeben schien.

»Um wie viel Uhr war das?«

Engel versuchte, die nächste Flasche zu öffnen. Es klappte
nicht. »Weiß nicht. Ich war von meiner Tour zurück. Abends
irgendwann, so sieben oder acht?«

Anschließend hatte Fliege bei Molle weitergesoffen. Eine
Erinnerung tauchte in meinem Kopf auf.

»Später hast du ihn nicht mehr gesehen?«

»Nee.« Engel zerrte an dem Bügelverschluss der Flasche.

»Ganz sicher?«, ließ ich nicht locker. »Und du bist hier
geblieben? Nicht noch mal zum Bahnhof oder so?«

»Nee!« Entnervt schleuderte Engel die Bierflasche aufs
Sofa.

Ich starrte das Mädchen an.

Das stimmte nicht. Fliege musste noch einmal zurückge-
kehrt sein! Ganz sicher. Ich hatte doch die alte Zeitung im
Keller neben seinem Lager gefunden. Die Zeitung mit dem
Artikel über den Alkohol-Unfall. Fliege hatte sie in Molles
Kneipe dabeigehabt, also musste er noch einmal hierher
zurückgekommen sein und sie in seinen Unterschlupf im
Keller gebracht haben.

Log Engel?

Ich schob die Plastikplane, mit der die Bude der Mädchen
verhängt war, ein Stück zur Seite. Die Treppe in den Keller
befand sich keine drei Meter vom Unterschlupf der Mädchen entfernt. Und so besoffen, wie Fliege gewesen war, war
er bestimmt nicht rücksichtsvoll auf Zehenspitzen an den
Mädchen vorbeigeschlichen. Die beiden mussten ihn bemerkt haben.

Verwundert angelte auch ich mir eine Bierflasche.

Engel log.

Die Gedanken schossen wie Pfeile durch meinen Kopf, doch alle trafen genau den gleichen Punkt: Fliege hatte sich an dem Abend bei Molle Mut angesoffen, weil er Vampire jagen wollte. Und Engel war für ihn ein Vampir! War er noch mal hierher zurückgekehrt, um sie zur Rede zu stellen? War die alte Zeitung nicht der Beweis dafür?

Wieso verschwieg Engel mir etwas?

Ich fröstelte.

Was war passiert an dem Abend? Hatte Fliege seine geliebte Freiheit bedroht gesehen? Durch Frau – sorry, Mädchen und Kind? War Fliege handgreiflich geworden? Hatte Engel sich gewehrt? War Fliege vielleicht gestürzt und hatte sich den Schädel auf einer Betonstufe eingeschlagen?

Halt, Stopp! Meine Fantasie ging mit mir durch!

Fliege war im Stadtpark gefunden worden, das war zu Fuß fast eine halbe Stunde von hier entfernt. Selbst wenn es zwischen ihm und Engel gekracht haben sollte, war er hinterher immerhin noch in der Lage gewesen, bis zum Stadtpark zu laufen. Denn geschleppt haben konnte Engel ihn nicht …

Mein Blick fiel auf Dicke, die an Klippan gelehnt auf dem Boden hockte und mit abgekauten Fingernägeln die vielen kleinen Wunden an ihrem linken Unterschenkel blutig kratzte.

Was war eigentlich mit der Dicken? War sie dabei gewesen an dem Abend? Wieso schwieg sie die ganze Zeit?

Ich fragte nicht nach. Dicke hatte meinen schnellen Blick sofort registriert. Ihre wulstigen Brauen rückten zusammen, darunter funkelten ihre kleinen Augen drohend. Ein Raubtier, das auf die Gelegenheit zum Angriff lauerte. Mein Wissen über Fliege hatte sie misstrauisch gemacht.

Dicke könnte Fliege getragen haben … Wäre allerdings nicht gerade unauffällig gewesen, wenn die Übergewichtige einen bewusstlosen Penner durch die halbe Stadt geschleppt hätte.

Oder Engel war Fliege gefolgt. Oder sie waren zusammen

gegangen, hatten auf dem Weg womöglich weiter gestritten und es hatte erst im Park noch einmal richtig geknallt?

Engel hatte inzwischen sechs Flaschen Bier getankt, wenn ich mich nicht verzählt hatte. Sie war zur Seite aufs Sofa gesunken, den Kopf hinter Dickes breitem Rücken versteckt, die Füße schon wieder so dicht an meiner Nase, dass ich automatisch durch den Mund atmete.

Plötzlich hatte ich den Wunsch, möglichst schnell von hier zu verschwinden. Das lag nicht so sehr an Engels Füßen, sondern daran, dass ich nicht länger über Engel und Fliege nachdenken wollte. Ich wollte nicht wissen, was passiert war.

Ich wollte in Molles Kneipe, wo es warm war und leckeres Essen gab. Ich wollte in Danners Armen einschlafen und nicht auf dem eiskalten Beton. Ich wollte nicht zu den Heimatlosen gehören, wo Fünfzehnjährige plötzlich zu Mordverdächtigen wurden.

»Kennt ihr eigentlich Edgars Nachnamen?«, versuchte ich, mein Verhör zu beenden.

»Hm, hat er mal gesagt. Motzki oder so«, lallte Engel betäubt. »Keine Ahnung.«

Toll, du Hirn. Du kennst nicht mal den Nachnamen von dem Typen, der dich geschwängert hat!

»Wieso?«, wollte Dicke wissen. »Wieso interessiert dich der tote Wichser so?«

Ihren Nacken hatte sie angespannt. Ihr Hals war zwischen den Schultern verschwunden, ihr Blick scharf und lauernd.

»Nur so«, winkte ich ab. »Ich muss. Wartet nicht auf mich.«

31.

Ein scharfer Wind riss mir die Kapuze vom Kopf, als ich gleich darauf aus der Türöffnung der Bauruine trat. Ich presste die Kopfbedeckung mit beiden Händen zurück auf meine Haare.

»Ich dachte schon, die hätten dich abgefüllt«, meckerte Staschek, als ich mich auf die Rückbank seines Kombis fallen ließ.

Danner stellte das Radio leiser: »Und?«

»Die kennen Flieges Nachnamen nicht«, gestand ich zähneknirschend. »Motzki oder so ähnlich, glaubt Engel.« Ich wurschtelte meine Hände aus den Ärmeln.

»So ähnlich?«, schnauzte Staschek erwartungsgemäß. »Her mit meiner Kohle. Wenn ich 'ne Currywurst Pommes bestelle und ich kriege ein Fischbrötchen oder so was Ähnliches, bezahle ich den Fraß auch nicht.«

»Das nennt man Stundenlohn«, mischte sich Danner ein. »Auch wenn das Wort im Beamtenlatein nicht existiert.«

»Zweihundert Euro für eine Stunde Arbeit ohne Ergebnis?«, schnappte Staschek empört.

»Wenn man dir dein Gehalt nur zahlen würde, wenn du Fälle löst, müsstest du selbst bei den *Suppenengeln* essen«, konterte Danner ungerührt.

Staschek stöhnte: »Wisst ihr, wie lange ich einen Kollegen abstellen muss, damit er alle Edgars in Bochum und Umgebung aus den Meldedateien rausfiltert, die Motzki oder so ähnlich heißen? Dann muss er alle überprüfen. Und am Ende kommt unser Edgar aus Köln und die Arbeit war umsonst.«

»Aber dann hat zumindest auch mal einer von euch für seinen Stundenlohn gearbeitet«, stichelte Danner belustigt weiter.

Ich kaute nachdenklich auf meiner Unterlippe.

Die Polizei würde prüfen, ob Bohne etwas mit Flieges Tod zu tun hatte. Dicke und Engel würde niemand mit dem Fall in Verbindung bringen.

Erst jetzt bemerkte ich, dass Danner mein Gesicht studierte.

»Sonst noch was?«, erkundigte er sich prompt.

Ja. Ich wollte nach Hause. Ins Bett.

Ich seufzte. »Bohne ist nicht der Einzige, der Stress mit Fliege hatte.«

»Einen schönen guten Abend, meine Damen. Mein Name ist Lennart Staschek, Erster Kriminalhauptkommissar, Kriminalinspektion 1, Kriminalkommissariat 11 – besser bekannt als die Mordkommission. Betrachten Sie sich als herzlich eingeladen zu einem netten Gespräch im Polizeipräsidium. Morgen früh, zehn Uhr. Für den Fall, dass Sie den Weg zu uns nicht finden sollten, muss ich Sie bitten, mir Ihre Personalien zu überlassen.«

Engel und Dicke gafften Staschek mit offenem Mund an.

»Du hast die Bullen hergeführt, du Schlampe?« Während Engels Reaktion auf sich warten ließ, sprang Dicke mit gefletschten Zähnen auf mich zu. »Ich wusste doch, dass irgendwas mit dir nicht stimmt!« Angriffslustig fuhr sie zu Staschek herum: »Von mir erfährst du kein Wort, Bullenarsch!«

Staschek lächelte verbindlich: »Bisher hat es sich um einfache Zeugenvernehmung gehandelt. Jetzt haben wir eine Beamtenbeleidigung.«

»Kann gut sein, dass gleich noch 'ne Körperverletzung dazukommt«, bellte Dicke.

Stascheks Samtstimme wurde eine Spur schärfer: »Vor so einer unüberlegten Reaktion möchte ich Sie bewahren. Sollten Sie mir Ihre Daten nicht freiwillig nennen, lasse ich Sie von meinen uniformierten Kollegen abholen. Ihre Personalien kann mir auch unsere Mitarbeiterin Frau Ziegler mitteilen.«

Oh, oh.

Mit einem Kopfnicken deutete Staschek auf mich.

Lenny, du Vollidiot!

»Mitarbeiterin?« Dickes Blick flitzte von Staschek zu mir. »Du bist 'ne Bullenbraut?!«

Das war's mit meiner Tarnung! Da hatte der Superpapa vom Dienst ja endgültig verhindert, dass ich allein auf den gefährlichen Bochumer Straßen ermitteln konnte.

Dickes tief in ihr zerknautschtes Gesicht eingegrabene Augen begannen vor Zorn zu glühen. Ihre hängenden Wangen färbten sich dunkelrot, das ganze Gesicht schien sich um die platte Nase in der Mitte zusammenzuziehen.

»Privatdetektivin«, korrigierte ich zähneknirschend.

Engel blinzelte mich mit kugelrunden Augen an. Ihre Freundin hingegen kochte.

»Wir sehen uns morgen, meine Damen«, verabschiedete sich Staschek.

»Verräterin!«, brüllte Dicke im gleichen Moment und donnerte wie ein wutschnaubender Stier auf mich los. Sie war an Staschek vorbeigestampft, bevor der begreifen konnte, was gerade passierte.

Meine eigenen jahrelang trainierten Reflexe funktionierten besser. Ich rammte Dicke meine Schulter in den schwabbeligen Rumpf, stemmte ihr gleichzeitig mein rechtes Bein in den Weg. Mit aller Kraft hebelte ich sie über mein Knie und hieb ihr, während sie den Kontakt zum Boden verlor, beide Hände in den Rücken.

Doch einmal in Bewegung war der massige Körper des Mädchens sowieso nicht mehr zu bremsen. Sie krachte durch die Plastikplane in die Butze. Die Brocken, mit denen die Plane auf den Stahlträgern beschwert gewesen war, hagelten mit dumpfen Aufschlägen herunter und schlugen Kerben in den neu betonierten Boden.

Dicke landete scheppernd in der mit leeren Flaschen gefüllten Mandarinenkiste. Splitternd spritzten Scherben auseinander.

»Blöde Fotze! Das kriegst du wieder!«, tobte Dicke unter der raschelnd niedersinkenden Plane weiter. Sah aus wie ein blaues Gespenst mit Tobsuchtsanfall. »Pass bloß auf, dass du mir nicht allein über den Weg läufst, du verlogenes Dreckstück!«

32.

»Die schwangere Kleine ist doch nie im Leben volljährig«, stellte Staschek fest, als er gleich darauf den Motor seines Kombis aufbrummen ließ.

»Die Dicke auch nicht«, informierte ich ihn.

»Mist, dann müssen wir gleich zwei Mal die Eltern auftreiben. Die Adressen kannst du mir für die zweihundert Eier, die du schon kassiert hast, gleich mitliefern.«

Eltern?

Ich baller dir eine, dass dir dein hohler Kopf platzt! An deiner Stelle würde ich es nicht wagen, nach Hause zu kommen!«, donnert mein Vater.

Weil er mich nicht mehr erwischt hat, entlädt sich seine Wut ziellos, seine geballte Faust prallt gegen die Tür. Ein – zwei – drei zornige Schläge nacheinander. Das Krachen höre ich noch draußen im Garten, es dröhnt in meinen Ohren, während ich davonrenne.

Seit ich wusste, dass tatsächlich eine Vermisstenmeldung von mir existierte, waren die Erinnerungen wieder deutlicher geworden.

Stascheks Blick wanderte in den Rückspiegel. »Ich hoffe, du weißt, wie die beiden heißen?!«

»Selbst wenn, glaubst du im Ernst, dass ich dir das stecke?« Ich tippte mir empört an die Stirn. »Du hast eben meine Tarnung auffliegen lassen, du Idiot!«

An die Eltern hatte ich bis jetzt gar nicht gedacht. Polizei klar, Jugendamt, von mir aus, aber mussten denn unbedingt auch die Eltern informiert werden?

»Euer Fall ist doch geklärt, denke ich«, verteidigte sich Staschek. »Der Penner ist tot, der Köter kommt ins Tierheim. Du brauchst die Tarnung nicht mehr. Also rück die Namen der beiden Herzchen raus. Aber komm mir nicht

wieder mit Schulze oder so ähnlich. Für zweihundert Taler
solltest du wohl zumindest eine Routine-Info auf die Reihe
kriegen.«

Ich warf einen Blick auf mein Handy. Es war Viertel nach
fünf.

»Lila«, drängelte Staschek.

»Ich krieg's raus. Heute Abend hast du Namen und Adressen«, lenkte ich ein. »Ruf mich nachher an oder komm zu
Molle. Aber nicht vor neun.«

33.

»Das ist nicht dein Ernst, oder?«

»Du brauchst mir nicht zu helfen«, informierte ich Danner kühl. »Ich schaffe das schon allein.«

Danner tippte schweigend weiter auf seiner PC-Tastatur
herum.

»Caspari kriegen wir heute noch erledigt«, stellte er dann
fest. »Zwei Einträge. Ruf an und frag, wer von beiden seine
Tochter Nina vermisst.«

Danners Drucker spuckte summend die beiden Einträge
aus dem Internettelefonbuch aus. Recherchetechnisch war
das World Wide Web so erleuchtend wie die Erfindung der
Glühbirne.

Danner tippte weiter. »Hundert und einen Eintrag haben
wir zu Meier mit e in Bochum … und noch mal achtzehn in
Wattenscheid. Was für 'ne Überraschung.«

Tastaturklackern.

»Dazu kommen einundzwanzig Mal Maier mit a und …
Augenblick … zweihundertdrei Meyer mit ey in Bochum
plus fünfundfünfzig in Wattenscheid und … Mayer mit ay
gibt es siebenundzwanzig – dreißig Mal insgesamt. Macht
Arbeit für zwei Wochen.«

Druckersummen.

Ich hatte versucht, bei Danners Aufzählung mitzurechnen, und kam auf ungefähr vier- bis fünfhundert verschiedene Meier/Meyer/Maier/Mayer im engsten Bochumer Raum.

Der Drucker schob mittlerweile den vierten Zettel heraus.

Na ja, zumindest die Chancen, Engels Eltern aufzutreiben, standen nicht schlecht. Ich warf einen Blick auf die beiden Adressen und Telefonnummern. Vor der ersten stand ein Frauenname: Margarethe Caspari. Unter der zweiten Nummer erreichte man Stefan Caspari.

Ich wählte die zweite Nummer.

»Ja, bitte?« Männerstimme.

»Ziegler, guten Abend, spreche ich mit Herrn Stefan Caspari?«

»Ja?!«

»Sind Sie der Vater von Nina Caspari?«

Kurze Pause.

»Sind Sie vom Jugendamt?«

Treffer.

»Was hat sie jetzt wieder angestellt? Es ist ihr doch nichts passiert, oder?«

»Jugendamt, ja«, griff ich die Idee spontan auf. »Ihrer Tochter geht es soweit gut. Können mein Kollege und ich Ihnen einen kurzen Besuch abstatten?«

Verwirrung am anderen Ende der Leitung: »Jetzt?«

»Wir könnten in einer halben Stunde bei Ihnen sein.«

Als ich auflegte, hielt Danner mir grinsend einen weiteren Ausdruck unter die Nase: »Nenn mich ruhig weiter Meister.«

Ich überflog die Zeilen.

Respekt. Mal wieder genial.

Auf dem Papier stand: *Miriam Meier,* eine Adresse in Langendreer und eine Telefonnummer. Darunter las ich einen weiteren Namen: *Sylvia Meier.* Gleiche Adresse.

»Vielleicht ist es eine andere Miriam Meier«, dämpfte Danner meine Begeisterung. »Oder die beiden Meiers in dem Haus sind nicht miteinander verwandt.«

Nun, das würde ich klären. Damit Danner und Staschek nicht gleich den nächsten Grund hatten, über meine schlampige Arbeit zu meckern.

Und um mein Gewissen zu beruhigen, das sich seit dem Tod des Penners lauter als gewohnt zu Wort meldete. Bevor ich Engel und Dicke an ihre Eltern verpfiff, wollte ich einigermaßen sicher sein, dass ich den Mädchen keinen gewalttätigen Irren auf den Hals hetzte.

Eine Dreiviertelstunde später standen Danner und ich vor dem kleinen Reihenhaus von Engels Eltern.

Es hatte doch ein wenig länger gedauert, weil meine lila Punkfrisur meine Glaubhaftigkeit in der Rolle der Mitarbeiterin des Jugendamtes möglicherweise behindert hätte. Und da mein Outfit seine Wirkung als Tarnung bei den Straßenkids dank Staschek sowieso verloren hatte, hatte ich kurzerhand die andere Hälfte meiner Mähne auch noch gekürzt und die lila Tönung ausgewaschen.

Obwohl die linke Seite meiner Frisur in den letzten Tagen ein paar Millimeter nachgewachsen war, ließ mein superkurzer Blondschopf immer noch eine Krebserkrankung vermuten. Um diesen Eindruck zu mildern, schminkte ich meine Augen übertrieben dunkel und klemmte ein paar Silberklips an meine Ohrläppchen. Ein Look, der dank einer Castingshow-Jurorin neuerdings populär geworden war.

Das Reihenhaus der Casparis hob sich deutlich von der langen Reihe schmaler Häuserfronten ab. Während rechts und links der schmuddelige Putz bröckelte, leuchtete Engels Elternhaus reinweiß. Die Beete im Vorgarten waren mit Rindenmulch winterfest gemacht worden, die blattlosen Büsche sorgfältig heruntergeschnitten. Sogar die Fußmatte, auf der wir standen, schien frisch gewaschen, der schwarze Schriftzug *Willkommen* war gut erkennbar.

Alles hier wirkte sehr ordentlich. Für meinen Geschmack viel zu ordentlich für ein Zuhause, aus dem ein Kind floh, um auf der Straße zu leben. Ich hatte einen Sozialbau mit siebenundvierzig Wohnungen erwartet. Oder eine Nobelvilla, der man den krankhaften Ehrgeiz der Eltern schon von der Straße aus ansah.

Meine Fantasie ließ solchen pathologischen Protz aus den hellgrauen Winterwolken auftauchen und über dem Doppelhäuschen schweben.

Eine Villa hinter einer akkurat geschnittenen Hecke. Eine gepflasterte Einfahrt, die zwischen den Bäumen der parkähnlichen Gartenanlage auf die Doppelgarage zuführt. Marmorstufen vor dem Eingang. Vierklanggong. Eine überschlanke Blondine in der schweren Massivholztür, in ein bodenlanges Kleid gehüllt, das weder zur Jahres- noch zur Tageszeit passt.

Die Frau legt den Kopf schief, mustert mich einen Augenblick mit verwunderten, blauen Augen in einem botoxgeglätteten Gesicht: »Lila?«

Keine Fantasie, begriff ich, sondern mein ganz eigener Albtraum.

Hastig drückte ich die Klingel.

Es dauerte eine Weile, bis ein atemloses Männchen öffnete. Seine Hose hatte er mit blauen Hosenträgern so hochgezerrt, dass Ringelsocken in Hausschuhen unten herausragten. Das Hemd war faltenfrei gebügelt und das kantige Gesicht sorgfältig rasiert. Die an den Schläfen und Stirn gelichteten Haare hatte der Mann glatt nach hinten gekämmt.

»Danner, Jugendamt. Meine Kollegin Frau Ziegler. Sie sind Herr Caspari?«

»Ja, ja.« Der Glattgebügelte nickte eifrig. »Kommen Sie nur herein.«

Als er den Kopf zur Seite drehte, erkannte ich Engels Stupsnase. Zu einem Mann wollte sie nicht richtig passen.

Er führte uns durch einen engen, aufgeräumten Flur an einer offen stehenden Tür vorbei. Eine kleine Küche mit Sitzecke und blank polierter Spüle. Als wollte er demonstrieren, dass er nicht verwahrlost war.

Neben der Küche blickte ich – in Engels Kinderzimmer? Tatsächlich war es ein Kinderzimmer. Mit rosa Tapeten, *Bravo-Girl*-Zeitungen auf dem Nachtschrank, DSDS-Poster an den Wänden und – einer Barbie-Villa in der Ecke!?

Ich blinzelte. War dieses rosa Teenie-Reich wirklich das Zimmer von Engel, dem schwangeren Straßenkind im deprimierenden Vampir-Outfit?

Selbst wenn Engel schon ein Jahr auf der Straße war, wie sie gesagt hatte, war sie bereits vierzehn gewesen, als sie hier verschwand. Spielte man mit vierzehn noch mit Barbies? Ich war mir nicht sicher, denn ich selbst hatte nie zu den pink-besessenen Barbie-Freundinnen gehört, die für ihre durchschnittlich sechzig Puppen nicht nur die Villa mit Swimmingpool, sondern auch die Jacht, die Pferderanch und das Wohnmobil besaßen. Und den glatt rasierten Cowboy-Ken meines Bruders hatte ich geköpft.

Ich war in der Tür zum Kinderzimmer stehen geblieben und betrachtete nachdenklich den Raum. Oder war das ganze Zimmer vielleicht nach Engels Verschwinden so dekoriert worden? War, was ich hier sah, nur eine Kulisse? Aufgebaut, um eine behütete Kindheit zu demonstrieren, die keinen Anlass für eine Flucht auf die Straße bot?

Ich folgte Caspari und Danner in ein ebenfalls aufgeräumtes Wohnzimmer mit sandfarbener Sofaecke. Mein Blick wanderte aus dem Fenster in einen eckigen Garten, in dem einige Plastikmöbel gestapelt standen. Schneeflocken tanzten durch das Licht, das aus den Wohnzimmerfenstern auf die Terrasse fiel.

War hier überhaupt noch irgendetwas so, wie vor Engels Flucht? Oder war die ganze Wohnung eine einzige Rechtfertigung?

Danner nahm auf einem sandfarbenen Sessel Platz, ich auf dem Sofa.

»Wir wollen nicht lange stören.«

»Worum geht es?« Caspari setzte sich auf die andere Seite

des Ecksofas, so weit wie möglich von mir entfernt, rutschte nach vorn auf die Kante, schlug die Beine übereinander, stellte sie wieder hin. »Ist mit Ninas Schwangerschaft was nicht in Ordnung?«

»Nein, nein«, beruhigte ihn Danner schnell. »Wir haben bloß eine Zuständigkeitenänderung in der Behörde. Ich übernehme Ninas Betreuung vom Kollegen Borze-Filzhut. In diesem Fall ist ein wenig Eile geboten, da Ihre Tochter in Kürze in einem Mutter-Kind-Haus untergebracht werden soll.«

Caspari wischte mit den Händen nicht vorhandene Krümel vom Sofapolster: »Sie kann hier wohnen. Mit dem Kind. Das weiß sie auch.«

»Sie will aber nicht«, behauptete ich.

»Weil sie lieber säuft, als in die Schule zu gehen«, ereiferte sich Engels Vater.

Tja, mit diesem Interessenkonflikt war Engel nicht allein. Tausende anderer Teenager hatten ebenfalls Eltern, die ihnen nahelegten, einen Schulabschluss zu machen, statt sich zu besaufen. Trotzdem brachen nicht alle die Schule ab, lebten auf der Straße und ließen sich von einem Penner schwängern. Was war hier schiefgegangen?

Casparis knitterfreies Hemd war unter den Hosenträgern ein wenig hochgerutscht, er fummelte es wieder herunter.

»Kennen Sie den Vater von Ninas Kind?«

Mit blassen Augen musterte der kleine Mann meine zu kurzen Haare. »Sie sagt mir nicht, wer es ist. Aber ich tippe auf ihren Exfreund, diesen Spinner. Hab ihn angezeigt, immerhin ist der schon volljährig.«

Als er meinen Blick bemerkte, sah er schnell in eine andere Richtung.

Er war unsicher.

»Was ist mit Ninas Mutter?«, wollte Danner wissen.

Der Dünne schüttelte den Kopf: »Meine Exfrau lebt in München. Ist vor drei Jahren mit 'nem Säufer abgehauen, den sie in der Reha kennengelernt hat. Wenn sie nicht zu betrunken ist, schreibt sie Nina eine Karte zum Geburtstag.« Caspari wischte jetzt mit den Händen über den sauberen Couchtisch. »Nina kommt immer mehr nach ihrer Mutter.«

»Haben Sie oft Kontakt zu Ihrer Tochter?«, erkundigte sich Danner.

Engels Vater faltete die Hände wieder im Schoß, wahrscheinlich, um sich selbst daran zu hindern, ständig irgendetwas wegzuwischen. »Wir hatten schon mal Gespräche, mit Herrn Borze-Filzhut zusammen.«

Danner nickte.

»Manchmal taucht sie nicht auf, wenn wir verabredet sind.«

»Warum, denken Sie, ist sie von zu Hause abgehauen?«

Der Mann zuckte die mageren Schultern: »Ich wollte nicht, dass sie trinkt. Natürlich gab es deswegen Streit. Sie war ja erst zwölf, als sie damit angefangen hat. Nachdem ihre Mutter weg war. Als ob sie sie ersetzen wollte. Hat den Schnaps in ihrem Zimmer gebunkert. Ich hab die Flaschen natürlich gefunden. Glauben Sie mir, inzwischen kenne ich jedes Versteck. Ich hab ihr Hausarrest verpasst, damit sie sich nicht draußen mit ihren Freundinnen besäuft. Erst ist sie abends immer länger weggeblieben, irgendwann über Nacht, dann für ein paar Tage. Und schließlich ist sie gar nicht mehr aufgetaucht.«

Er bestätigte, was Engel mir erzählt hatte. Ihr überbesorgter Vater hatte sie schlicht genervt.

»Haben Sie sie geschlagen?«, fragte ich direkt.

Seine Hände krallten sich ineinander: »Das habe ich schon gesagt: Nie. Lesen Sie die Akte.«

Engel selbst hatte auch nicht von Schlägen gesprochen. Außerdem wirkte der nervöse, kleine Mann eher bemitleidenswert als beängstigend.

Konnten besorgte Eltern ein Grund sein, von zu Hause wegzulaufen? Was wäre gewesen, wenn sich meine Mutter um mich gekümmert hätte, statt wegzusehen, wenn mein Vater mich verdrosch? Wenn mein Vater über meine blauen Haare nur geschimpft hätte, statt zuzuschlagen?

Ich konnte es mir nicht vorstellen.

34.

»Häh?«, brummte die quadratische, kleine Frau, die praktisch die gesamte untere Hälfte des Türrahmens ausfüllte. Vom fettigen Mittelscheitel hing das farblose Haar herunter auf einen kastenartigen Busen. Einen Hals besaß die Frau nicht, ihr Kopf schien direkt über ihrer Brust zwischen den breiten, hochgezogenen Schultern befestigt zu sein. Den Rest ihrer Figur verhängte ein schlabberiges XXL-T-Shirt, aus dem unten zwei baumstammartige Beine ragten.

Die Ähnlichkeit mit der Dicken war verblüffend.

»Ähm, Frau Meier? Jugendamt. Mein Name ist Ziegler, dass ist mein Kollege Herr Danner. Wir kommen wegen Ihrer Tochter Miriam.«

Die Winkel des kurzen Mundes der Frau zogen sich noch ein wenig weiter nach unten. Die Frage nach der Verwandtschaft konnte ich mir sparen. Zweifellos hatten wir Dickes Mutter gefunden. Diesmal bekam Staschek Fakten für seine Kohle.

Als ich den Namen ihrer Tochter erwähnte, stöhnte die Dicke-Mutter. »Ich hab da nix mit zu tun, wie oft soll ich das denn noch sagen?«

Danner und ich wechselten einen kurzen Blick.

»Können wir reinkommen?«

Die Frau zerknautschte ihr grimmiges Gesicht und trat zur Seite.

Hier passte das Verwahrlosungsklischee. Kindergeschrei gellte durch die Wohnung. In einem chaotischen Wohnzimmer mit zugezogenen Vorhängen stritten zwei moppelige Jungen im Alter von vielleicht vier und sechs Jahren auf einer durchgesessenen Couch um ein Videospiel. Dabei rempelten sie einen dritten Jungen an, der wohl gut fünfzehn Jahre älter als die beiden Kleinen war. Sein lautes, rotes Handy gab Geräusche von sich, die verdächtig nach Schüssen klangen. Er tickerte auf den Tasten herum wie auf einem Gameboy. Außerdem plärrten im laufenden Fernseher in der Ecke sieben bis zehn Talkshowgäste durcheinander.

Die Szene kam mir unecht vor, als wäre sie extra für eine dieser Super-Nanny-Dokuserien gestellt worden.

»Ey! Pass auf, du Wicht, sonst wandert das Ding aus dem Fenster!«, fuhr der große Junge den Kleinsten an. Der Jugendliche war ebenfalls dicklich, der speckige Schädel kahl geschoren, und einen Augenblick lang überlegte ich, ob es sich auch um den Lebensabschnittsgefährten der Mutter handeln könnte. Dann flitzten seine kleine Augen an mir hoch und der Anblick seines Kampfhundegesichts verschaffte mir das nächste Déjà-vu. Auch er war mit der Dicken verwandt. Also drei Brüder.

»Klappe!«, kläffte die Mutter, und einen Moment lang hatte ich das Gefühl, in die Zukunft gereist zu sein und die Dicke zu sehen, wie sie in zwanzig Jahren lebte. »Raus hier! Alle! Räumt eure Zimmer auf!«

Die beiden Kleinen zogen die Köpfe ein und flitzten hinaus.

»Und nehmt euren Dreck mit!« Sie griff ein Spielzeugauto und eine Dino-Brotdose und schleuderte sie den Jungen hinterher auf den Flur.

Der Große blieb wie hypnotisiert vor dem Bildschirm sitzen.

»Du auch, Max! Haste's anne Ohrn, oder was?« Die Dicke-Mutter nahm ihrem Sohn das Handy aus der Hand.

»Ey, du tickst wohl nicht sauber, Alte! Ich bin mitten im Spiel!«

»Jetzt nich mehr. Ab!«

»Blöde Schlampe!« Er entriss seiner Mutter das Mobiltelefon wieder. »Wenn die mich jetzt killen, krieg ich 'n Anfall.«

»Wenn du nicht bei drei draußen bist, krieg ich 'n Anfall!«

Der Junge schnellte auf die Füße. Dickes Bruder überragte seine kleine, quadratische Mutter um einen guten Kopf. Obwohl er nicht ganz so übergewichtig wirkte, brachte er durch seine Größe bestimmt das gleiche Kampfgewicht auf die Waage wie sie. Unkontrollierter Zorn flackerte in den tief liegenden Augen des Jungen und ließ seine Mutter Zentimeter zurückweichen.

Das Gesetz des Stärkeren: Wer doller draufhauen kann, hat das Sagen. Da war Dicke ja bestens auf das Leben auf der Straße vorbereitet worden.

Danner verschränkte die Arme vor der Brust. Ich trat neben ihn. Dadurch lenkten wir Max von seiner Mutter ab. Seine wütenden Augen sausten von mir zu Danner. Er schnaufte zornig, stampfte zur Wohnzimmertür hinaus und knallte sie hinter sich zu, dass die Glasscheibe darin klirrte.

Endlich hatte der Lärmpegel ein erträgliches Maß angenommen. Nur die Talkshowteilnehmer im Fernsehen zeterten weiter. Dickes Mutter machte keine Anstalten, den Apparat auszuschalten. Sie schien das Geplärre gar nicht wahrzunehmen. Mit einem knappen Kopfnicken deutete die Frau auf das frei gewordene Sofa.

Danner und ich nahmen nebeneinander Platz. Das Sitzmöbel war alt und die Polster vom Gewicht der Bewohner so durchgesessen, dass sie unter unseren Hintern nachgaben und ich einen Augenblick lang fürchtete, auf den Boden durchzusacken. Wir saßen aneinandergedrückt wie in einer Hängematte.

Weil das Sofa die einzige Sitzgelegenheit war, blieb die Quadratische stehen: »Was wollen Sie?«

»Über Ihre Tochter sprechen.«

»Da gibt's nix zu sprechen. Über die wissen Se selbst mehr als ich.«

»Miriam lebt seit vier Jahren auf der Straße?!«, begann ich.

»Und seitdem hab ich die nicht mehr gesehen. Und das ist auch gut so, meine Kohle brauch ich selber. Die weiß genau, dasse hier nich mehr aufschlagen brauch«, schnappte die Frau.

»Wieso ist sie damals abgehauen?«

»Sie ist nicht abgehauen.«

Ich runzelte die Stirn. »Nein?«

»Nein. Ich hab sie rausgeschmissen. Die Miriam war noch schlimmer als der Max. Wenn der was nicht gepasst hat, hat se zugehauen.«

»Ihre Tochter hat Sie geschlagen?«, begriff Danner.

»Die hat uns alle terrorisiert. Die konnte meinen Typen nicht leiden, den Erzeuger von den beiden Kleinen. Als ich mit dem zusammen bin, hat se nur noch Stress gemacht. Dabei hat se immer gekriegt, was se wollte. Zum Schluss sogar 'ne eigene Wohnung. Sie is hier gleich nebenan einge- zogen.«

Samt eigenem Telefonanschluss. Und in den vergangenen vier Jahren hatte sich niemand die Mühe gemacht, den Ein- trag im Telefonbuch zu ändern.

»Jetzt wohnt da der Max.« Dickes Mutter zündete sich ei- ne Zigarette an. »Als der Macker weg war, meinte se nur, sie hätt mir ja die ganze Zeit gesagt, dass der ein Arschloch ist. Und dann wollte sie immer nur Geld, Geld, Geld. Dat jeht nicht mitter Stütze. Als ich ihr den Hahn zugedreht hab, hat sie mir ein Messer in den Rücken gesteckt.«

Hammerhart.

Einen Augenblick lang bildete ich mir ein, die kleinen Au- gen der Mutter in Tränen schwimmen zu sehen. Aber sie lagen zu tief in dem fleischigen Gesicht verborgen, als dass ich hätte sicher sein können.

»Ich hab drei Wochen im Krankenhaus gelegen, die Kinder waren im Heim. Ich hab ihr gesagt, sie soll verschwinden, bevor ich wieder nach Hause komme. Seitdem isse weg.«

Als wir die Wohnung verließen, war ich traurig.

Wahrscheinlich schlug die Dicke-Mutter die Kleineren. Und wenn die größer wurden, würden sie den Spieß umdrehen und die Mutter verdreschen, so wie Dicke es getan hatte und ihr Bruder Max es wahrscheinlich auch schon machte.

Sicher drohte der Dicken aber durch ihre Mutter keine Gefahr, eher umgekehrt. Das war das Problem mit dem Recht des Stärkeren: Dumm gelaufen, wenn man nicht selbst der Stärkste war.

Pünktlich um neun kam Staschek in die Kneipe.

Nach einer kurzen Meinungsverschiedenheit mit Mücke, dem knurrenden Läuselieferanten, zog sich Staschek einen weiteren Stuhl an den Tisch. »Das Biest ist ja immer noch da, Molle.«

Molle bedachte den Kommissar mit einem strengen Blick über seine Brille hinweg: »Du bist ja schon wieder da, Lenny.«

Staschek ließ sich gereizt auf den Stuhl plumpsen. Das alte Holz knackte und der Hund beschwerte sich bellend. Rasch rückte der Kommissar ein Stück zur Seite.

»Und?«, wandte er sich ungeduldig an mich. »Hast du die Namen endlich?«

Allein wegen seiner schlechten Laune bekam ich schon Lust, seine Ermittlungen weiter zu behindern. Aber er hatte uns ja bezahlt.

»Caspari und Meier«, murrte ich.

»Meier?«, stöhnte Staschek. »Da ist mir ja ›Motzki oder so ähnlich‹ lieber.«

»Locker bleiben, Lenny.« Danner ließ den Telefonbuchausdruck mit den beiden eingekreisten Adressen vor Staschek auf den Tisch flattern.

Staschek griff mit der rechten Hand die Zettel, mit der linken das Bierglas, das Molle ihm hinschob.

»Geht doch«, brummte er nach dem ersten Schluck Bier einigermaßen verträglich.

35.

Die Matratze war wunderbar weich, die dicke Daunendecke mollig warm. Mit geschlossenen Augen blieb ich liegen und genoss das Kitzeln von Danners Brusthaaren an meinem nackten Rücken, das Gewicht seines Armes auf meiner Taille, seinen kräftigen Oberschenkel zwischen meinen Beinen.

Es war Dienstag und wir hatten frei.

Bis das Telefon klingelte.

Ich öffnete ein Auge. Danner zog mich brummend dichter an sich.

Es klingelte laut, drängelnd. Das Telefon musste ganz in der Nähe sein, doch ich konnte es nirgends entdecken.

Danner zog sich die Decke über den Kopf und wartete darauf, dass der Anrufer aufgab.

Doch das Gerät läutete hartnäckig weiter.

Genervt rollte Danner sich auf den Rücken und tastete mit einer Hand den Fußboden neben dem Bett ab.

Meine Augen wanderten über seine Glatze, den mittlerweile blasser werdenden Bluterguss unter seinem Auge, das unrasierte Kinn, seine trainierten Schultern, hinunter zu der schwarz, blau, grün und gelb schillernden rechten Rumpfseite.

Endlich angelte Danner das Telefon hervor.

»Was willst du, Lenny?« schnauzte er nach einem Blick aufs Display.

Ich fuhr mit den Fingerspitzen über seine blutunterlaufene Rumpfseite.

»Tatsächlich?« Danners graue Augen wanderten zu mir. »Zufällig ist sie da.« Er hielt mir den Apparat hin.

»Lila?«, fragte Staschek am anderen Ende. »Ich geb mal weiter.«

Häh?

Danners warme, raue Hand strich meinen Oberschenkel hinauf.

»Lila?« Ich erkannte Engels Stimme am anderen Ende der Leitung. Aufregung ließ sie zittern. »Die denken, ich habe was mit Edgars Tod zu tun.«

Tja, das dachte ich auch. Deswegen war sie ja auf dem Polizeirevier.

»Die machen hier voll die Welle, wollen mich nicht weglassen«, stammelte Engel atemlos. »Die meinen, ich würde die Biege machen. Die haben meinen Alten angerufen, der ist auf hundertachtzig. Und Hagen haben sie hergepfiffen. Der will mir das Baby wegnehmen, wenn ich es im Knast kriege.«

»Und was soll ich dagegen machen?«, fragte ich verwirrt.

»Du bist doch Detektivin, nicht?«

Oh, oh.

Ich drückte die Lautsprechertaste des Telefons.

»Du könntest doch beweisen, dass ich Edgar nix getan habe, oder?«

Danner ließ meinen Oberschenkel los, damit er abwinken konnte. Lautlos, aber eindeutig formten seine Lippen ein entschiedenes: Nein. Neinneinneinneinnein. Nein!

»Sorry, Engel, aber wir arbeiten nicht umsonst.«

»Ich hab Geld. Wirklich.«

»Und ich bin Lady Gaga – ohne Maske.«

»Du bist mir das schuldig«, wurde Engels Stimme schrill. »Ohne dich säße ich doch gar nicht in dieser Scheiße, du blöde Kuh! Sieh dir Mückes Halsband an, wenn du mir nicht glaubst, aber komm endlich her! Ich habe sonst niemanden, der mir helfen könnte.«

Mühsam hatte Danner den Oberkörper aufgerichtet. Auf die Unterarme gestützt hatte er zugehört. Als Engel den Hundenamen erwähnte, bildete sich über seiner Nasenwurzel eine kleine Falte.

»Na schön«, gab er jetzt nach. »Wir werfen einen Blick auf die Katzenmahlzeit und kommen dann aufs Revier.« Ächzend rollte er sich auf die unverletzte Seite, bevor er aufstand.

»Na schön. Wir kommen«, wiederholte ich für Engel Danners Worte. »Sag einfach gar nichts, dann muss Lenny halt warten.«

»Lenny? Wer …?«

»Hey! Das hier ist eine polizeiliche Zeugenanhörung«, polterte Staschek, der Engel das Telefon offenbar weggenommen hatte. »Ihr spielt nicht mehr mit, schon vergessen?«

»Wir sind in einer Viertelstunde da.« Danner hatte bereits seine Hose an und zog sich einen schwarzen Rollkragenpulli über die Glatze.

Mückes dunkles Fell glänzte seidig und glitt mir frisch gebürstet durch die Finger.

Weil das winzige Raubtier knurrend seine spitzen, gelben Zähnchen fletschte, sobald Danner nach ihm griff, blieb mir die ehrenvolle Aufgabe, sein Halsband genauer unter die Lupe zu nehmen. Es kostete mich einige Mühe, den Lederstreifen zwischen den dichten Hundehaaren hervorzufummeln.

Danner pfiff durch die Zähne, als ich das Schmuckstück endlich freigelegt hatte.

»Hab mich auch schon gefragt, ob so was von der Stütze bezahlt wird«, brummte Molle.

Silberne Nieten glitzerten in weichem Kalbsleder. Na gut, das hatte einiges gekostet.

»Tja, mit einem Hundehalsband wird Engelchen unsere Rechnung trotzdem nicht bezahlen können«, flachste Danner. »Fahren wir mal hin und verklickern ihr das.«

»Moment«, hielt ich ihn zurück. Zusammen mit der Hundemarke war mir ein kleines, silbernes Röhrchen in die Hände gefallen. In der Mitte entdeckte ich einen Drehverschluss.

»Was ist das?« Offenbar hatte Molle das Stäbchen beim täglichen Bürsten im dichten Fell übersehen.

»Normalerweise schreiben Hundebesitzer ihre Adresse hinein, falls der vierbeinige Liebling mal verloren geht.«

Mücke knurrte, weil Danner sich neugierig genähert hatte.

»Lass mal sehen, welche Baustelle Fliege da angegeben hat.«

Ich drehte es auf und zog einen zusammengerollten Zettel hervor.

Süße, wenn du das hier liest, bin ich nicht mehr da, stand in verschmierten Buchstaben auf der Vorderseite des winzigen Papiers. Die Schrift war sehr eng und klein, trotzdem geübt, die Buchstaben bemerkenswert gleichmäßig.

Eine Botschaft von Fliege. Für Engel?

Ich drehte den Zettel um. *Schlüssel in Chappidose, Schließfach Bahnhof. Sorg gut für unser Kind.*

Danner griff nach seiner Jacke.

36.

Keine zehn Minuten später parkte Danner seine Schrottschüssel auf dem Behindertenparkplatz direkt vor dem Polizeipräsidium.

Ich spürte den eisigen Wind auf meiner ungewohnt kahlen Kopfhaut, in meinem Nacken zog es. Fest presste ich mir die schwere Kapuze von Danners Parka auf den Schädel. Ohne Haare kam ich mir irgendwie nackt vor.

Der Detektiv zog sich seine Mütze in die Stirn und vergrub die Fäuste in den Taschen seiner dünnen Trainingsjacke. Ich hatte also eine Der-Kerl-friert-gern-für-seine-Frau-Beziehung. Das war immerhin schon besser als Popp-und-hopp.

Kurz sah ich zu dem alten Backsteinbau auf, an den man ein unpassend moderneres Bürogebäude drangeschustert hatte. Über dem Präsidium erhob sich der Förderturm des Bergbaumuseums in die dunklen Winterwolken.

Muffige Heizungsluft schlug uns aus dem Inneren des Präsidiums entgegen. Zielstrebig eilte Danner durch die langen Flure. Auch wenn er bereits seit zehn Jahren nicht mehr als Polizist arbeitete, kannte er sich bestens aus.

Danner steckte seinen Kopf durch eine Tür mit der Aufschrift *Kriminalinspektion 1, Kriminalkommissariat 11.* Über seine Schulter hinweg konnte ich eine füllige Polizistin mit auberginefarben getönten Kringellöckchen sehen, die von ihrem Schreibtisch aufsah.

»Ben! Ich dachte, dir hätten ein paar Kinder einen Krankenhausaufenthalt beschert?!«

»Lenny hat übertrieben. Wie du siehst, lebe ich noch. Wo ist er?«

»Folterkammer.«

»Folterkammer?«, erkundigte ich mich, als Danner die Tür zur Mordkommission wieder zuzog.

»Verhörzimmer. Da hinten links.«

Wir schlenderten den Flur hinunter in die Richtung, in die Danner zeigte. Dabei kamen wir an einer halb offenen Tür vorbei. Der kahle, kleine Raum dahinter ähnelte einem Wartezimmer beim Arzt.

Dicke lümmelte darin auf einem Stuhl, die breiten Unterarme in der Spalte zwischen Busen und Bauch verschränkt, die massigen Beine weit von sich gestreckt. Um ihre angefressenen Springerstiefel herum hatte sich eine schmutzige Pfütze auf dem PVC-Boden gebildet.

Sie bemerkte mich im gleichen Augenblick wie ich sie. Aber sie reagierte schneller: »Du?«

Der Boden bebte, als das Mädchen seine zwei Zentner auf die Füße wuchtete.

»Was willst du hier, du Schlampe?« Wie eine anfahrende Lokomotive dröhnte sie auf mich zu. »Du verpfeifst uns an die Bullen und traust dich auch noch, hier aufzuschlagen? Bist wohl lebensmüde, oder was?« In ihren kleinen Augen glühte wilder Hass.

Danner fuhr herum, als die Dicke schon nach meinem Kragen packte. Mir gelang es, mich seitlich aus ihrem Griff zu drehen. Ich packte die kurzen Finger an meinem Jackenkragen, löste ihre Hand, indem ich sie ruckartig quetschte, tauchte unter ihrem Arm hindurch und riss ihn ihr auf den Rücken. Ihre Finger knickte ich dabei nach hinten um.

Dicke jaulte auf. Allerdings mehr vor Wut als vor Schmerz, wie mir ihr empörtes Schnaufen verriet.

Hinter Danner sprang eine Tür auf. Staschek stürmte in den Flur, gefolgt von einem weiteren Polizisten. Und hinter den Männern tauchte das strenge Reitlehrerinnengesicht der übereifrigen Frau Wegner auf. Ihr langer, dünner Hals wuchs in die Höhe wie der Korb am Ende einer Feuerwehrleiter.

»Lass es sein«, ächzte ich. »Bringt doch eh nix!«

Dicke atmete scharf ein. Ich spürte, wie sich unter der Kleidung und ihren Fettschichten eine unkontrollierbare Spannung aufbaute. Mein Griff schloss sich fester um ihre verbogenen Finger.

»Frau Meier! Sie sind hier in einer Polizeidienststelle!« Staschek rannte auf uns zu.

»Engel hat mich angerufen«, versuchte ich, Dicke zu beruhigen, doch sie hörte mich nicht. Ich konnte das Brodeln der in ihr anschwellenden Wut fühlen. Eine Wut, die, einmal ausgelöst, nicht mehr zu stoppen war, die sich in einer Explosion entladen musste. Egal, ob ihr Gegner oder sie selbst dabei draufging. Dicke war eine Bombe, begriff ich. Und sie tickte.

Ich verstärkte den Druck auf ihre nach hinten gebogenen Finger. Mein Griff musste höllisch wehtun.

Staschek packte Dicke an der Schulter.

Fehler!

Sie explodierte, brüllend vor Zorn.

Deutlich registrierte ich das Knacken, mit dem ein Gelenk auskugelte. Doch Dicke selbst schien nichts zu merken. Sie warf sich gegen mich, drückte mich gegen die Flurwand. Die Wucht ihres Stoßes presste mir zischend die Luft aus den Lungen. Wie ein strauchelnder Stier warf sich das tobende Mädchen zur anderen Seite, rammte Staschek, der sie nicht festhalten konnte, und taumelte auf Danner zu.

Danner packte Dicke am Arm.

Sie hob die rechte Hand, doch ihre Finger krampfen sich zu einer Kralle zusammen. Danner stieß das Mädchen gegen die nächste Wand und im gleichen Augenblick kamen ihm Staschek und ein weiterer, junger Beamter zu Hilfe.

»Frau Meier, ich verhafte Sie wegen versuchter Körperverletzung, Angriff auf Polizeibeamte, Widerstand gegen die Staatsgewalt …«, begann der jüngere Polizist eifrig, seinen Text herunterzubeten, während er Handschellen hervorfummelte.

Frau Wegner beobachtete den Vorfall von der Tür des Verhörzimmers aus, wo jetzt auch Engel um die Ecke lugte und erschrocken verfolgte, wie ihre Freundin abgeführt wurde.

Hinter den beiden reckte der Krötenretter das zottelige Zeckennest, das er eine Frisur nannte, in die Höhe.

Dickes Gesicht blieb ausdruckslos. Ihr verdrehter Arm und der ausgekugelte Finger mussten sie eigentlich Sterne sehen lassen vor Schmerz, doch sie verzog keine Miene. So, als spürte sie den Schmerz gar nicht.

Staschek lotste Engel und den Sozialarbeiter zurück ins Verhörzimmer. Danner und Frau Wegner folgten ihnen.

Das Messer war klein und leicht, ein Nullachtfünfzehn-Gemüseschäler mit schwarzem Plastikgriff. Ich fuhr mit der Klinge leicht über die glatte, warme Haut meines nackten Oberschenkels. Natürlich eine Stelle, die man unter der Kleidung nicht sah. Die Klinge war nicht mehr neu und ich spürte winzige, feine Zacken über meine Haut kratzen. Ich umfasste das Hartplastik fester, nahm wahr, wie meine Haut zerriss. Blut quoll aus dem Schnitt, sammelte sich kurz, bevor es über

*meinen Schenkel rann. Eigentlich hätte das doch wehtun müs-
sen ...?*

Ich stand noch immer im Flur. Ein paar kurze Augenblicke hatte ich verstanden, wie Dicke tickte.

37.

»Lila!« Erleichterung spiegelte sich in Engels Augen, als ich
das Verhörzimmer betrat. »Hagen will mir das Baby wegnehmen. Das kann er nicht, oder?«

Der Raum war kahl und klein, die Oberfläche des Tisches
abwischbar, die Wände reizarm weiß.

Es gab den obligatorischen Spiegel, hinter dem sich in
Fernsehserien gewöhnlich weitere Polizisten, Staatsanwälte,
Psychologen, Antiterrorkommandos, ganze Klassen von
Kriminalkommissarazubis, der Verteidigungsminister und
die Bundeskanzlerin versammelten, um ein Verhör zu ver-
folgen. Außerdem gab es eine schalldichte Tür und eine
Überwachungskamera.

Der Krötenretter hatte sich neben Engel niedergelassen.
Doch schien er keine beruhigende Wirkung auf das Mädchen zu haben.

»Niemand will dir das Kind wegnehmen«, erklärte er bestimmt. »Aber du musst zugeben, dass du im Augenblick
mit dir selbst mehr als genug zu tun hast.«

Engel rückte mit ihrem Stuhl ein Stück von dem Streetworker weg. Ihr Blick fiel auf Danner.

»Das ist mein Kollege Ben Danner«, stellte ich ihn vor.

Staschek nahm Engel gegenüber Platz. Seine Kollegin
Frau Wegner, die mit Staschek zusammen die Ermittlungen
im Fall Fliege übernommen hatte, machte es ihm nach.
Stocksteif und mit strenger Miene saß die Kriminalbeamtin
neben ihm.

Kein Wunder, dass die Fünfzehnjährige unsicher wurde.

Dabei war es für die junge Polizistin wahrscheinlich auch kein Vergnügen, in diesem Fall so eng mit ihrem Chef zusammenzuarbeiten.

Danner und ich blieben stehen.

»Arbeitet ihr denn jetzt für mich?«, fragte Engel aufgelöst.

»Wir werden sehen.« Danner musterte das Mädchen abschätzend.

Wir wussten nicht einmal, ob es diesen Schließfachschlüssel wirklich gab. Und wenn ja, bezweifelte ich stark, dass wir wirklich Geld darin fanden. Na ja, vielleicht fünfzig Euro, das war für einen Bettler beinahe ein Monatslohn.

Doch immerhin war Engel schlau genug gewesen, vor den Polizisten nicht zu erwähnen, dass sie uns mit Geld bezahlen wollte, das Fliege ihr vielleicht hinterlassen hatte. Denn dann wäre die Spurensicherung längst dabei, die Schließfächer am Bahnhof auseinanderzunehmen.

»Was sollen wir denn überhaupt machen für dich?«, wollte ich wissen.

»Sag denen, dass ich nichts mit Edgars Tod zu tun habe!« Engel strich sich eine rot-schwarze Haarsträhne hinters Ohr und deutete auf den Krötenretter und die Polizisten.

»Kann ich nicht«, schüttelte ich den Kopf.

»Wieso nicht?«

»Weil ich nicht weiß, ob du nichts damit zu tun hast.«

»Aber ich habe doch nichts gemacht! Und diese Arschlöcher nehmen mir mein Baby weg!« Engel umklammerte mit beiden Händen ihren Bauch.

Der Krötenretter legte ihr eine Hand auf die Schulter.

»Ich versuche die ganze Zeit, es dir zu erklären, Nina«, seufzte der Sozialarbeiter, ohne das Mädchen wieder loszulassen. »Natürlich ist es unser erstes Ziel, Kinder bei ihren Eltern zu lassen und die bei der Erziehung zu unterstützen.«

»Warum sagst du dann immer, dass du mir das Kind wegnimmst?«

»Weil du auch mitarbeiten musst.«

Genau registrierte ich Borze-Filzhuts Hand, die noch immer auf Engels Schulter lag.

»Aber du lässt mich jedes Mal hängen«, beschwerte sich der Sozialarbeiter vorwurfsvoll. Seine Finger krallten sich um Engels Schlüsselbein. »Du machst keinen Entzug, du willst nicht ins Mutter-Kind-Haus, du bist Verdächtige in einer Todesfallermittlung und kooperierst nicht mit den Bullen.«

Staschek zog die Brauen hoch.

»Polizeibeamten, Entschuldigung«, korrigierte sich der Mann eilig. »Dein Kind ist bei dir im Augenblick einfach nicht gut aufgehoben und das muss ich den Kollegen von der Jugend- und Familienhilfe mitteilen.«

»Im Augenblick handelt es sich hier lediglich um eine Zeugenvernehmung«, bremste Danner den Sozialarbeiter aus.

Und das, obwohl noch gar nicht geklärt war, ob Engel unsere Rechnung tatsächlich bezahlen konnte.

»Oder ist unsere Mandantin als Verdächtige geladen, Herr Staschek?«, erkundigte sich Danner scharf.

Staschek zuckte zusammen. »Äh – bis jetzt nicht?!«

»Dann wird Frau Caspari nach der Befragung selbstverständlich gehen können.«

»Frau Caspari wird nach der Befragung natürlich *nicht* gehen können«, stellte Staschek klar, kaum dass die schalldichte Tür der Folterkammer hinter uns zugefallen war.

Mit knirschenden Zähnen hatte der Kommissar uns auf den Flur kommandiert. Jetzt funkelten seine sonst so sanften Augen Danner wütend an, sein solariumbraunes Gesicht färbte sich zusehends dunkler.

»Frau Caspari sitzt in Untersuchungshaft, weil Lila darauf hingewiesen hat, dass sie verdächtig ist. Und Lila hat recht. Euer Engel ist sehr verdächtig. Und weil sie keinen festen Wohnsitz hat, besteht dringende Fluchtgefahr. Ich werde sie also bestimmt nicht laufen lassen, nur weil sie euch seit Neuestem bezahlt – oder auch nicht.«

Danner grinste.

Stascheks schmales Gesicht leuchtete jetzt dunkelrot. »Ich werde sie jedenfalls keine Minute früher aus der U-Haft entlassen, als ich muss.«

»Im Übrigen hatten auch Miriam Meier und Kevin Bonetzki Motiv und Gelegenheit für die Gewalttat.«

Kaum hatten wir das Verhörzimmer wieder betreten, bemühte sich Danner, Stascheks Blutdruck gleich noch einmal entgleisen zu lassen. »Und dass Bonetzki untergetaucht ist, macht ihn nicht unverdächtiger.«

Staschek atmete zischend ein.

Danner steckte zufrieden die Hände in die Taschen.

»Könnt ihr herausfinden, was mit Fliege passiert ist?«, fragte mich Engel wieder. Der Sozialarbeiter hatte inzwischen etwas Abstand genommen.

»Nur, wenn du uns tatsächlich bezahlen kannst«, kam mir Danner mit der Antwort zuvor. »Und wenn du mit uns zusammenarbeitest. Was glaubst du, was Fliege geschehen ist?«

Das interessierte natürlich auch Staschek brennend: »Wurde er bedroht?«

Engel zögerte unmerklich.

Na ja, nicht ganz unmerklich, denn Danner hielt ihr seinen Zeigefinger unter die Nase: »Wenn wir was für dich rausfinden sollen, brauchen wir Infos – und zwar alle, die wir kriegen können.«

Immer wieder beeindruckend, wie er mit einem einzigen, eisigen Blick drohen konnte, den Fall in der nächsten Sekunde hinzuschmeißen und den Tag stattdessen lieber mit der dritten Wiederholung von *Bauer sucht Frau* auf dem Sofa zu verbringen.

»Und wenn ich den Eindruck habe, dass du der Polizei

was verschweigst, lass ich dir gleich eine Zelle bequem einrichten«, half Staschek noch etwas nach.

»Klar wurde er bedroht«, antwortete Engel artig.

»Und?«, knurrte der Kommissar. »Erfahren wir heute noch, von wem?«

Engel zog den Kopf zwischen die Schultern: »Na, Bohne hat ein Kopfgeld auf ihn ausgesetzt, das wollten sich viele verdienen. Und Dicke hält ihn für 'nen Kinderficker.«

Ach.

»Und seine Ex, die wollte ihn unbedingt wiederhaben. Die hat ihm voll die Szene gemacht, mit Flennen und allem. Ist sogar bei uns auf der Baustelle aufgetaucht, Edgar hat gesagt, die war schon mal inner Klapse.«

Staschek horchte auf: »Seine Ex? Freundin? Frau?«

»Die verkauft diese Straßenzeitung.«

»Eule«, kombinierte ich.

»Bevor er verschwunden ist, hat er gesagt, dass er sich das nicht mehr gefallen lassen wird.« Engel fuhr sich mit den Fingern über den runden Bauch.

»Das ist alles?« Der Kommissar stützte die Unterarme auf den Tisch und verschränkte die langen, gepflegten Finger. Eine nussbraune Haarwelle fiel ihm in die Augen und ich bemerkte, wie Engels gehetzter Blick für einen Moment an dem attraktiven Gesicht des Polizisten hängen blieb.

»Na gut.«

Wohl aus Angst, etwas Falsches zu sagen, überließ die strenge Frau Wegner artig dem Chef das Verhör und Engel hörte auf, ihren Bauch festzuhalten.

»Laut Gerichtsmedizin hat Fliege einen Schlag mit einem stumpfen Gegenstand gegen den Kopf bekommen, was zu einer Fraktur des – Moment ...«, Staschek blätterte in einer dünnen Akte, »des Os temporale und des Os sphenoidale, also der Schläfenknochen, geführt hat. Die Platzwunde hat nämlich noch ordentlich geblutet. Allerdings war er nicht sofort tot, womöglich hätten ihn sofortige Hilfsmaßnahmen retten können. Können Sie uns sagen, wie diese Kopfverletzung zustande gekommen ist, Frau Caspari?«

Engel zupfte ihre löchrigen Ärmel über ihre Finger: »Als ich Edgar zuletzt gesehen habe, war er okay.«

»Nicht betrunken?«

»Klar betrunken. Ich sag doch, es ging ihm gut.«

Engel fummelte weiter an ihren Ärmeln.

Der Krötenretter mischte sich ein: »Du solltest dein eigenes Leben auf die Reihe kriegen, Nina. Das ist im Augenblick kompliziert genug. Überlass die Verantwortung für ein Baby anderen.« Seine abgekauten Fingernägel gruben sich schon wieder in Engels Nacken.

Das Mädchen schien unter dem Griff des Sozialarbeiters in sich zusammenzuschrumpfen.

»Um das Kind geht es doch im Augenblick gar nicht«, wandte ich ärgerlich ein.

»Sie halten sich da besser raus, Frau Simanowski-Ziegler«, zischte der Streetworker mich warnend an.

Seine Worte durchzuckten mich wie Peitschenschläge. Ganz bewusst erinnerte der mich daran, dass er meinen Namen kannte. Der erpresste mich! Dieser Bioproduktekäufer, dieser Joghurt-mit-Körnern-Fan! Dieser Friseurfeind! Der drohte mir, mich an meine Eltern zu verpfeifen? Ich hätte platzen können vor Wut!

Sekundenbruchteile lang starrten wir uns feindselig an.

»Vielleicht wünscht Frau Caspari Ihre Unterstützung gar nicht?«, patzte ich dann zurück.

Wag es noch einmal, mir zu drohen, und ich brech dir deine Nase, du Fahrradfahrer!

»Ist es Ihnen lieber, wenn Herr Borze-Filzhut nicht beim Verhör dabei ist, Frau Caspari?«, stellte sich Staschek auf meine Seite. »Sie können selbst entscheiden, ob Sie ohne seine Anwesenheit aussagen möchten.«

Engels Blick huschte zwischen dem Sozialarbeiter und mir hin und her.

Was ging da ab zwischen den beiden?

»Sie können frei entscheiden«, beharrte Staschek. »Möchten Sie, dass Herr Borze-Filzhut den Raum verlässt?«

Engel nickte kaum merklich.

»Du brauchst meine Hilfe nicht, denkst du? Dann sieh mal zu, wie du aus der Scheiße allein wieder rauskommst.«

Engel starrte auf ihre Ärmel.

»Und Sie werden noch an mich denken, Frau Simanowski-Ziegler! Das ist ein Versprechen!« Mit einem dumpfen Knall rumste die schalldichte Tür hinter dem Sozialarbeiter zu.

Verpiss dich bloß, du Froschfreund!

Danner setzte sich auf den frei gewordenen Stuhl neben Engel. »Erste Ergebnisse der Gerichtsmedizin gibt es also schon. Habt ihr sonst noch was?«, erkundigte er sich bei Staschek.

»Wir haben alle Hilfsorganisationen gecheckt«, berichtete der Kommissar. »Von der *Tafel* bis zu den Notunterkünften. Viele Mitarbeiter kannten Fliege vom Sehen, aber er selbst hat nie Hilfe in Anspruch genommen.«

Wir alle sahen Engel an.

»Dicke und mich hat er öfter in die *Suppenküche* geschickt. Aber er selber hat da nie gegessen.«

Außer das eine Mal, als er Frau Doktor Schmidtmeyer zum Essen ausgeführt hatte.

»Er hat in seinem Leben noch keinem auf der Tasche gelegen, hat er immer behauptet.«

38.

»Was ist mit Borze-Filzhut los?«, regte ich mich im Auto auf. »Ist es nicht sein Job, Engel zu helfen?«

»Sehen wir erst mal, ob unser Engelchen sich überhaupt leisten kann, dass du dir diese Fragen stellst«, bremste mich Danner.

Ich warf ihm einen Blick zu. Würde er die Ermittlungen sofort abbrechen, wenn das geheimnisvolle Schließfach leer war?

Würde er. Ohne mit der Wimper zu zucken.

»Immerhin war sie clever genug, die Sache mit dem Schließfach nicht den Bullen zu stecken.« Danner parkte die Schrottschüssel quer vor dem Bauzaun des Rohbaus, der auch bei Tageslicht wie eine Ruine wirkte. »Denn selbst wenn Fliege ein paar Kröten gebunkert hat, würde Vater Staat die gleich für seine Beerdigungskosten einkassieren.«

In unsere Ermittlungen wäre das Geld natürlich besser investiert, fand ich auch.

Die Hände in den Taschen musterte Danner den stabilen Metallzaun, als wir vor dem Vorhängeschloss am Tor standen.

Ich griff nach dem Schloss. Die Mädchen hatten es ja ganz einfach geöffnet. Tatsächlich klappte der Bügel zur Seite, es war gar nicht abgeschlossen.

Weil Danner nicht der Typ Mann war, der Frauen Türen aufhielt, griff ich selbst in das Gitter. Außerdem war ich der Typ Frau, der Türen selbst öffnen konnte.

Die Kälte der dünnen Metallstangen schnitt schmerzhaft in meine Finger. Ich verkniff mir ein Ächzen, als ich das Zaunelement einen Spalt breit zur Seite hob. Bei der Dicken hatte das ganz einfach ausgesehen.

Danner schob sich durch den Spalt und ich beschloss, das Tor offen zu lassen.

»O nee«, stöhnte Danner, als uns gleich darauf die Mischung aus nassem Hundefell, Eintopf und Dosenfutter entgegenduftete.

Flieges Schlafplatz war unverändert. Alles war genau, wie Engel und ich es hinterlassen hatten – nur dass aus der angebrochenen Dose Linseneintopf mittlerweile weißlicher Schimmel quoll.

Danner starrte hinunter auf die geöffnete Hundefutterdose vor seinen Füßen. Sie schimmelte grünlich.

»Dein Fall«, erklärte er entschieden. »Ich suche mir immer Klienten aus, die sich 'ne Dusche leisten können.«

Er schob die Dose mit dem Fuß zu mir herüber.

»Reich wirst du nie, wenn du so wählerisch bist«, scherzte ich, obwohl sich auch mein Magen über den Anblick beschwerte.

Mit spitzen Fingern kippte ich die Dose um und schüttelte den Inhalt auf den Sportteil der alten Zeitung auf dem Boden. Sofort wurde der beißende Gammelgestank unerträglich.

»Och, nee.« Danner wandte sich ab.

Ich stocherte mit dem verkrusteten Löffel, der in der Dose gesteckt hatte, Schimmel und Fleischbrocken auseinander.

»Ist nichts drin«, knurrte Danner. »Dein Engel hat uns verarscht – oder Fliege den Engel, scheißegal. Keine Kohle, kein Fall.«

Der Löffel pingte gegen etwas Hartes.

»Immer locker bleiben. Sieht das wie eine Verarschung aus?« Mit einiger Mühe sortierte ich einen kleinen Schlüssel mit schwarzem Plastikkopf aus dem Hundefutter. Mit Schwung schleuderte ich das Ding auf die Zeitung und wischte mit dem Papier die schimmligen Fleischreste ab.

084 lautete die in den Metallkopf des Schlüssels eingestanzte Zahl.

Schließfach Nummer 084 fanden wir ganz rechts in der untersten Reihe der weißen Metalltüren – direkt neben dem Schaufenster der Bahnhofsbuchhandlung.

An den verschlossenen, anderen Schließfächern signalisierten kleine rote Leuchten, dass die Fächer belegt waren. Am Fach 084 funktionierte die Lampe nicht, die Elektronik schien kaputt.

Ich bückte mich hinunter und fummelte den klebrigen Schlüssel ins Schloss. Es klemmte. Ich brauchte drei Versuche, bis sich der Riegel mit einem schabenden Geräusch bewegte.

Leicht quietschend schwang die Tür zur Seite und Danner hockte sich neben mich, um hineinsehen zu können.

»O nee«, ächzte Danner einmal mehr.

Aus dem Schließfach quoll uns schon wieder ein brennend scharfer Geruch entgegen.

Das Fach war gefüllt mit braunen Lappen. Die Dinger waren hart wie vertrocknetes Leder und stanken nach Katzenpisse. Ich begriff erst, was es war, als ich daneben einen kleinen Stapel kurzer, dicker, brauner Stangen entdeckte, deren gespaltene Enden an Tierfüße erinnerten. Das waren wirklich Tierfüße. Schweinefüße, um genau zu sein.

»Das ist das letzte Mal, dass wir für Penner arbeiten«, entschied Danner.

Ich hielt mir den Ärmel der Jacke vor die Nase, doch es nutzte nichts. Ich konnte fühlen, wie mein Gesicht blasser wurde, und sah das belustigte Glitzern in Danners Augen.

Auf keinen Fall wollte ich mir die Blöße geben und ihm das Ausräumen des Schließfaches als Ekelaufgabe für echte Männer überlassen. So ein Typ Frau war ich auch nicht!

Deshalb würgte ich die Übelkeit hinunter und zupfte mit zwei Fingern einige getrocknete Schweineohren auf die grau melierten Steinplatten vor dem Schließfach, die hier in der Ecke zum Schaufenster sowieso nicht regelmäßig gereinigt wurden.

Den kleinen Stapel Schweinebeine legte ich daneben und fragte mich, wieso Hundebesitzer aus Prinzip getrocknete Körperteile von Tieren einem sauber in Plastik verpackten Hundeleckerli vorzogen.

Wirklich zum Kotzen stank eine kleine Plastiktüte, die ich erst entdeckte, nachdem ich sämtliche Ohren und Beine herausgesammelt hatte.

»Boah!« Kaum hatte ich die Tüte geöffnet, prallte ich entsetzt zurück. »Was zum Teufel ist das jetzt?«

Danner warf einen Blick hinein. »Pansen«, klärte er mich auf. »Rindermagen. Vor drei Wochen ist der mal frisch gewesen. Direkt vom Metzger ist das eine Delikatesse für Molles kleinen Feinschmecker.«

»Tatsächlich?« Ich wagte nicht, die Tüte noch mal zu öffnen. »Sollen wir Molle das mitnehmen?«

»Bist du irre? Das Zeug kommt mir nicht ins Auto!«

Ich grinste und stellte die Tüte neben die Schweinebeine auf den Boden. Dann wagte ich noch einen Blick in die dunkle Öffnung des Schließfaches. Auf den zerbröselten Resten getrockneter Schweineohren bemerkte ich noch eine Tube, die einer Senfverpackung ähnelte. Und einen eckigen, schwarzen Gegenstand.

Ich überlegte, um welches Teil eines Tieres es sich dabei handeln könnte, aber mir fiel nichts ein. Vorsichtig streckte ich einen Finger aus und tippte das Ding an.

Es war fest, glatt und die Oberfläche trotzdem samtweich.

Ich zuckte zurück, weil ich ziemlich sicher war, dass es sich um einen weiteren Ekelerreger handeln musste. Lieber fingerte ich erst mal die weniger verdächtige Tube hervor. *Wilkinson-Salbe.*

Das hatte ich doch schon mal gehört?!

»Was war das noch mal?« Ich nutzte die Gelegenheit, mit der Tube in der Hand einen Schritt zur Seite zu machen, um dem Gestank zu entkommen. »Hatte Doktor Schmidtmeyer nicht davon gesprochen?«

»Das Krätzemittel.« Nun spähte Danner in das Schließfach. »Leider behandelt Frau Doktor ja nicht auf Krankenkassenkarte, sonst könnte sie uns den Nachnamen unseres Hundefreundes verraten.«

Er machte einen auf Held und zog den eckigen Gegenstand vollkommen ekelfrei heraus.

Ich biss mir wütend auf die Unterlippe. Ich hatte mich

benommen wie eine Zwölfjährige, über deren Bett eine Spinne baumelte.

Danner pfiff durch die Zähne: »Wem hat er das denn geklaut?«

Ein Portemonnaie. Teures Teil: echtleder, schwarz, trotz der Schweineohrenkrümel samtig, elegant, mit einem silbernen Emblem, das sich aus einem G und einem C zusammensetzte. *Gucci?!*

Der Detektiv klappte die Geldbörse auf. »Wow!«

Das Fach für die Scheine war prall gefüllt mit bunten Banknoten. Engel hatte die Wahrheit gesagt!

»Dumm gelaufen für unser Engelchen, aber für gestohlene Kröten arbeiten wir nicht.« Danner zählte grob durch. »Das müssen um die zehntausend Euro sein.«

Wahnsinn!

Er durchsuchte die Geldbörse weiter, zog einen Reißverschluss auf und zum Vorschein kamen Personalausweis, Führerschein, ein Reisepass.

Neugierig spähte ich Danner über die Schulter, als er den Ausweis herausnahm und betrachtete. Das Passfoto zeigte einen Mann Mitte dreißig, nicht unattraktiv: markantes Gesicht mit kämpferischem Kinn und wachen, dunklen Augen. Gepflegtes, dunkelblondes Haar und rasierte Wangen, Krawatte und Sakko. *Edgar Guski*, lautete der Name neben dem Foto.

»Ist 'n Witz, oder?! Zeig mal her.« Ich schnappte Danner den Perso aus den Fingern.

Außer dem Sakko war auf den ersten Blick keine Ähnlichkeit mit dem hochroten, faltigen und verschmutzten Gesicht des Penners erkennbar. Von geplatzten Adern und faulen Zähnen keine Spur. Auch schien der Mann auf dem Foto eine kleinere Nase zu haben als der Besoffene, dem wir in Molles Kneipe begegnet waren.

Ich kniff die Augen zusammen. Winzige, dunkle Stellen auf den Wangen deuteten auf eine Unschärfe des Passbildes hin. Oder auf Unebenheiten der Haut?

»Sieh dir das mal an.« Danner hielt mir den Reisepass unter die Nase.

Dubai, las ich den Eintrag auf der Seite. Daneben *Moskau*.

»Und Krakau«, Danner schob seine Mütze ins Genick und kratzte sich die Stirn.

»Vielleicht ist das Portemonnaie tatsächlich geklaut?«, mutmaßte ich, weil die *Gucci*-Geldbörse einfach nicht zu einem Penner passen wollte.

»Und Fliege hat die ganze Zeit die Identität eines Fremden benutzt? Wozu?« Danner nahm mir den Ausweis wieder aus der Hand und drehte ihn um. »1996 lebte Edgar Guski in Grumme, am Kötterberg.«

Er ließ die Brieftasche in seiner Joggingjacke verschwinden. »Ich schlage vor, bevor die Polizei die Scheinchen kassiert, finden wir erst mal raus, ob dieser Edgar Guski abhandengekommen ist oder ob dem Mann einfach nur ein Portemonnaie fehlt.«

39.

Die nach Bier stinkende Butze auf der Baustelle war vom Kötterberg im Bochumer Stadtteil Grumme genauso weit entfernt wie ein thailändischer Wochenmarkt. Am Kötterberg konnte man glauben, Bochum sei eine Kleinstadt.

Die Straße war einspurig und nur für Anlieger befahrbar.

Hinter der Häuserreihe erhob sich ein bewaldeter Hügel, auf dem Kinder testeten, ob die erste dünne Schneeschicht schon für eine Schlittenfahrt ausreichte.

Danner parkte vor einem gusseisernen Gartenzaun, hinter dem unterschiedlich hohe Buchsbäume den Blick auf das Erdgeschoss verdeckten. Das Haus zweistöckig, weiß, mit dunklen Fenstern. Auf dem Rasen dahinter stand ein alternder Kletterturm für Kinder, daneben eine Dreifachgarage und terrakottafarbenes Pflaster, das dem Hof einen mediterranen Touch verlieh. Nur der Golden Retriever fehlte, der schwanzwedelnd die Besucher begrüßte.

Konnte Fliege hier gewohnt haben, bevor er zum Penner geworden war? War es möglich, dass er dieses Bilderbuchleben gegen Schnaps, erfrorene Füße und Sex mit Minderjährigen eingetauscht hatte? Oder hatte er den Bewohner dieser Spießeridylle nur beklaut?

Danner drückte die Klingel.

Susanne, Karl, Timo, Nikolai und Simon Thurna wohnten jetzt hier, wie ich der Schrift aus kurzen Wurstbuchstaben auf dem selbst getöpferten Schild neben dem Eingang entnahm.

Augenblicke später stand uns eine hübsche Blondine gegenüber. Da alle anderen Namen auf dem getöpferten Schild männlich waren, kombinierte ich messerscharf, dass es sich um Susanne Thurna handelte.

Die Frau trug eine schwarze Jeans zu einer schwarzen Bluse. Im gar nicht winterlichen Ausschnitt hob ein Push-up ihr Dekolleté direkt unter Danners Nase. Ich fühlte mich mitten in eine der schlechteren Folgen der *Desperate Housewives* gebeamt.

Der Kontrast der schwarzen Kleidung zu ihren blonden Haaren und ihrer hellen Haut ließ sie auffällig blass wirken. Ihre blauen Augen blieben sofort an Danner hängen: »Ja, bitte?«

»Frau – ähm …« Danner tat so, als würde er erst jetzt auf das Türschild sehen. »Frau Thurna?«

»Ja?« Wohl weil Danner ihr dekoratives Dekolleté ignorierte, straffte sie die Haltung und präsentierte ihren Ausschnitt noch ein wenig aufdringlicher.

Beinahe hätte ich genervt gestöhnt. Und erst eine Sekunde später wurde mir klar, warum: Die Frau erinnerte mich an meine Mutter!

»Privatdetektei Danner, das ist meine Kollegin Lila Ziegler«, stellte Danner uns vor. »Wir würden Ihnen gern ein paar kurze Fragen stellen, wenn es Ihnen recht ist.«

»Nein, es ist mir nicht recht.« Susanne Thurna schob die Unterlippe vor. Ein Schmollmund entstand, der die etwa Vierzigjährige mädchenhaft wirken ließ.

Da war sie schon wieder, meine Mutter. Nicht, dass Susanne Thurna meiner Mutter besonders ähnlich sah. Meine Mutter war älter, dünner, kränker. Es waren diese winzigen Gesten, mit denen Susi jede männliche Aufmerksamkeit auf sich lenkte, die mir so vertraut waren.

»Wir sind auf der Suche nach einem Vermissten«, fuhr Danner fort, als hätte er die Ablehnung nicht gehört. »Vielleicht können Sie uns helfen. Es wird nicht lange dauern.«

»Hören Sie, ich habe andere Dinge …«

Danner strich sich mit der Linken die Mütze von der Glatze und warf endlich einen beiläufigen Blick auf ihren Busen.

Der flirtete, der Dreckskerl!

Und tatsächlich verbesserte seine Aufmerksamkeit Susis Auskunftsbereitschaft prompt: »Na schön, kommen Sie kurz rein.«

Immer wieder verblüffend, wie solche Tussen auf Danners Schmuddelcharme hereinfielen.

Susi führte uns durch einen geräumigen Flur in eine weitläufige Wohnküche, deren Küchenbereich mit frei stehendem Herdblock durch ein offenes Fachwerk vom Essbereich getrennt war. Nobel.

Mein Blick streifte ein Foto im Fachwerk: Susi im Kleidchen, Arm in Arm mit einem großen, dunkel gelockten Mann. Davor drei Jungen mit blonden Strubbelköpfen, wie die Orgelpfeifen der Größe nach geordnet.

Zwei der Orgelpfeifen saßen gerade an einem überdimensional großen Massivholzesstisch. Der kleinere Junge – er war etwa zehn – erhob sich und schlurfte wortlos mit seinem Gameboy in der Hand hinaus. Der größere war deutlich älter. Fünfzehn, sechzehn vielleicht. Er blieb demonstrativ sitzen.

»Timo, bitte. Die Herrschaften haben ein paar Fragen an mich, lass uns einen Moment allein.«

Der Junge verschränkte die kräftigen Unterarme vor der Brust: »Sind Sie von der Polizei, oder was?«

Oha. Wie kam er denn darauf?

Witterte der Ärger?

Unwillkürlich sah ich an Danner und mir herunter. Danner trug wie gewöhnlich Joggingjacke zu dunklen Jeans und Stiefeln. Ich hatte noch immer seinen Parka an, Turnschuhe und die Kurzhaarfrisur. Beide erinnerten wir eher an Rechtsradikale als an Polizisten, fand ich.

»Privatdetektive«, klärte Danner den Jungen ehrlich auf.

Timos Stirn kräuselte sich über seiner mit Sommersprossen übersäten Stupsnase. Mit einer energischen Kopfbewegung schleuderte er seine ohrlangen Haare zurück.

»Dann müssen wir nicht mit Ihnen reden!«, fuhr er uns feindselig an. »Lassen Sie uns in Ruhe!«

»Timo!«, wies Susi ihren Sohn zurecht.

Doch der Teenager dachte nicht daran, höflicher zu werden. Angriffslustig sprang er auf. Er war klein, kleiner als Danner, aber beinahe genauso kräftig. »Meine Mutter hat keine Zeit. Sie wollte gerade zur Arbeit.« Die kurzen, muskulösen Unterarme, die aus dem dunklen T-Shirt des Jugendlichen ragten, wollten nicht so recht zu seinem Kindergesicht passen.

Danner und Timo standen sich einen Augenblick lang gegenüber. Timos blaue Augen sprühten Funken vor Zorn, Danners graue blieben unbewegt.

»Entschuldigen Sie meinen Sohn«, mischte sich Susi wieder ein. »Geh jetzt bitte endlich in dein Zimmer, Timo!«

Timo rührte sich nicht.

»Schon gut«, winkte Danner ab. »Es geht auch so. Seit wann wohnen Sie hier?«

»Neunzehn Jahre«, antwortete die Blondine.

Neunzehn Jahre?

»Aber 1996 hat doch Edgar Guski hier gewohnt, oder nicht?«, sprach ich aus, was ich dachte.

»Edgar?« Susis dunkel geschminkte Augen wurden erschrocken groß.

Sie kannte ihn!

»Sind Sie mit Edgar Guski verwandt?«, fragte ich.

»Wir – wir waren verheiratet … damals.«

Sie?!

Sie war doch nie im Leben mit Fliege, dem Penner, verheiratet gewesen! Das Portemonnaie musste geklaut sein! Ich betrachtete Susis in zartem Rosa schimmernde Fingernägel, denen man die zweistündige Hundert-Euro-Sitzung im Nagelstudio ansah.

»Wissen Sie, wo sich Edgar Guski aufhält?«, ließ ich nicht locker.

»Nein. Um ehrlich zu sein, interessiert es mich auch nicht.«

»Wir wissen vielleicht, wo Ihr Exmann …«, begann Danner.

»Hören Sie auf! Der Trottel hat sich sicher schon lange totgesoffen«, schnappte Susi wütend dazwischen. »Und wenn nicht, interessiert mich das auch nicht mehr.«

Wenn sie gewusst hätte, wie nah sie der Wahrheit kam, hätte sie diese Worte sicher nicht gewählt.

Timo trat schützend neben seine Mutter.

»Wenn Sie es genau wissen wollen: Er hat mich sitzen gelassen, damals. Mit drei kleinen Kindern und dem Riesenkredit für Firma und Haus. Ist ohne ein Wort verschwunden, ich hab nie wieder was von ihm gehört. Das war – vor fast zehn Jahren.«

Susi fuhr sich durch die Haare, zerzauste ein paar Strähnen ihrer perfekten Frisur.

Allmählich musste ich es glauben: Fliege hatte wirklich hier gewohnt. Er hatte eine Frau gehabt, ein Haus, er hatte drei Söhne. Und dann war er geflohen aus diesem Leben. Und abgestürzt.

»Entschuldigen Sie, aber ich will wirklich nicht mehr an den Mistkerl denken.« Susis Stimme hatte einen heiseren Unterton bekommen. »Ich muss jetzt los.«

»Können Sie uns jemanden nennen, der uns mehr über Ihren Exmann erzählen könnte?«, fragte Danner schnell.

Susi bedachte ihn automatisch mit einem himmelblauen Augenaufschlag. Tusse.

»Versuchen Sie's hier.« Sie nahm eine Visitenkarte von einem kleinen Stapel auf einer Kommode im Flur. »Der eine oder andere wird sich erinnern, denke ich.«

Wir hatten das erste Leben unseres Penners gefunden. Ein Leben, in dem er eine attraktive Frau und drei Kinder gehabt hatte. Unvorstellbar!

»Wieso ist der so abgeschmiert?«, sprach ich meine Verblüffung aus, kaum dass wir wieder auf der verkehrsberuhigten Straße standen.

»Kann jedem passieren, würde Molle sagen«, bemerkte Danner. »Ist aber die falsche Frage. Hat Flieges Vergangenheit irgendwas mit seinem Tod zu tun? Müssen wir überhaupt darüber nachdenken oder können wir unsere Zeit sinnvoller nutzen?« Er setzte seine Mütze wieder auf. »Ich seh keinen direkten Zusammenhang. Wir könnten wahrscheinlich auch Origami-Enten falten, statt uns damit zu befassen.«

Ich unterdrückte ein Knurren.

Dass Fliege vor einem knappen Jahrzehnt seine Familie verlassen hatte, stand mit seinem Tod zehn Jahre später wohl nicht unmittelbar in Zusammenhang. Engel wusste womöglich nicht mal von dieser zweiten Familie.

Auch wenn ich mich fragte, warum Fliege derartig abgestürzt war, nachdem sein Leben so solide begonnen hatte.

»Andererseits haben wir im Augenblick nicht besonders viele Spuren«, bemerkte Danner. »Ich schlage vor, wir sehen uns Flieges erstes Leben zumindest mal an.«

40.

»*Guski Bau GmbH*«, las ich laut vor, was auf der Visitenkarte stand.

Danner lenkte die Schrottschüssel mit hundert Sachen über den Ruhrschnellweg und eine knappe halbe Stunde später unter einem sehr großen, hellblauen Torbogen hindurch.

Das Ding hätte auch im mittleren Westen Amerikas den Beginn der *Broken Wheel Ranch* ankündigen können. Beinahe erwartete ich, dass Fury wiehernd an uns vorbeigaloppierte. Doch am gut vier Meter langen Querbalken hing ein blaues Bauschild mit dem Aufdruck *Guski Bau GmbH*.

»Für fünf Euro die Stunde schwarzgearbeitet hat Guski hier nicht«, vermutete Danner. Er stoppte die Schrottschüssel vor einer lang gezogenen Lagerhalle, neben der Bagger jeder Größe, Lkws, Betonmischer und Bauwagen parkten. Halle und Fahrzeuge leuchteten im allgemeinen Firmenhellblau.

Das Tor zur Lagerhalle stand offen. Drinnen dröhnte Motorenlärm, ein winziger Bagger rumpelte gerade die Laderampe eines blauen *Guski*-Lkw hinauf. Wir standen in einer Mischung aus Garage und Lager. Unter einem Gabelstapler ragten zwei Füße in klobigen Sicherheitsschuhen hervor. Weiter hinten schepperten zwei Männer schwere Gerüstbretter in ein Metallregal.

»He, wo finde ich denn hier den Boss?«, erkundigte sich Danner kurzerhand bei den Sicherheitsschuhen.

Der Mann rollte unter der Maschine hervor, er lag mit dem Rücken auf einem fahrbaren Brett. »Biste bescheuert, oder was?«

»Den Chef suche ich«, wiederholte Danner seine Frage.

»Liest du keine Zeitung, du Trottel?«

»Wieso?«

Der Mann kratzte sich mit einer ölverschmierten Hand an der Nase, die sich prompt schwarz färbte: »Vergiss es. Meld dich da hinten im Büro.«

Er deutete auf eine provisorisch hingezimmerte Spanplattenwand, an die mit einer Reißzwecke ein Zettel gepinnt war. Darauf stand gekritzelt: *BÜRO.*

Okay.

Der Schwarznasige rollte wieder unter den Gabelstapler und Danner und ich klopften an die provisorische Tür.

»Herein?«

Wir betraten einen chaotischen Raum, der eigentlich gar kein Raum war, sondern nur ein durch die Spanplattenwand vom Rest der Halle abgetrennter Teil des Lagers. Im hinteren Bereich wurde weiter gelagert, nämlich drei Betonmischer und unzählige grüne Kisten mit der Aufschrift *Makita.*

Vor uns befand sich ein riesiger Schreibtisch. Ein zweiteiliges Modell, dessen beide Flügel einen rechten Winkel bildeten. Der Schreibtisch war umzingelt von fünf bis sieben überquellenden Papierkörben und überfüllt mit Unterlagen, bunten Türmen übereinander gestapelter Ablagen, aufgeschlagenen Akten und losen Zetteln. In dem Durcheinander versanken PC, Drucker, Scanner, Fax, Telefon, ein Laptop und ein Laminiergerät.

Hinter diesem Monstrum von einem Schreibtisch saß eine winzige Sekretärin, die wahrscheinlich nur so winzig wirkte, weil der Schreibtisch so riesig war.

In ihren dunklen Pferdeschwanz waren neonfarbene Plastikzöpfe eingeflochten und ihr Gesicht war ungeschminkt. Ungewohnt uneitel kam mir das vor, denn sie hatte Pickel, die ich so deutlich erkennen konnte.

Na ja, in einem Umfeld, in dem den männlichen Mitarbeitern meist Motorenöl im Gesicht klebte, herrschte wohl auch bei den weiblichen Kollegen ein anderer Anspruch ans Äußere als im Büro der Sparkasse.

Es roch nach dem Kaffee in dem Becher, den sie in der Hand hielt, während sie gedankenverloren mit ihrem Zungenpiercing gegen ihre Schneidezähne klickerte.

»Entschuldigen Sie die Störung, Frau …?«

»Brinker, Janine Brinker. Kommen Sie herein, was kann ich für Sie tun?« Sie stellte die Kaffeetasse auf einen aufgeklappten Aktenordner und lehnte sich zurück.

Ein runder Babybauch wölbte sich unübersehbar unter ihrem figurbetonten Shirt.

»Detektei Danner.« Danner hielt ihr eine Karte hin. »Susanne Thurna hat uns die Adresse dieser Firma gegeben. Sie sagte, Sie könnten uns weiterhelfen.«

»Nehmen Sie Platz.« Janine Brinker schob sich einen Kaugummi in den Mund und deutete auf zwei ramponierte Stühle. Auf den zerkratzten Sitzflächen hatten vermutlich schon Generationen betonverschmierter Bauarbeiter ihre Frühstücksstullen verputzt.

»Was können Sie uns über Edgar Guski erzählen?«

Beinahe wäre der Sekretärin der Kaugummi wieder aus dem Mund gekullert. Ihr Zungenpiercing glitzerte rosa.

»Nichts. Ich kenne den Typen nicht. Ich arbeite erst seit zwei Jahren hier, da war der ja schon lange weg.«

»Aber ihm gehörte die Firma früher einmal«, schloss ich aus dem vielsagenden Namen *Guski Bau*.

»Klar.«

»Und dann?«

»Ich weiß nur, dass er verschwunden ist. Ganz plötzlich. Der Chef musste den Laden von einem Tag auf den anderen allein schmeißen. Der stand ganz schön doof da.« Unsere fragenden Blicke brachten sie dazu, weiterzusprechen.

»Damals gab es zwei Inhaber. Die beiden waren Geschäftspartner und Kumpel. Guski hat die Aufträge rangeholt und der Chef hat sich um die Baustellen gekümmert.«

»Dann kann uns Ihr Chef sicher mehr über Edgar Guski erzählen«, schätzte ich.

»Das hat sie Ihnen nicht erzählt?« Janine schob den Glitzerstein zwischen die Zähne.

»Wer hat uns was nicht erzählt?«

»Die Chefin. Sie hat Ihnen nichts von dem Unfall erzählt?«
Der Unfall?

Beinahe konnte ich das Klicken hören, mit dem die Zahnräder meines Gehirns ineinandergriffen. Der alte Zeitungsartikel! Der tote Bauunternehmer! Na klar.

»Ihr Chef ist tödlich verunglückt«, schnallte ich endlich. Deshalb war auch der Arbeiter unter dem Stapler so verärgert gewesen.

Danner warf mir einen verblüfften Blick zu.

»Es war für uns alle ein Schock.« Tränen schimmerten in den Augen der jungen Frau. »Die Chefin muss Ihnen das doch erzählt haben?!«

Wieso eigentlich die Chefin? Wir sprachen hier doch von Susi, von Susanne Thurna, deren Exmann Edgar Guski schon lange aus der Firma verschwunden war. Wieso nannte die Sekretärin Susi noch immer ihre Chefin?

War sie anstelle ihres Exmannes in die Firma eingestiegen? Hatte sie seine Anteile am Betrieb übernommen und seine Arbeit weitergeführt?

Oder …? Ein ganz anderer Gedanke blitzte in meinem Kopf auf. »Susanne Thurna ist die Frau Ihres verunglückten Chefs?«

Janine wühlte ein benutztes Taschentuch aus ihrer Jeans und putzte sich lautstark die Nase. »Natürlich.«

Mann, die Geschichte klang wie aus dem Drehbuch einer drittklassigen Seifenoper.

»Nachdem Edgar Guski verschwunden war, hat Susanne Thurna seinen Geschäftspartner geheiratet?!«

Janine tupfte sich mit dem Taschentuch die Augen ab und nickte. »Ich hab das natürlich nur von den Jungs mitgekriegt«, schniefte die Sekretärin bekümmert. »Edgar Guski hat die Firma aufgebaut. Kalle Thurna war sein Polier. Später, als Guski nur noch die Aufträge besorgt und mit den Kunden verhandelt hat, ist Kalle mit eingestiegen. Dann war Guski plötzlich verschwunden und Kalle hatte ein Problem. Der hatte keine Ahnung von Buchführung und Werbung und so weiter. Und Susanne Guski stand allein da. Mit drei kleinen Kindern. Muss echt ein Arschloch gewesen sein, der Guski.« Mitfühlend streichelte Janine ihren Babybauch. »Kalle hat die Chefin damals gefragt, ob sie sich um die Kundenkontakte kümmern könne. Die kannte ja alle Geschäftspartner seit Jahren, war immer bei Geschäftsessen, Firmenfeiern, Richtfesten und so weiter dabei gewesen. Die beiden haben den Laden zusammen geschmissen und sind sich so nähergekommen. Sie haben geheiratet und Kalle hat Guskis Kinder großgezogen ... Aber wie gesagt, ich weiß das alles nur vom Hörensagen.«

»Kennen Sie denn jemanden, der noch mit Edgar Guski persönlich zusammengearbeitet hat? Ist vielleicht einer der Angestellten schon so lange in der Firma?«, wollte Danner wissen.

Janine Brinker steckte einen Kugelschreiber in den Mund und klickerte ihr Piercing dagegen. »Ich glaube, Freddie war von Anfang an dabei. War der Erste, den Guski eingestellt hat – außer Kalle. Warten Sie, ich sehe mal eben in die Akten.« Mit dem Fuß zog sie einen Rollcontainer heran und wuchtete eine dicke Akte auf den Schreibtisch.

Einen Moment lang blätterte sie in zerknickten, teilweise losen Zetteln, dann tippte sie auf ein Blatt Papier. »Jawoll. Freddie ist schon achtzehn Jahre hier beschäftigt.«

Ihr Blick wanderte zu einer Uhr, die an der Wand tickte.

»Die Maurer sind eben erst reingekommen. Freddie müsste eigentlich noch da sein. Fragen Sie mal in der Halle nach ihm.«

Wir traten aus dem Spanplattenbüro wieder in den Lärm der Lagerhalle. Der Schwarznasige war unter dem Gabelstapler hervorgekrochen und testete jetzt den Motor. Dröhnend pustete die Maschine stinkende schwarzblaue Abgaswolken in die Halle. Weil das Rolltor inzwischen geschlossen worden war, schwebten genug giftige Auspuffdämpfe durch die Luft, um die gesamte Mannschaft in absehbarer Zeit zu vergasen.

»Wo finden wir Freddie?«, quatschte Danner den Staplerfahrer noch mal an, als der den röhrenden Motor blubbernd ersticken ließ.

Seit unserem letzten Zusammentreffen vor einer Viertelstunde hatte sich der Mann drei weitere Male im Gesicht gekratzt – am Kinn, an der rechten Wange und über dem rechten Auge. Er musterte uns unverändert ärgerlich.

»Der hat eben das Gerüst abgeladen. Da hinten.«

Wir schlenderten in die ungefähre Richtung, in die der Schwarznasige mit einem wenig präzisen Kopfnicken gedeutet hatte, auf gut vier Meter in die Höhe ragende Metallregale zu. Hier erinnerte das Ambiente an die Verkaufshalle von IKEA.

Konnte Fliege, der Penner, wirklich Chef eines solchen Unternehmens gewesen sein?

Ein kleiner Kerl in einem staubigen Blaumann hockte auf einem Stapel Gerüstbretter. In der einen Hand hielt er eine Zigarette, in der anderen eine Bierflasche. Er ging stark auf die Rente zu. Der Latz seiner Hose überspannte seinen Kugelbauch, die grauen Haare hatte er im Nacken zu einem Pferdeschwanz zusammengezurrt. Die Innenseite seines rechten Unterarms zierte eine miserabel tätowierte nackte Frau.

»Tach«, sagte Danner. »Sind Sie Freddie?«

»Wer will 'n das wissen?«

Danner hielt ihm seine Karte hin: »Ben Danner, private Ermittlungen.«

»Wenn Se der Rechtsverdreher von meiner Alten geschickt hat, könn' Se gleich wieder die Biege machen. Die sieht keinen Cent mehr von mir.« Das Gesicht des Mannes wechselte die Farben wie eine Verkehrsampel. Rund um seine große Nase traten violette Äderchen auf seinen geröteten Wangen hervor, die mich an Fliege erinnerten.

»Es geht um Edgar Guski«, bremste Danner die hochschwappende Wut des Maurers aus.

»Der Boss?« Freddie verstummte.

»Sie kennen ihn?«, wollte Danner wissen.

»Klaro.« Freddie zog kräftig an seiner Zigarette. »War ja lange genug mein Chef, der Junge.«

»Wissen Sie, wo wir Edgar Guski finden können?«

»Nö.«

Danner dachte einen Augenblick lang nach. »Würden Sie Guski erkennen, wenn Sie ihn sehen?«

Freddie musterte Danner misstrauisch. »Da können Se mal von ausgehen. Wieso?«

41.

Die überdimensional große Schublade öffnete sich mit einem lauten Rollgeräusch.

Freddies Gesicht hatte mittlerweile deutlich an Farbe verloren, verlegen fummelte er seinen Pullover über den blanken Busen seines verblassenden Tattoos. Plötzlich schien ihm diese Jugendsünde peinlich zu sein und deren Vertuschung mithilfe seines Ärmels erforderte seine gesamte Aufmerksamkeit.

Staschek hingegen zückte sein Protokollheft. In Begleitung der übermotivierten Frau Wegner hatte er uns hier Zutritt verschafft. Der Kopf der Beamtin zuckte nervös auf ihrem langen, dünnen Hals hin und her. Sie war für Flieges Fall zuständig, während Staschek als Leiter der gesamten Mordkommission wohl eher aus persönlichem Interesse ein bisschen mitermittelte.

Der dünne Mann, der uns Einblick in die Schublade gewährte, sah aus, als fürchtete er das Sonnenlicht. Im weißen Kittel zum weißen Gesicht, weißen Haaren und sogar weißen Wimpern wirkte er blutleer. In dieser Umgebung unheimlich. Tatsächlich war er aber wohl einfach ein Albino.

Er schlug ein Plastiklaken zur Seite.

Es dauerte noch einen Augenblick, bevor Freddie es wagte, aufzusehen.

Fliege lag unnatürlich gerade auf der Metallfläche des Kühlfachs. Sein Gesicht wirkte jetzt irgendwie entspannter, möglicherweise waren die geschlossenen Augen der Grund dafür. Einen Teil des geronnenen Blutes hatte man aus seinem Gesicht entfernt. Im grellen Flimmerlicht der Neonröhren nahm seine Haut eine aschgraue Farbe an. Seine Nase und die darum verteilten geplatzten Äderchen verdunkelten die Mitte seines Gesichts, die Bartstoppeln hingegen schienen beinahe weiß.

Der Blutleere hatte das Laken zu weit zurückgeschlagen, sodass die Stelle sichtbar war, an der man Flieges Brust nach der Autopsie mit einem stabilen schwarzen Faden zugenäht hatte.

»Ist das Edgar Guski, Ihr ehemaliger Chef?«

Freddie nickte, ohne seinen Blick von dem Toten abwenden zu können.

Staschek notierte.

Damit war es amtlich: Der Penner hieß Edgar Guski. Beruf: Baulöwe. Besitzer einer erfolgreichen Firma, einer dekorativen Frau und eines *Gucci*-Portemonnaies.

Klang schizophren.

Der Lichtscheue schob den toten Penner zurück ins Kühlfach.

»Scheiße, Boss«, rief Freddie der im Dunkeln verschwindenden Leiche nach. »Hätt ich nich jedacht, dass ausgerechnet du mal so endest.«

Staschek bedankte sich für die Hilfe des Maurers und eilte mit wehendem Mantel und federnden Schritten davon. Die Wegner hastete hinter ihm her.

Freddie fummelte eine Packung Zigaretten aus der Tasche.

»Kann ich Sie irgendwo absetzen?«, erkundigte sich Danner.

»Nee, lass man, ich nehm den Bus.« Drei Versuche brauchte der Alte, bis er mit zitternden Fingern den Knopf seines Feuerzeugs gedrückt halten konnte.

Ich vermutete, dass seine Hände nicht nur vor Kälte bebten.

Steif hinkte er ein paar der Betonstufen hinunter. Auf dem Campus der Ruhr-Uni, wo die Autopsie an Fliege durchgeführt worden war, diente die Treppe als Sitzgelegenheit.

Danner folgte ihm. Weil er offenbar nicht die Absicht hatte, Freddie allein hier sitzen zu lassen, wischte ich mit dem Jackenärmel die dünne Schneeschicht zur Seite und hockte mich ein Stück entfernt auf die Stufen.

»Dat hat der Boss nich verdient.« Die qualmende Zigarette wackelte bedenklich zwischen Freddies Fingern. Die dicken Hornhautschwielen seiner Hände waren durch die Arbeit in der Kälte eingerissen, stellenweise blutig. Sein langer erster Zug ließ die Kippe gleich um die Hälfte zusammenglühen. »Ich hab ihm gesagt, er soll nicht so viel saufen, bei der Kälte.«

Ich tauschte einen erstaunten Blick mit Danner. Der drehte hinter seinem Rücken einen Daumen nach oben.

Freddie bemerkte es nicht, sondern pustete gedankenverloren weißen Rauch in den wolkigen Winterhimmel. »Der Schnaps treibt das Blut in die Glieder, dann erfriert dir dat Herz. Da musste aufpassen, wenn de draußen schläfst.«

»Sie hatten Kontakt zu Edgar Guski!?«, nagelte Danner den Bauarbeiter fest.

Freddie nickte. »Ab und an hab ich ihm die Baustellen offen gelassen, damit er da pennen konnte. Oder ihm mal 'ne Kiste Bier innen Bauwagen gestellt.«

Oder eine Taschenlampe dagelassen?

»Wissen Sie, ob er in Schwierigkeiten steckte?«, klinkte ich mich in das Gespräch der Männer ein.

Freddies trübe Augen wanderten zu mir. Er musterte mich so erfreut, als hätte ihn ein schlecht erzogener Schoßhund angekläfft. »Schätzeken, stecken wir nicht alle irgendwie in der Scheiße?«

»Hat er mal mit Ihnen über seine Probleme gesprochen?«, stellte Danner meine Frage anders.

Und siehe da, jemandem mit Bartwuchs antwortete Freddie bereitwillig: »Nee. Der hat sich kaum blicken lassen. Nur, wenn ich wirklich der Letzte auffem Bau war. Wir haben hier und da mal 'ne Flasche Bier getrunken und uns über die Weiber ausgekotzt. Meine nimmt mich ja schon aus wie 'ne Weihnachtsgans. Aber der Boss, der hat sich echt noch mal von einer 'n Balg anhängen lassen! Dabei hätt der es echt besser wissen müssen. Sonst war der ja wirklich 'n helles Köpfchen, aber die Weiber, die konnten den schon immer um den Finger wickeln.«

Mist. Immer wieder stießen wir auf Engel.

»Er wollte schon ganz weg. Irgendwo in 'n Süden oder so. Hätt er man machen sollen, da wär er jedenfalls nicht erfroren.«

Danner schob sich die Mütze ins Genick. »Hat er von Jugendlichen erzählt, die ihn bedroht haben?«

»Pffft!«, machte Freddie verächtlich.

»Von einer Exfreundin, die ihm nachgelaufen ist?«

»Eine?«

Ja, ja. Fliege, der Frauenschwarm. Langsam hatte ich es kapiert.

»Edgar Guski war ein vernünftiger Chef, hm?«, wechselte Danner das Thema.

»Jau. Ist 'ne Schande, dat der so enden musste. Gab Zeiten, da hätt ich meine Leber verwettet, dass der Junge mal in 'nem goldenen Sarg unter die Erde kommt.« Freddie klopfte sich auf den Bauch. »Tja, nu liegt er im Kühlhaus und die Leber ist hin.«

»War das abzusehen? Dass den Guski mal der Schluck umbringt, meine ich.«

Freddie zog nachdenklich an seiner Zigarette. »Lag ja inner Familie bei dem. Sein Vater hat sich schon totgesoffen, dat haben wir alle mitjekriegt, damals. Der hatte sich dat Jehirn wegjeballert, konnte sich nicht mal mehr allein den Arsch abwischen. Aber den Schnaps, den hat er sich noch immer besorcht. Hatt 'n verlängert, als er nicht mehr selbst einkaufen konnte, daran isser dann auch krepiert. Nachdem sein Alter unter der Erde war, ist der Boss inne Klinik und dann hat er 'ne janze Weile die Finger vom Stoff jelassen. Da dacht ich schon, der wird so 'n Müsli. Hat keine Kippen mehr angerührt und keinen Schluck und ist jeden Abend durch 'n Stadtpark gerannt wie 'n Verrückter.« Freddie kratzte sich am Kinn. »Hat dann aber doch nicht geklappt. Und im Nachhinein hat er's ja richtig gemacht, der Junge.«

Sprachen wir noch von dem Penner, der in einem Kühlfach steckte? Richtig konnte man das wohl nicht nennen.

»Guck dir den Kalle an«, fuhr Freddie fort. »Der hat fünfzehn Stunden am Tag malocht, wie der Boss früher. Und dann hat ihn auch der Schluck umgebracht. Ist doch Mist. Der Boss hat wenigstens noch was gehabt vom Leben, nicht nur gekeult.«

Na gut. Von der Seite hatte ich das noch nicht betrachtet. Susi hatte also zwei Männer an den Alkohol verloren. Edgar Guski war in die Obdachlosigkeit geflüchtet. Und Kalle Thurna betrunken in seiner Luxuskarosse gestorben.

»Das war's dann wohl mit der Firma«, zuckte Freddie die Schultern. »Allein kann die Chefin das nich wuppen. Überhaupt ist das ja auf Dauer nix für 'n Weib.«

Frauenfeind. Susi gegenüber äußerte er sich für seine Verhältnisse womöglich noch bemerkenswert respektvoll.

»Sie tut, was se kann, seit Kalle tot is«, rauchte Freddie.

»Die steht sogar auf der Baustelle und packt mit an. Aber mal ehrlich, das kann doch nichts werden.«

Widerwillig musste ich Freddie zustimmen. Auch ich konnte mir Susis perfekt manikürte Fingernägelchen nicht in zerrissenen Arbeitshandschuhen vorstellen.

Andererseits kennt sie den Betrieb, protestierten meine Emanzenprinzipien sofort. Sie hat die Firma mit Kalle Thurna zusammen über Wasser gehalten. Warum soll eine gut aussehende, gepflegte Frau keine Bauleiterin sein können?

Weil sie einen Haufen alternder Chauvinisten wie Freddie kommandieren soll, die eher auf einen sprechenden Esel hören würden als auf sie – vorausgesetzt, der Esel hat Eier.

»Nu kommt der Laden wohl untern Hammer. Na ja, mit meiner Hüfte krieg ich bestimmt die Rente durch«, prognostizierte der Maurer.

Womit er dem Kommando einer Frau gerade noch rechtzeitig entging – bevor sich sein Weltbild womöglich auf seine alten Tage noch verändern musste.

»Weiß die Chefin denn schon, dass der Boss tot is?«

42.

Gegen halb fünf an diesem Nachmittag stellte Susanne Thurna, geschiedene Guski, drei Tassen mit Kaffee auf den massiven Eichentisch in ihrer Wohnküche. Danner und Staschek nahmen Platz.

Irgendein Teil meines Gehirns weigerte sich noch immer zu akzeptieren, dass Fliege, der Penner, einmal in diesem hellen, ordentlichen Raum mit der offenen Fachwerkwand gelebt hatte.

Mein Blick fiel erneut auf das Foto im Glasrahmen, das neben einigen Büchern auf dem mittleren Balken des schweren Fachwerks stand.

Ein großer, kräftiger Mann mit dunklen Locken hielt Susi

im Arm. Es war offenbar Sommer, die Sonne schien. Susi trug ein rosa Kleid, das viel von ihren langen, schlanken Beinen zeigte. Vor den beiden Erwachsenen standen in Orgelpfeifenmanier die drei Jungen mit strubbeligen, blonden Haaren.

Das Bild war mir bei unserem ersten Besuch schon aufgefallen, und als ich es jetzt betrachtete, begriff ich endlich, was ich da sah: Das waren die Kinder von Edgar Guski, aber der Mann, an den sich Susi schmiegte, war ihr zweiter Ehemann: der tödlich verunglückte Karl Thurna.

Ich versuchte, mir statt des attraktiven Thurna den kleinen, stämmigen, ungewaschenen Penner neben der aufgehübschten Blondine vorzustellen.

»Sie haben erst vor Kurzem Ihren zweiten Mann verloren?« Diesmal übernahm Staschek die Aufgabe, die Todesnachricht zu überbringen.

Susi war wieder in Schwarz gekleidet. Sie trug Trauer, erkannte ich jetzt. Allerdings auf ihre ganz eigene Art: Im tiefen Ausschnitt ihrer Bluse blitzten auch heute die schwarzen Spitzen eines BHs hervor. Susi verlagerte ihr Gewicht von einem Bein aufs andere, wodurch die Kurven ihrer Hüften zur Geltung kamen.

Ich registrierte die Bewegung, weil Susi schon wieder so sehr meiner Mutter ähnelte.

Staschek registrierte die Bewegung ebenfalls, denn er strich sich seine glänzend braune Haarwelle aus der Stirn.

Arbeitete dieses Püppchen wirklich mit Blaumann und Schutzhelm auf dem Bau?

»Leider muss ich Ihnen eine weitere traurige Nachricht überbringen, Frau Thurna«, kam Staschek behutsam auf den Punkt.

Susis blaue Augen weiteten sich erschrocken.

»Es geht um Ihren ersten Mann, Edgar Guski. Er ist der Vater Ihrer Kinder, wenn ich richtig informiert bin.«

»Wenn man ihn einen Vater nennen will …«

»Wir haben Edgar Guski im Stadtpark gefunden. Er scheint Opfer einer Gewalttat geworden zu sein. Die Ermittlungen sind noch nicht abgeschlossen.«

Susi blinzelte. Es dauerte ein paar endlose Sekunden, bis sie zu begreifen schien. »Edgar ist – tot?«

»Wussten Sie, dass Ihr Exmann hier in Bochum gelebt hat? Als Obdachloser?«

Susi starrte Staschek staunend an.

Blödes Weibchen! Genervt drehte ich mich wieder zu dem Foto im Fachwerk.

Kalle Thurna war betrunken gewesen, als er verunglückte, überlegte ich. War er auch ein Alkoholiker gewesen wie Edgar Guski? War Susi eine der dussligen Frauen, die immer wieder an den gleichen Typ Männer gerieten?

Ich hatte darüber gelesen. Über Koabhängigkeit, in den Infoheftchen der Anonymen Alkoholiker, die ich im Klinikum bekommen hatte, als ich selbst zur Entgiftung dort gewesen war. Angeblich benötigten manche Menschen die Helferrolle zur Verbesserung ihres eigenen Selbstwertgefühls. Sie glaubten, den Partner an sich binden zu können, wenn sie ihn dabei unterstützten, seine Sucht zu verbergen. Böswillig gesagt, erpressten sie eine dauerhafte Beziehung, weil sie sozusagen sein Geheimnis kannten.

Verbarg sich hinter Susis makellosem Äußeren eine Frau, die sich selbst ungeschminkt, nackt und nicht frisiert für nicht liebenswert hielt?

Ein Schauer gruselte meinen Rücken hinauf, als ich den Gedanken zu Ende dachte: so wie meine Mutter?

Ich fuhr so erschrocken zu Susi herum, dass sie mich verwundert ansah.

Plötzlich hatte ich Mitleid. Ich wusste nur nicht, mit wem. Ich stand einer vollkommen fremden Frau gegenüber und hatte zum ersten Mal im Leben das irritierende Gefühl, meine Mutter zu begreifen. »Haben Sie ein Foto von sich und Ihrem ersten Mann?«, fragte ich spontan.

Susi blinzelte erstaunt. »Ja. Natürlich … Nachdem er verschwunden ist, habe ich mir die Bilder nie wieder angeguckt.«

Sie ging in den Wohnbereich hinüber und öffnete die unteren Klappen eines Sideboards. »Edgar ist wirklich umgebracht worden?«

»Wie gesagt, die Ermittlungen sind noch nicht abgeschlossen«, wiederholte Staschek.

Ich setzte mich neben Danner an den Esstisch, während Susi kramte.

»Warum ist Ihr Exmann damals verschwunden? Gab es einen Grund dafür?«, erkundigte sich Danner.

Ratlos zuckte Susi die Schultern. Sie zog ein Fotoalbum aus dem Schrank. »Er war plötzlich weg. Sie werden mir nicht glauben, aber er wollte wirklich nur Zigaretten holen – wie im Film. Ich habe ihn vermisst gemeldet damals. Ich war mir sicher, dass ihm was passiert sein musste. Aber dann stellte man fest, dass fünfundzwanzigtausend Euro aus dem Safe fehlten. Deshalb ging die Polizei davon aus, dass er sich abgesetzt hatte.«

Hm. Fünfundzwanzigtausend Euro Startkapital hatte Fliege also zu Beginn seiner Straßenkarriere gehabt. Kein Wunder, dass er nicht auf die Stütze angewiesen gewesen war. Handelte es sich bei unserer Gage womöglich um den Rest dieser Summe?

Susi kramte drei weitere Alben hervor: »Ich habe nie wieder was von ihm gehört. Und jetzt stellt sich heraus, dass er die ganze Zeit hier in Bochum war. Als Penner! Vielleicht bin ich sogar in der Stadt an ihm vorbeigegangen, ohne ihn zu bemerken …«

Weil er unsichtbar geworden war, wie alle Penner.

»Genau genommen dürfte ich mich wohl nicht mal drüber wundern …«, fand Susi.

»Ihr Exmann war Alkoholiker«, stellte Danner fest.

Susi warf dem Detektiv einen Blick zu, als hätte sie sich erst jetzt wieder an seine Anwesenheit erinnert – ein Effekt, der häufiger auftrat, wenn der Erste Kriminalhauptkommissar Lennart Staschek neben ihm saß.

»Liegt in der Familie. Aber zu dem Zeitpunkt, als Edgar verschwand, war eigentlich alles in Ordnung. Die Jungen waren zwei, vier und sechs Jahre alt und die Firma kam richtig ins Laufen. Edgar hatte sogar gerade einen dicken Auftrag an Land gezogen. Am Abend vorher hatte er noch mit Kalle den Vertragsabschluss gefeiert. Die Sanierung einer Seniorenresidenz.« Susi wuchtete vier Fotoalben auf den Esstisch. »Das wurde dann der erste Bau, den ich mit Kalle allein durchziehen musste.«

»Dabei sind Sie und Ihr zweiter Mann sich nähergekommen?!«

Susi nickte.

»Darf ich?« Ich nahm das oberste Album von dem Stapel. Auf den Einband aus welligem Plastik war ein Foto gedruckt, das ein Gitarre spielendes Hippiepärchen unter einem Baum zeigte. Der Kunststoff war rissig, an den Kanten kaputt, billig. Das Album passte überhaupt nicht zu Susis perfekten Fingernägeln.

»Es ist alles so weit weg, als wäre das gar nicht mein Leben. Manchmal hatte ich beinahe vergessen, dass es Edgar einmal gegeben hat.«

Papier ratschte auseinander, als ich das Album aufklappte. Auf der stark vergilbten ersten Seite hinter schmutzigen Folien lächelte eine junge Frau mit dauergewellter Föhnfrisur in einem in schwarz-weißem Leopardenlook gemusterten Kleid. Sie saß neben einem pickligen, jungen Mann in kariertem Hemd und Blaumann auf einer Eckbank, wie sie in den Sechzigern in jeder Küche gestanden hatte. Heute fand man solche Dinger nur noch in Molles Kneipe.

»Das ist – Edgars Schwester«, erklärte Susi bereitwillig. Sie setzte sich viel zu dicht neben Staschek und der strich sich seine Haare aus der Stirn – drei Mal hintereinander.

Danner und ich grinsten uns an.

Susi tippte mit einem rosa Fingernagel auf die Leoparden-Lady: »Die hatte schon immer einen Hang zu …«, Susi zog spöttisch die Augenbrauen hoch, »… extravaganter Mode. Das muss Anfang der Achtziger gewesen sein. Da war Edgar um die zwanzig.«

Sie deutete auf den bepickelten, jungen Mann neben der Leopardin.

Das Bild darunter zeigte Edgar Guski in Jeans mit Schlag und freiem Oberkörper. Im Schneidersitz hockte er auf einem rostroten VW-Käfer, eine Flasche Bier in der Hand. Er war schlank, sehr muskulös, blonde Strähnen hatten sich aus seinem Pferdeschwanz gelöst und hingen ihm ins Gesicht.

Auf dem Foto schien Edgar Guski ein ganz normaler Junge in meinem Alter, der in einer vergilbten Zeit lebte, in der VW-Käfer noch matt lackiert waren und Eckbänke in den Küchen standen.

Auf der nächsten Aufnahme erkannte ich eine Gruppe Jugendlicher, Sonnenschein, Gitarren und Bier. Offenbar wurde gefeiert. Guski hielt ein dünnes Mädchen mit wallender, blonder Mähne im Arm.

»Die Party, nachdem ich meine Ausbildung geschafft hatte«, erklärte Susi und rieb sich über die Augen, als zweifelte sie selbst an dem, was sie sah. »Zur Chemielaborantin. Und Edgar hatte gerade seinen Meisterbrief in der Tasche. Er war dreiundzwanzig, der jüngste Maurermeister, den es in der Bauinnung bis dahin gegeben hatte. Mit Bestnoten.«

Danner pfiff durch die Zähne.

Die nächste Überraschung: Unser fluchender Penner war im Besitz eines Meisterbriefes mit Bestnoten. Nie wieder würde ich mir beim Anblick eines Obdachlosen denken können: Wenn ich eine Ausbildung mache, werde ich bestimmt nicht so enden.

Meisterbrief, Verlobung, Freunde. Besser konnte man doch gar nicht ins Leben starten. Wieso starb ausgerechnet dieser Typ dreißig Jahre später unter einer Parkbank?

»Edgars Vater.«

Susi hatte umgeblättert. Ihr rosa Fingernagel tippte auf das Bild eines alten Mannes. Auf einen Spazierstock gestützt saß er in einem hellbraunen Sessel, die Füße auf einem wild gemusterten Teppich.

»Sieht man«, meinte Danner.

Stimmte. Obwohl der Mann gekämmt und sein Bart gestutzt war und er eine Strickjacke zu einer Cordhose trug, war die Ähnlichkeit verblüffend. Die glasigen Augen, die geplatzen Äderchen rund um die dicke Knollennase in dem aufgedunsenen Gesicht, das zahnlose Lächeln.

»Wirklich?« Susi betrachtete das Bild stirnrunzelnd. »Ich habe Edgar anders in Erinnerung. Aber wahrscheinlich sehen alle Säufer irgendwann so aus …« Sie zupfte ein Taschentuch aus einer Packung und tupfte sich über die Augen.

»Entschuldigen Sie, das kommt alles ein bisschen plötzlich. Ich habe so lange nicht an Edgar gedacht, und jetzt ist er tot und ich sehe plötzlich diese Fotos wieder.«

Staschek nickte mitfühlend.

»Edgars Mutter verstarb kurz nach unserer Hochzeit. Erst da haben wir überhaupt bemerkt, was mit seinem Vater los war. Edeltraud hat das all die Jahre perfekt vertuscht. Plötzlich fanden wir verkohlte Pfannen in der Küche, weil Edgars Vater vergaß, den Herd abzustellen. Einmal war das ganze Haus überschwemmt. Die Badewanne war übergelaufen, während er seinen Rausch ausschlief. Von den Brandlöchern der Zigaretten ganz zu schweigen.« Susis Kiefermuskulatur spannte sich, während sie kopfschüttelnd das Bild betrachtete. »Wir haben ihn zu uns genommen und ich habe ihn vier Jahre lang gepflegt. Mit dreiundfünfzig ist Siggi gestorben.«

Der Mann auf dem Bild sah aus wie siebzig.

»Ich hatte damals geglaubt, dass Edgar daraus lernt«, fuhr Susi müde fort. »Die erste Zeit ging es gut. Als Timo geboren wurde, war er beinahe zwei Jahre trocken.«

Susi rieb sich das Gesicht mit den Händen. Zum ersten

Mal schien sie dabei ihr Make-up zu vergessen: Als sie die Hände wieder vom Gesicht nahm, waren ihre Wangen gerötet.

Edgar Guski hatte alles verzockt.

Sogar diese Vorzeige-Baulöwen-Gattin, die sich, wenn nötig, in einen Blaumann zwängte und einen Bagger fuhr und die seine Alkoholsucht sicher ebenso gut versteckt hatte wie vor ihr die Schwiegermutter.

Etwas zu eilig klappte Susi das Fotoalbum zu.

43.

»Edgar Guski sind seine Alkoholabhängigkeit, seine Firma und die Familie über den Kopf gewachsen. Der hat sich aus dem Staub gemacht«, fasste Danner trocken zusammen, als er kurz nach acht endlich am PC in unserer Wohnung einen Bericht über unser Gespräch mit Susi tippte.

Er hatte das rechte Bein ausgestreckt und hielt jetzt den rechten Arm über den Kopf nach oben, um die mit dem Springerstiefel kollidierten Rippen zu entlasten.

Ich setzte mich neben die Tastatur auf den Schreibtisch und ließ die Beine baumeln.

»Zum Zeitvertreib hat er Engel gebumst, aber nicht damit gerechnet, dass die ihn noch mal zum Vater machen will. Denn er hatte ja die Schnauze schon voll von seinen anderen drei Kindern. Deshalb ist er sauer gewesen«, vervollständigte ich die Überlegungen.

»Womit wir wieder bei Engel wären«, brachte Danner es auf den Punkt.

Leider.

»Und was machen wir jetzt?«, erkundigte ich mich ratlos.

Danner lehnte sich auf dem Bürostuhl zurück, verschränkte die Arme hinter dem Kopf und betrachtete nachdenklich den Bildschirm.

Ich sprang vom Schreibtisch und warf mich auf das Sofa. Jede Spur führte irgendwann zu Engel. Das machte es ziemlich schwer zu glauben, dass sie mit dem Tod des Penners nichts zu tun hatte. Auch wenn wir genau das beweisen sollten.

Mein Handy störte mich in der Hosentasche meiner Jeans. Ich zog das Gerät hervor und warf aus Gewohnheit einen Blick darauf, bevor ich den Apparat auf den Couchtisch legte.

Ein kleiner gelber Briefumschlag am oberen Rand des Displays meldete mir: *eine neue Nachricht.*

Aha?

Das Telefon hatte die Nummer bereits identifiziert – *Staschek.*

Ich öffnete die Nachricht: *Engel entlassen. Sozialarbeiter kümmert sich. Dicke tobt immer noch, bleibt in Haft. LG, Lenny.*

»Ach, du Scheiße«, murmelte ich. Der Gedanke, dass der Krötenretter sich um Engel ›kümmerte‹, gefiel mir nicht. Erstens war mir jeder glitschige Frosch sympathischer als der Typ. Und zweitens verunsicherte er Engel, das war beim Verhör mehr als deutlich geworden.

Wieso gab Staschek Engel in die Obhut dieses erpresserischen Müslifressers? Sozialarbeiter hin oder her, jeder denkende Mensch merkte, dass Engel Angst vor Borze-Filzhut hatte. Aber statt zu denken, hatte sich Staschek wohl einfach an die Vorschriften gehalten. Typisch Beamter.

»Engel ist raus«, informierte ich Danner.

Stascheks Mitteilung ließ meine Gedanken rotieren. Ohne es zu bemerken, hatte ich mich aufgesetzt. Selbstverständlich musste ich Engel auftreiben, bis mir auffiel, dass ich keine Ahnung hatte, wo ich nach ihr suchen sollte.

Stascheks Kurzmitteilung war vor drei Stunden abgesendet worden, Engel konnte inzwischen überall sein.

»Raus?«, Danner nahm mir das Handy aus der Hand.

»Anscheinend hat Lenny sie heute Nachmittag noch entlassen«, wiederholte ich, was Danner im selben Augenblick las.

»Und wo steckt sie jetzt?«, dachte Danner ebenfalls weiter. Ich zuckte die Schultern: »In der Bauruine? Am Bahnhof? In einer Notunterkunft?«

»Klingt nach Arbeit«, brummte Danner. »Borze-Filzhut könnte sie im Mutter-Kind-Haus untergebracht haben.«

Auch möglich. »Sie wird ja nicht so blöd sein und wirklich bei ihm zu Hause pennen«, hoffte ich.

Trotzdem schossen mir die Bilder durch den Kopf, seit ich Stascheks SMS gelesen hatte: die Hand des Sozialarbeiters, die sich wie eine Klammer um Engels Schulter schloss. Die viel zu dichten Umarmungen.

Missbrauch Schutzbefohlener existierte. Und nicht nur in Internaten und der katholischen Kirche.

Danner starrte mich an.

Dann drehte er sich zum Schreibtisch und wühlte das Telefonbuch unter der aufgeschlagenen *Fliege*-Akte hervor. Kurz darauf hatte er gewählt.

»Detektei Danner, guten Abend. Mit wem spreche ich?« – »Ist Ihr Mann zu Hause?« – »Danke.«

Gespannt hing mein Blick an Danners Gesicht.

»Guten Abend, Herr Borze-Filzhut, Danner hier, entschuldigen Sie die Störung. Es geht um unsere Klientin Nina Caspari. Ich hörte von Kommissar Staschek, sie wurde heute Nachmittag entlassen!?« – »Ach so, dann ist ja gut. Danke für die Auskunft, Sie verstehen sicher, dass wir wegen ihres Zustandes ein wenig besorgt waren.« – »Danke, Ihnen auch.«

Er legte auf.

»Nun sag schon!«, drängelte ich sofort.

»Sie ist da.« Danner zuckte verblüfft die Schultern. »Sie schläft schon, sagt seine Frau.«

»Was?«

»Sie ist tatsächlich bei Borze-Filzhut. Und bei seiner Frau, einer Kinder- und Jugendpsychologin. In deren Praxis gibt es eine Einliegerwohnung und sie haben Engel übergangsweise bei sich aufgenommen.«

Ich kratzte mich in den kurzen Haaren. »Seine Frau ist dabei gewesen?«

»Ich hatte sie als Erste am Telefon«, bestätigte Danner.

Ein Sozialarbeiter und eine Psychologin, die sich zusammen an einem hochschwangeren Teenie vergriffen, das klang etwas weit hergeholt. Außerdem hätte der Krötenretter doch kaum zugegeben, Engel bei sich zu haben, wenn er ihr an die Wäsche wollte. Es war immerhin möglich, dass Borze-Filzhut einfach ein netter Mensch war und Engel helfen wollte.

»Trotzdem mag ich den Vogel nicht«, bockte ich. Doch ich musste zugeben, dass meine Antipathie möglicherweise nur auf meiner eigenen Abneigung gegen berührungsfreudige Männer beruhte. »Der soll seine Finger von Engel lassen.«

»Das sollte sie ihm selbst sagen können«, fand Danner.

»Ist doch komisch, dass sie jetzt doch mit ihm mitgegangen ist, oder nicht? Der hat sie überredet, der hat irgendein Interesse an ihr. Vielleicht verschweigt uns Engel da irgendwas.«

»Na klar«, grinste Danner spöttisch. »Der Sozialarbeiter ist in Wahrheit der Papa von Engels Kind. Den Penner hat sie nur vorgeschoben, um nicht zu asozial zu wirken.«

»Weiß man's?«

Danner runzelte die Stirn: »Na schön. Wir fragen morgen nach. Jetzt lassen wir Engel erst mal ausschlafen.«

44.

Bärbel Borze-Filzhut, Dipl.-Psych. – Praxis für Kinder- und Jugendpsychotherapie, las ich neben dem unteren Klingelknopf. Neben einer zweiten Klingel darüber stand: *Bärbel*

Borze-Filzhut und Hagen Borze-Filzhut. Praxis und Wohnung befanden sich im selben Gebäude.

Ich überlegte, was der Grund für diesen überkorrekt ausformulierten Hinweis auf die beiden Wohnungsinhaber sein konnte. Ein psychologischer in jedem Fall. Wahrscheinlich wollten beide als eigenständige Individuen wahrgenommen werden. Keiner sollte als ›der Mann von der Psychotante‹ oder ›die Frau vom Plattenpapa‹ hinter dem anderen verschwinden.

Mein Blick wanderte zu Danner. Der hatte bereits den unteren Klingelknopf gedrückt.

Lächerlich! Ich hatte nicht einmal eine HDL-Beziehung und dachte darüber nach, ob ich durch eine Hochzeit meine Identität verlieren würde?

Danner klingelte noch einmal.

Die Borze-Filzhuts lebten in einer Art umgebauten, kleinen Fabrik im Stadtteil Stiepel. Sehr modern. Und mit Sicherheit teuer. Der aus rotem Ziegel gemauerte Bau war lang, kastig, hatte große Glasfenster und eine Dachterrasse. An der linken Seite des Gebäudes ragte ein gut zehn Meter hoher Schornstein in den Himmel.

Danner drückte die obere Klingel.

Beinahe im gleichen Moment ging die Tür auf.

»Ah, dachte ich doch, dass ich die Praxisklingel gehört habe«, summte eine melodische Frauenstimme. Ich erkannte auf den ersten Blick, dass sie die Frau des Krötenretters war. In einem bodenlangen gelben Wickelkleid stand sie vor uns wie ein verlorenes Kind, dem der Sternenstaub ausgegangen war, bevor es in Peter Pans Nimmerland zurückkehren konnte.

Sie war nicht jünger als ihr Mann, bestimmt über vierzig. Doch ihre Stimme klingelte glockenhell, ihre brünetten Haare fielen in weichen Wellen über ihre Schultern. Frauen, die weniger in sich selbst ruhten, hätten die dicken, grauen Strähnen längst weggetönt. Doch Bärbel Borze-Filzhut gehörte zu der Sorte von selbstbewussten Doppelnamenträgerinnen, die auf Haartönungen, Make-up und Absatzschuhe verzichten konnten, weil sie in endlosen Selbstanalysen ihr Ego genug getrimmt hatten, um sich auch ungeschminkt zu mögen.

Beneidenswert.

Sie musterte mich genauso abschätzend. »Kommen Sie wegen einer Therapie?«

Na, vielen Dank, du Hippiebraut! Sah ich so verhaltensgestört aus, oder was?

Danner grinste. »Privatdetektei Danner, wir haben gestern Abend telefoniert. Das ist meine Kollegin Lila Ziegler.«

»Ach so, Sie wollen zu Nina«, nickte die Psychologin. »Kommen Sie herein.«

Sie öffnete die Tür und wir standen in einem weitläufigen Loft. Riesige Kletterpflanzen rankten sich an zwischen den hohen Fenstern angebrachten Pflanzengittern in die Höhe. Eine frei stehende Treppe führte hinauf in die erste Etage, während weiter hinten eine mit gelbem Leder bezogene Polstergarnitur den Wartebereich zur borze-filzhutschen Psychopraxis bildete.

»Wir haben eine kleine Gästewohnung im hinteren Praxisbereich.« Doch sie führte uns die im Raum schwebende Treppe hinauf in den eigenen Wohnbereich. »Ich hole Nina gleich.«

»Kommt es öfter vor, dass Sie Patienten oder Klienten Ihres Mannes aufnehmen?«, erkundigte ich mich.

»Nein. Aber unter Berücksichtigung von Ninas Umständen haben wir eine Ausnahme gemacht. So habe ich die Gelegenheit, ganz ungezwungen mit Nina über ihre Situation zu sprechen. Von Frau zu Frau, sozusagen. Vielleicht fällt es dem Mädchen so leichter, sich zu öffnen.«

Bärbel Borze-Filzhut bemerkte meinen forschenden Blick: »Sie haben da übrigens eine böse Narbe am Kinn, Frau Ziegler.«

Ups, aufpassen! Sie hatte sich meinen Namen gemerkt und sie hatte sofort die Narbe entdeckt.

Ich winkte lässig ab: »Alte Kriegsverletzung. Ist schon verjährt.«

»Kriegsverbrechen verjähren nicht.«

Ich fühlte mich unwohl unter ihrem beobachtenden Blick. Das Sternenkind verstand sein Handwerk.

Oben deutete die Frau des Krötenretters mit einer Handbewegung auf ein ebenfalls gelbes Ledersofa, das zusammen mit einem gläsernen Tischchen gleich neben der Treppe stand.

Die ganze Etage wurde durch verschiedene lang gezogene Schrankwände unterteilt. Echte Wände gab es nicht. Ich konnte bis zu einem altmodischen französischen Bett aus Metall sehen, das ganz hinten vor den Flügeltüren zur Dachterrasse stand.

»Und konnten Sie Nina schon zu einem Gespräch bewegen?«, erkundigte sich Danner.

Die Psychologin stellte eine gläserne Kaffeekanne und zwei asymmetrische Tassen vor uns auf den Tisch. »Zumindest scheint sie einsichtig genug, hierzubleiben, bis Hagen ihr einen Platz im Mutter-Kind-Haus beschaffen kann. In ihrem Zustand hat sie nichts auf der Straße verloren. Aber das kann Nina Ihnen selbst erzählen. Bedienen Sie sich, ich sage ihr Bescheid, dass Sie da sind.«

Bärbel schwebte die Treppe wieder hinunter.

Danner und ich tauschten einen Blick.

»Klingt vernünftig«, zuckte Danner die Schultern und griff nach der Kaffeekanne.

Gut, wie eine Kidnapperin wirkte die Frau wirklich nicht. Konnten unsympathische Menschen nicht auch nett sein? Ich nippte an meinem Kaffee, als Blumenkind-Bärbel lautlos zurückkehrte.

Engel folgte ihr. Ihr schwarz-rotes Haar fiel ihr gewaschen und gekämmt über die Schultern. Sie trug einen weiten schwarzen Flauschpulli, der nagelneu aussah – und roch. Ihre Schwangerschaft fiel darin kaum auf und auch ihr Gesicht wirkte schmaler und ernster als sonst.

»Hi.« Das Mädchen setzte sich auf den einzelnen gelben Sessel. Bärbel rückte sich selbst einen Stuhl heran.

»Du bist ja doch hier«, platzte ich heraus. »Alles in Ordnung?«

Engel sah kurz zu Bärbel auf und zupfte den langen, weichen Pulli über ihre Hände. »Hagen hat die Bullen überzeugt, dass ich nicht flüchten würde, da haben die mich gestern Nachmittag entlassen. Ich wusste nicht, wo ich hinsollte, und bin dann mit Hagen mit. Ist gar nicht so übel hier.«

Bärbel lächelte mütterlich.

»Jetzt versucht er, mir einen Platz im Mutter-Kind-Haus zu besorgen. So lange kann ich bleiben. Habt ihr was rausgefunden?«

»Das Geld ist da«, begann Danner einen knappen Bericht. »Edgars Nachname lautet Guski und dein Kind wird Geschwister haben.«

Engels Augen wurden vor Staunen immer größer, als Danner ihr von Flieges erstem Leben als Baulöwe und Familienvater berichtete, von der Exfrau und den drei Söhnen.

Die Psychologin legte dem Mädchen sanft eine Hand auf die Schulter.

»Du wusstest nichts von all dem?«

Engel schüttelte den Kopf. »Nie.«

»Lass die Vaterschaft auf jeden Fall anerkennen«, riet Danner beiläufig. »Wenn Fliege wirklich der Papa ist.«

Ich brauchte einen Augenblick, um zu begreifen, dass unser Penner seinem ungeborenen Kind womöglich noch etwas vererbte.

Engel wich Danners Blick aus. Sie wickelte ihre Ärmel um die Hände: »Ich – ich weiß noch gar nicht, ob ich das Baby wirklich behalte.«

Häh?

Über Danners Nasenwurzel entstand eine winzige Falte.

»Wie bitte?«, schnappte ich.

Engel nagte an ihrem Unterlippenpiercing. »Ich muss drüber nachdenken. Ich kann keinen Schulabschluss machen, keine Ausbildung. Vielleicht kann ich dem Kind keine Klassenfahrt bezahlen oder Weihnachtsgeschenke. Andere Kinder werden es viel besser haben und es wird traurig sein.«

Mein Blick traf den der Psychologin, deren Hand noch immer auf Engels Schulter ruhte.

Tatsächlich klang es, als hätte die Fünfzehnjährige endlich begriffen, was es für sie bedeutete, ein Kind zu bekommen. Zum ersten Mal schien sie wirklich darüber nachgedacht zu haben.

Und trotzdem hörte ich Bärbels klingelnde Sternenkinder-Stimme aus Engels Mund. Das waren doch nicht Engels Worte, die hatte ihr die Frau des Krötenretters in den Mund gelegt. Engel hatte sich das Kind doch gewünscht.

Oder war es Engel mithilfe der Psychologin gelungen, die Tragweite ihrer Schwangerschaft zu überschauen? Waren diese Gedanken längst überfällig gewesen? War es die einzig richtige Entscheidung, das Kind abzugeben, damit Engel selbst eine Perspektive blieb? Und Engel hatte es mit Bärbel zusammen geschafft, das zu akzeptieren?

»Gut«, nickte Danner. »Du kannst uns noch eine Weile bezahlen, deshalb versuchen wir weiter herauszufinden, was Fliege an dem Abend passiert ist. Wir halten dich auf dem Laufenden.«

Engel nickte.

»Haben Sie noch einen Augenblick Zeit für uns, Frau Borze-Filzhut?«, fragte ich schärfer als beabsichtigt.

»Natürlich«, zwitscherte die Frau des Sozialarbeiters glockenhell. »Lässt du uns noch einen Augenblick allein, Nina?«

Zum Abschied rubbelte sie Engel noch einmal aufmunternd den Rücken. Das Mädchen schlurfte die Treppe hinunter.

»Sie raten ihr zur Adoption?«, erkundigte ich mich direkt, kaum dass Engel außer Sicht war. Das war, was der Krötenretter selbst Engel die ganze Zeit hatte einreden wollen.

»Ich rate ihr zu gar nichts«, widersprach mir Bärbel ruhig. »Ich zeige ihr nur die Konsequenzen ihrer Handlungen auf, damit sie selbstständig abwägen und die richtige Entscheidung für sich treffen kann. Jemand muss ihr erklären, welche Chancen sie sich durch das Kind verbaut.«

»Sie selbst haben keine Kinder?«, vermutete Danner.

Bärbels Blick wanderte zum Fenster, kehrte dann aber sofort zu Danner zurück. »Nein.«

Hm. War das etwa ein wunder Punkt? Lohnte es sich, tiefer zu bohren?

»Kinder waren nie ein Thema für Sie?«

»Ich wüsste nicht, was das mit Ihren Ermittlungen zum Tod des Obdachlosen zu tun hat!«, blockte die Psychologin meine Frage verärgert ab. Ich schien ihr inneres Gleichgewicht gestört zu haben.

»Immerhin handelt es sich bei dem Toten um den Vater von Ninas Kind«, konterte ich hitzig. »Und bisher stand eine Adoption nie zur Diskussion. Nina hat sich das Kind gewünscht, die Schwangerschaft war geplant.«

Plötzlich loderte Wut in Bärbels sanften Kinderaugen.

»Na toll! Für ein Auto braucht man einen Führerschein, aber ein Kind kann jeder obdachlose Teenie bekommen!«

Sie verlor tatsächlich Fassung!

»Nur Sie nicht, nicht wahr?«, erkundigte ich mich rücksichtslos.

Das elfenhafte Gesicht der Therapeutin verzerrte sich zur Grimasse: »Sie sollten besser still sein, Frau Ziegler. Soweit ich weiß, liegt von Ihnen doch auch eine Vermisstenmeldung vor.«

Ich schluckte. Der Krötenretter hatte gepetzt!

»Frau Ziegler ist volljährig«, kam Danner mir zu Hilfe. »Wie sie den Kontakt zu ihrer Familie pflegt, ist ihre Sache.«

Doch die Psychologin hatte treffsicher auch meinen wunden Punkt erkannt. »Auch Sie sollten sich den Tatsachen stellen, statt davonzulaufen!«, bohrte sie nach. »Manchmal kann da ein kleiner Denkanstoß von außen sehr hilfreich sein.«

Interessiert beobachtete die Psychologin meine Reaktion.

»Da Frau Ziegler kaum in Ihre Zuständigkeit fallen dürfte, kommen wir doch zurück zu unserem Fall«, lenkte Danner von dem Thema ab. »Sie glauben, dass Nina Caspari ihr Kind nicht selbst versorgen sollte?«

»Nina ist alkoholabhängig und obdachlos. Sie selbst gibt zu, einem Kind keine Perspektive bieten zu können«, gelang es der Frau, ihre Fassung wiederzugewinnen.

»*Sie* hingegen könnten einem Kind eine Perspektive bieten«, griff Danner meinen Gedanken auf. »Sie könnten einem Kind alles ermöglichen. Haben Sie schon mal einen Antrag auf Adoption gestellt?«

Genial!

»Sie brauchen nicht zu antworten«, ergänzte Danner kühl. »Die Polizei wird das herausfinden können.«

Der Sternenstaub rieselte um Bärbel herum nieder. Ihre schwebenden Füße landeten auf dem Boden. »Vor zwei Jahren.«

Danner nickte kaum überrascht.

»Sie haben keine Ahnung, wie das ist!«, fuhr die Frau mich an. »Sie haben keine Ahnung, was eine Kinderwunschbehandlung bedeutet. Was Hormone mit dem Körper machen. Operationen, um die Eizellen zu bekommen, dann die Embryos einsetzen, das endlose, jahrelange Hoffen und Warten, die Ausschabung nach jeder Fehlgeburt.«

Blanker Hass glühte in ihren Augen. Auf mich, weil ich jung genug war, um noch Kinder zu bekommen. Und weil ich mit diesem Glück womöglich genauso gedankenlos umgehen würde wie Engel jetzt.

»Für eine Adoption sind wir zu alt.« Bärbels Lachen klang bitter und ein bisschen irre. »Und wir haben keinen Garten.

Eine fünfzehnjährige Alkoholikerin kann jederzeit ein Baby bekommen. Aber ich nicht, denn ich habe ja keinen Garten.« Sie verstummte abrupt. Ihr Blick glitt über meine Schulter und blieb hängen.

Engel stand auf der Treppe und starrte die Frau des Krötenretters entsetzt an.

»Wenn das Kind allerdings in Ihrem Umfeld geboren werden und Sie in den ersten Lebenswochen als Bezugsperson kennenlernen würde, könnte das Ihre Adoptionschancen deutlich verbessern«, bemerkte Danner.

45.

Als wir nach unserem morgendlichen Besuch bei Bärbel Borze-Filzhut in die Kneipe zurückkehrten, saßen Molle und Mücke noch vor den bekrümelten Frühstückstellern. Der dicke Wirt blätterte sich gemütlich durch einen nicht kleinen Zeitungsstapel.

Der Hund flog kläffend von seinem Stuhl und sprang schwanzwedelnd an Engels Beinen hoch. Molle betrachtete das Mädchen kurz über seine halbmondförmige Lesebrille hinweg. Verlegen zupfte Engel an ihrem Pulli.

Molle legte die Zeitung zur Seite. »Du musst Engel sein«, stellte der Dicke fest. »Nimm Platz. Magst du Kaffee und ein Brötchen?«

Engel nickte erstaunt.

Keine Viertelstunde später saß Engel kauend neben Molle am Tisch. Gekämmt und in dem neuen Pulli sah sie aus wie eine ganz normale Fünfzehnjährige. Sie hätte eine meiner Freundinnen sein können.

Als sie meinen Blick bemerkte, lächelte sie.

War das die echte Nina Caspari? War Engel, das Straßenkind, gar keine Person, sondern nur eine Phase? Oder sah ich diese Nina gerade zum ersten Mal?

»Am besten fragst du selbst im Mutter-Kind-Haus nach einem Zimmer«, riet Danner Engel. »Ich würde mich nicht drauf verlassen, dass dein Plattenpapa überhaupt schon mal da war.«

Engel nickte.

»Bis du ein Zimmer hast, kannst du erst mal bei uns auf dem Sofa pennen«, fuhr Danner fort.

Molle senkte erstaunt die Zeitung.

Und auch ich sah auf. Ich hätte gewettet, dass Danner eher den bissigen Fusselverteiler auf unserer Couch geduldet hätte als den obdachlosen Engel.

Das Wetten ließ ich in Zukunft wohl besser bleiben.

»Keine Drogen und kein Alk«, warnte Danner unseren neuen Sofagast. »Und denk nicht mal dran, auch nur einen Kugelschreiber mitgehen zu lassen, verstanden?«

Molle verschwand wieder dem Titelbild der Zeitung, das einen Unfall zeigte.

Danners Handy summte.

»Ja?«, meldete er sich nach einem kurzen Blick aufs Display. Im nächsten Moment griff er bereits nach seiner Jacke. »Wir sind unterwegs!«

»Nu mach mal hinne! Was gibt's denn da so lange zu glotzen?«

»Halt still! Das hätte sich gar nicht erst entzünden müssen!«, tadelte Dr. Raissa Schmidtmeyer barsch. »Wenn dir die Nase nicht abfallen soll, lässt du mich jetzt das Jod auftragen!«

»Dann mach schon!«, motzte Bohne ungeduldig.

Danner öffnete die Tür.

»Na endlich!«, atmete Doktor Schmidtmeyer auf und trat rasch zur Seite.

Bohne hob den Kopf, den er bis dahin weit in den Nacken gelegt über die Stuhllehne gehalten hatte. Seine Halsketten klimperten. Erstaunt schielte der Junge auf die beiden dicken Wattebäusche, die aus seiner geschwollenen Nase ragten. Direkt darunter hatte Danners Faust ihn an seinen schweren, klirrenden Ketten gepackt.

»Mehr Jod und Watte hätte ich da auch nicht mehr reinstopfen können«, schnaufte Doktor Schmidtmeyer erleichtert.

»Du?«, japste der Kettenträger.

»Schön, dass du auf uns gewartet hast.« Der Unterton in Danners Stimme war eisig.

Der Junge jedoch überhörte Danners Drohung. »Fick dich«, quakte er mit einer Froschstimme, die er den Pfropfen in seiner Nase verdankte.

Ehe Doktor Schmidtmeyer es verhindern konnte, hatte Danner das bläulich angelaufene Riechorgan des Schlägers mit Daumen und Zeigefinger gepackt: »Zeig mal her. Tut's noch weh?«

Bohne jaulte auf und griff sich ins Gesicht.

»Lassen Sie das!«, fuhr Doktor Schmidtmeyer Danner an, doch der hatte Bohnes Nase schon wieder losgelassen.

»Sieht echt schmerzhaft aus«, stellte Danner freundlich fest. »Na, du hast ja jetzt Zeit, dich richtig auszukurieren. Du darfst uns aufs Polizeipräsidium begleiten.«

Bohne ließ die Hände erschrocken sinken: »Jetzt? Ey, Mann, das geht nicht! Echt nicht!«

Danner hielt es nicht für nötig, darauf einzugehen: »Auf dem Weg dahin kannst du uns ja schon mal erzählen, was du über Flieges Tod weißt.«

»Wer ist tot?«

»Ich amputier dir gleich deine Nase.« Wütend tippte Danner gegen die Wattebäusche.

Bohne zuckte zurück.

Doktor Schmidtmeyers Goldzahn blitzte auf, als sie empört den Mund öffnete.

»Nichts weiß ich, Mann«, winselte der Punk da schon. »Außer dass der Typ ein Kinderficker war und es nicht besser verdient hat.« Die Stimme des Kettenträgers erinnerte an den grünen *Muppets*-Moderator Kermit. »Ich trauer dem bestimmt nicht nach.«

»Weil er dir Engel ausgespannt hat«, stellte ich fest.

»Die blöde Tusse, die hat mich beschissen!« Bohne schnaufte verächtlich durch die Nase, sodass ein mit orangefarbenem Jod durchtränkter Wattebausch vor Danner zu Boden schoss. »Die war nur scharf auf die Kohle von dem Penner, das ist alles.«

»Was?«, rief ich dazwischen.

»Jau, der hat ihr doch alles in den Arsch geblasen.«

Zwei Dutzend Silberkettchen rasselten, als Bohne heftig nickte. »Keine Ahnung, woher der Penner die ganzen Kröten hatte. Der muss Tausende von Pfandflaschen gesammelt haben. Hat immer was zu essen besorgt und Bier spendiert. Und seine ganze Laberei: Engel ist was Besonderes für ihn und so.«

Danners Augen wurden schmal: »Das hat's bei dir nicht gegeben, was?«

»Der Idiot hätt ihr mal lieber ab und zu eine ballern sollen, dann hätt sie nicht angefangen zu spinnen. Der hat blöd geguckt, als sich die Kuh von dem anbumsen lassen hat. Damit hatte der nicht gerechnet.« Bohne betastete mit schmutzigen, aufgeplatzten Fingern seine geschwollene Nase. »Fliege wollte das Balg nicht. Hat ihr gesagt, dass er nicht auf Familie machen wollte. Wollte ihr Geld geben und dann die Biege machen, der Arsch. Fragt die Kollegen auf Platte, wenn ihr es nicht glaubt. Die haben das alle mitgekriegt. Der Penner war nicht gerade leise, wenn der dicht war.«

Oh oh. Schon wieder Engel.

Mein Blick wanderte zu Danner. Die besorgte, kleine Falte über seiner Nase verriet mir, dass auch sein Gehirn arbeitete.

»Wann hat er gesagt, dass er abhauen will?«

Bohne blinzelte mit kurzen, rötlichen Wimpern: »Och, so lange ist das nicht her. Letzte Woche?«

Fliege hatte Vampire jagen wollen, an jenem Abend. Er hatte sich nicht länger aussaugen lassen wollen. Engel sah einem Vampir nicht nur verblüffend ähnlich, sie hatte ihn womöglich wirklich ausgesaugt.

»Und du selbst bist Fliege nicht rein zufällig im Stadtpark begegnet in letzter Zeit?«, hakte Danner nach.

»Nee, echt nicht.«

»Warum bist du dann untergetaucht, als seine Leiche gefunden wurde?«

»Untergetaucht? Ich bin nicht untergetaucht, Mann! Meinste, ich hab Schiss vor den Bullen?« Bohnes Nase schien größer zu werden, als ihm vor Empörung das Blut ins Gesicht schoss. »Ich hab 'ne gebrochene Nase, Alter! Weißte, wie scheißweh das bei der Kälte tut? Ich hab mich auskuriert.«

»Ach ja?« Danner legte den Kopf schief. »Und in welchem Nobelhotel bist du abgestiegen?«

Bohne zögerte einen Augenblick. Sein Gesicht färbte sich noch ein wenig dunkler.

»Bei Mama«, gestand der Punk leise.

Mama wartete übrigens vor der *Suppenküche* in einem nagelneuen Renault Megane auf ihren teilzeitobdachlosen Nachwuchs.

Ordnungsgemäß blinkend, reihte sie sich hinter Danners Schrottschüssel in den Verkehr ein, um ihr Prachtexemplar von einem Sohn aufs Polizeipräsidium zu begleiten.

46.

Mit einem Knall scheppterte ein dunkelgrünes Plastikgeschoss neben der Eingangstür des Polizeipräsidiums gegen die Flurwand. Erstaunt betrachtete ich die Dose, auf deren Deckel ein T-Rex die Zähne fletschte.

»Justin! Setz dich jetzt hin oder es gibt 'ne Wucht!«, drohte eine Frau, die ein paar Meter weiter auf einem Stuhl wartete.

Ein moppeliger Vierjähriger flitzte an mir vorbei, kickte mit einem bundesligaverdächtigen Tritt gegen die Brotbox und rannte ihr nach, als das Ding klappernd den Flur hinunterpolterte.

Es dauerte einen Augenblick, bis ich Dickes Mutter erkannte. Ach ja, Dicke saß wegen ihres Ausbruchs beim Verhör ja noch immer in Haft. Wollte ihre Mutter womöglich nach all den Jahren doch wieder Kontakt zu ihrer Tochter aufnehmen, jetzt, wo die richtig in Schwierigkeiten steckte?

»Setz dich hin, hab ich gesagt.« Die quadratische Frau packte den kleinen Fußballer an den Trägern seiner Latzhose und zerrte ihn unsanft auf den leeren Stuhl neben sich.

Danner schubste Bohne an der Dinodose vorbei zum Fahrstuhl.

Eine halbe Stunde später hatten wir Bohne bei der eifrigen Frau Wegner in der Mordkommission abgegeben, die ja für die Todesfallermittlungen im Fall Fliege zuständig war.

»Nehmen Sie Platz, bis Ihr Anwalt da ist«, ordnete ein uniformierter Beamter barsch an, als wir im Erdgeschoss wieder aus dem Fahrstuhl stiegen.

Der übergewichtige älteste Sohn der Dicken-Mutter ließ sich trotzig auf den Stuhl neben der quadratischen Frau fallen, während der kleine Fußballer Torschüsse auf den Glaseinsatz der Eingangstür übte.

»Was haben die gesagt, Max?«, wollte die Mutter wissen. »Wann können wir nach Hause?«

»Mann, kapierst du's nicht, Alte?«, schnauzte der große Junge genervt. »Der Schnüffler aus dem Kaufhaus hat ein Überwachungsvideo.«

»Du schickst Justin klauen und lässt dich auch noch dabei filmen, du Leuchte?«

Ihr Sohn zeigte seiner Mutter wortlos den Mittelfinger, holte ein Handy aus der Tasche seiner Bomberjacke und fing an, darauf herumzutickern.

Ein knallrotes Handy.

Ich blieb stehen.

Danner war bereits zur Tür hinaus. Der moppelige Latzhosenträger nutzte die Gelegenheit und zimmerte die Dinodose hinter dem Detektiv her.

Es dauerte einen Augenblick, bis Danner bemerkte, dass ich ihm nicht folgte, und zurückkehrte.

Er schob sich die Mütze aus der Stirn. »Was ist?«

Es war nur ein Gedanke. Mein Gehirn hatte eine Latzhose, eine Dino-Tupperdose und ein knallrotes Telefon addiert und als Summe diese sehr vage Idee ausgespuckt.

Ich zog mein eigenes Handy aus der Tasche von Danners Parka und durchsuchte die gespeicherten Nachrichten.

Tatsächlich hatte ich ihn noch. Den Code des *Silent Finders,* dieser nützlichen Hilfe für alle, die gerne ihr Handy verlegten. Mit einem Tastendruck sendete ich den Code ab.

»Können wir jetzt los?«, wollte Danner ungeduldig wissen.

Ich legte einen Finger an die Lippen.

Zwei Sekunden vergingen. Drei. Vier.

Dann trötete im Eingangsbereich des Polizeipräsidiums plötzlich ein Alarm los, der ohne Weiteres den Autodiebstahl einer Mercedes S-Klasse hätte melden können.

Dem Dicken-Bruder fiel das jaulende knallrote Handy der Kita-Leiterin Müller-Wunk vor Schreck aus den Fingern.

47.

»Hey, sieh mal da.« Danner war automatisch vom Gas gegangen. Mit einer Kopfbewegung deutete er auf die humpelnde Frau, die einen Stapel Zeitschriften den Ostring hinunter Richtung Bahnhof schleppte.

Kurzerhand ließ Danner seinen Geländewagen auf den Busbahnhof rumpeln und sprang aus dem Wagen.

Mit einem Rums schlug ich die Autotür zu. Ich hatte die Zeitungsverkäuferin ebenfalls erkannt. Als wir ihr jetzt entgegenliefen, erinnerte ich mich an Engels Worte beim Verhör: Flieges Exfreundin, die *bodo*-Verkäuferin, hatte den Penner unbedingt wiederhaben wollen.

Somit zählte diese Exfreundin auf alle Fälle auch zum Kreis derjenigen, die mit Fliege in einen handgreiflichen Streit hätten geraten können.

Als Eule uns entdeckte, drehte sie um und hinkte eilig in die Richtung, aus der sie gekommen war, davon.

Sehr schnell war sie allerdings nicht. Wir hatten sie bald eingeholt. »He, warten Sie mal!«

Eule hastete mit gesenktem Kopf weiter.

Danner überholte sie und stellte sich ihr in den Weg.

»Hau ab! Oder ich schrei! Ich schrei, dass die Polizei kommt, hörste?« Die Stimme der Frau klang schrill. Sie drängelte sich an Danner vorbei.

Hatte die Angst vor uns?

Ich überholte die verstörte Frau von der anderen Seite. »Wir wollten Ihnen nur sagen, dass wir Fliege gefunden haben«, erklärte ich. »Wir dachten, das interessiert Sie vielleicht.«

»Interessiert mich nicht!« Trotzdem sah Eule kurz zu mir auf, ihr erschrockener Blick strafte ihre Worte Lügen. Zwei Zeitungen glitten unter ihrem Arm weg und flatterten zu Boden.

»Mist!« Die Frau blieb erst stehen, rannte dann kopflos ein paar Schritte weiter, zögerte wieder.

Ich hob die Zeitungen auf und hielt sie ihr mit ausgestrecktem Arm entgegen. Danner blieb hinter mir zurück.

Misstrauisch beäugte Eule das Papier, wie ein scheues Tier, das sich nicht entschließen kann, einem Menschen aus der Hand zu fressen.

Die Zeitungsverkäuferin machte zwei schnelle Schritte auf mich zu und schnappte mir die Blätter aus der Hand: »Und? Wo ist er?«

»Tot.«

Eules Augen wurden riesig hinter der dicken Brille. »Du willst mich verarschen!«

Ich schüttelte den Kopf. »Er hatte eine Wunde an der Schläfe. Ist geschlagen worden. Wissen Sie, wer das gewesen sein könnte?«

Eule sah zu Boden, drehte hektisch den Kopf.

»Haben Sie mit ihm gestritten?«

Schnelleres Kopfdrehen: »Ich streite mich nie.«

»Aber Sie wollten ihn doch zurückhaben, nicht wahr? Waren Sie nicht sauer, dass der Sie wegen so einer Jungen verlassen hat?«

Ihr Kinn sank immer tiefer auf ihre Brust hinunter: »Ich bin nie sauer.«

»Aber verletzt? Gekränkt? Haben Sie nach der Trennung noch mal mit ihm geredet?«

»Wir haben uns nich getrennt. Wenn wir uns gesehen haben, haben wir zusammen gepennt. Aber jetzt war seit Wochen nix.«

»Sie haben ihn auch nicht gesucht?«

Eule stand in sich zusammengesunken vor mir und rührte sich nicht mehr.

Danner war näher gekommen. Jetzt nickte er unmerklich.

»Sie haben nach ihm gesucht? Richtig?«

Eules Schultern bebten.

»Ich wusste immer, wo er war«, flüsterte sie tonlos.

»Wie meinen Sie das?«

»Nie hat er davon gesprochen, aber ich wusste immer, dass er andere Frauen hatte. Ich kannte alle.« Sie schaukelte ihren Oberkörper rhythmisch vor und zurück.

»Sie haben ihn beobachtet?«, schlussfolgerte ich. Ich versuchte, mir meine Aufregung nicht anmerken zu lassen, bemühte mich, die Frau mit meiner Stimme zu beruhigen. »Waren Sie an dem Abend in der Kneipe? Im Park?«

Eule schaukelte weiter, gleichmäßig, vor und zurück. Kam mir sehr gestört vor, aber ich wertete es mal als Ja.

Danner zog sein Handy aus der Tasche.

»Ich hatte ihn verloren, im Park. Ich war zu langsam. Über eine Stunde bin ich rumgelaufen. Es war so kalt, ich dachte, ich erfrier. Ich wollte schon zurück, da hab ich ihn gesehen. Wieder mit einer.«

Aus Eules leiser Stimme wurde ein Weinen.

»Mit einer Frau? Wer war es?«

»Ich war zu weit weg. Aber er hat sich mit der zusammen besoffen, ich hab die Pulle gesehen. Und gestritten haben die. Sie hat ihn am Arm festgehalten und da isser vollstramm über die Bank in den Busch gekippt.«

»War die fremde Frau groß, klein, dick, dünn, alt, jung? Irgendwas, woran Sie sich erinnern können?«, bohrte der Detektiv.

Eule zuckte vor ihm zurück: »Es war dunkel, die waren weit weg und hatten dicke Jacken an. Und Mützen.«

»Was ist dann passiert?«, versuchte ich, sie zum Weiterreden zu bringen.

»Sie ist auch im Gebüsch verschwunden, kurz. Und dann ist sie abgehauen.«

»Das ist alles? Sind Sie hingegangen und haben nach Fliege gesehen?«

Hektisches Kopfdrehen.

Nein? Sie war eine Stalkerin, sie verfolgte den Penner seit Wochen und dann sah sie nicht nach, was passiert war? Wem wollte sie das denn verkaufen?

»Kann es nicht sein, dass Sie selbst mit Fliege gestritten haben?«, mutmaßte Danner drauflos.

»Nein.« Den Blick stur auf den Boden gerichtet wich Eule vor seiner Frage zurück.

»Sie waren eifersüchtig auf die anderen Frauen.«

»Ich hab ihm immer gesagt, dass ich ihn liebe und dass ich ohne ihn nicht leben kann … Dass er schuld ist, wenn ich mich umbringe. Er hat gesagt, dass er sich nicht von mir erpressen lässt und dass er nach Hause will zu diesem Teenie-Flittchen!«

Aus Eules Weinen wurde ein hysterisches Lachen.

»›Nach Hause‹! Als er mir die Wohnung besorgt hat, da wollte er nicht mit einziehen. Da war ihm seine Freiheit wichtiger. Aber bei dieser kleinen Nutte ist er auf einmal ›zu Hause‹!«

»Als er im Park umgekippt ist, haben Sie den nächstbesten Stein genommen und zugeschlagen!«, fuhr Danner die aufgelöste Frau an.

»Nein!«, heulte Eule laut auf und sank in den braunen Schneematsch auf dem Gehweg. »Ich bin hingegangen und hab unter die Bank geguckt. Er lag da, die Augen so starr und den Mund aufgerissen und da war Blut. Ich bin weggerannt.«

Atemlos stand ich auf dem Gehweg des Ostrings. Autos dröhnten vorbei, drei Fußgänger waren stehen geblieben, weil Eule hemmungslos schluchzte. Die Zeitungsverkäuferin schwankte jetzt unkontrolliert vor und zurück.

»Sie hätten Hilfe holen können«, flüsterte ich.

»Ich hab mich seitdem nicht wieder hingetraut.« Kniend wippte Eule weiter.

48.

In der Kneipe saß Molle vor einem dampfenden Kübel Nudelsuppe. Danner und ich hängten unsere Jacken über die Stuhllehnen.

Auf Danners Anruf hin hatte die fähige Frau Wegner die Zeitungsverkäuferin mit einem Nervenzusammenbruch ins Krankenhaus abtransportieren lassen.

Eule hatte Fliege aufgelauert und ihn verfolgt. Sie war eine

Stalkerin. Fliege hatte sich um sie gekümmert, als es ihr schlecht ging, und sie hatte sich in ihn verliebt. Ob ihre Geschichte von der unbekannten Frau im Park stimmte oder nicht, musste die Polizei klären.

Gut möglich, dass es eine Lüge war. Eine ziemlich plumpe. Genauso gut konnte Eule Fliege aus Eifersucht selbst erschlagen haben.

»Wo ist Engel?«, fragte ich Molle.

»Mutter-Kind-Haus ansehen.« Der Wirt ließ eine riesige Kelle Eintopf auf meinen Teller klatschen.

»Ich hab auch was für euch.« Staschek rückte sich einen Stuhl an den Tisch. »Weil ihr beide heute ohne die üblichen Wucherpreise Verdächtige abgeliefert habt.«

Staschek zog einen gefalteten Zettel aus der Innentasche seines Mantels und schnippte ihn Danner hin.

»Die Blutuntersuchung. Ist eine Kopie, könnt ihr zu euren Berichten heften – vorausgesetzt, ihr habt zur Abwechslung mal welche geschrieben.«

Ich warf ihm einen bösen Blick zu und rutschte etwas dichter an Danner heran, als es nur für einen Blick auf den Zettel nötig gewesen wäre. Aber auf dem Papier standen sowieso nur ein Haufen Zahlen, mit denen ich nichts anfangen konnte. Ein Wert war mit neongrünem Textmarker gekennzeichnet.

Danner runzelte die Stirn.

»Übersetz mal«, forderte ich ungeduldig.

»Methanol?«, las Danner laut, weil er es offensichtlich nicht glauben konnte.

»Ja. Wäre er nicht niedergeschlagen worden, hätte sich der Penner anscheinend selbst auf die andere Seite der Parkbank befördert«, nickte Staschek. »So oder so wäre er jetzt tot.«

Danner ließ den Zettel sinken. »Du meinst, der hat sich selbst vergiftet? Aus Versehen?«

Staschek schüttelte den Kopf: »Mit Absicht.«

Wie bitte?

Danner kratzte sich die Glatze. »Selbstmord?«

Es dauerte ein paar Sekunden, bis ich den Gedankengängen der Männer folgen konnte. Konnte es sein, dass Fliege sich selbst umgebracht hatte? Plötzlich bekam Flieges Drohung, nicht mehr mitzuspielen, eine ganz neue Bedeutung.

Danners Augen wurden schmal: »Er wusste jedenfalls, wie's geht. Das hat ja sozusagen in der Familie gelegen ...«

»Methanol ist ein Abfallprodukt der Chemieindustrie. Geruchs- und geschmacksneutral, deshalb gut geeignet, um Alkoholika zu verlängern. Führt zu Übelkeit, Schwindel, Erbrechen – in größeren Mengen zu Blindheit. Die Menge, die Fliege intus hatte, war tödlich«, erklärte Staschek. »Aber Fliege wusste genau Bescheid über das Zeug. Nachdem ich diese Ergebnisse bekommen habe, habe ich mit Nina Caspari telefoniert. Sie sagt, Fliege hätte sie immer vor gepanschtem Schnaps gewarnt. Der hat genau aufgepasst, dass sie keinen billigen Fusel trinkt. Dass er sich aus Versehen vergiftet hat, scheint mir sehr unwahrscheinlich.«

Ich saß wie gelähmt. Freddie Döppke hatte es erwähnt. Susi Thurna auch. Edgar Guskis Vater war auf diese Art gestorben, unabsichtlich, weil er seinen Schnaps gestreckt hatte, um länger damit hinzukommen.

»Der hat sich hier erst Mut angetrunken«, folgerte Danner.

Auch das passte viel zu gut zu Flieges Drohungen an dem Abend. *Ich spiel das Scheißspiel nicht mehr mit.*

»Dann hat er sich das Zeug reingezogen. Als er es einmal drin hatte, war's gelaufen.«

»Er hätte mit einer Flasche Hochprozentigem nachspülen müssen, wenn er es sich anders überlegt hätte.«

Staschek hatte sich offenbar schlaugemacht.

»Paradoxerweise ist das das Einzige, was bei einer Methanolvergiftung hilft: mehr Alkohol trinken. Der hält das Gift in der Blutbahn, sodass es die Zellen nicht angreift. Man muss so lange besoffen bleiben, bis der Körper das Methanol abgebaut hat.«

In der Kneipe herrschte Stille.

»In dem Fall egal. Bevor das Gift wirken konnte, hat ihm jemand den Schädel eingeschlagen und die Sache abgekürzt.«

49.

Staschek verabschiedete sich, schließlich war sein Dienst noch nicht zu Ende.

Ich beschloss, in der Kneipe auf Engels Rückkehr zu warten. Hier war es warm und es gab genug zu essen, und wenn ich eines aus dieser Geschichte gelernt hatte, dann das zu genießen.

Ich trat hinter die Theke und brühte mir einen heißen Tee auf, während draußen dunkle Winterwolken bereits am Nachmittag für eine frühe Dämmerung sorgten.

Auf dem Tresen lagen die Zeitungen, die Molle heute Morgen durchgeblättert hatte. Ich warf Danner eine BILD-Zeitung hinüber und schnappte mir selbst das *Tageblatt.* Mit dem Autounfall auf der Titelseite.

Ich blätterte.

Blätterte zurück.

Las die Schlagzeile. Irgendwo in meinem Kopf ging eine Lampe an.

»Die Zeitung ist ja uralt.«

»Hm?« Molle sah auf. »Die ist irgendwann liegen geblieben. Kommt ins Altpapier.«

Ich richtete mich auf.

Das Blatt war nicht *irgendwann* liegen geblieben, sondern an dem Abend! An genau dem Abend, an dem Fliege verschwunden war. Das war die Zeitung, die der Penner mit in die Kneipe gebracht hatte. Er hatte sie gar nicht wieder mitgenommen.

Aber auf die gleiche Zeitung hatte ich in Flieges Unterschlupf der Bauruine Hundefutter gekippt?

»Engel hat vorhin darin gelesen, deswegen liegt sie ganz oben«, erklärte Molle.

Engel?! Engel hatte den Artikel über den toten Bauunternehmer gelesen? Ein ungutes Gefühl breitete sich in meinem Magen aus, stieg hoch in meine Kehle und erzeugte einen Anflug von Übelkeit. Mein Blick glitt noch einmal über die Schlagzeile.

Weil ich mich nicht mehr rührte, war Danner aufmerksam geworden. »Was ist?«

Was bedeutete das?

»Erde an Lila: Lass uns an deinen Gedanken teilhaben.«

»Er hat von der Zeitung zwei Exemplare besessen«, wunderte ich mich.

»Wer?«

»Fliege. Aber wieso? Warum kauft sich ein Obdachloser zwei Mal die gleiche Zeitung, statt 'ner Pulle Bier?«

Die Lampe in meinem Kopf flammte hell auf.

»Ach du Scheiße!«

50.

Ich irrte mich! Bestimmt!

Mein Herz klopfte aufgeregt, als Danner seinen riesigen Geländewagen durch den Feierabendverkehr der Innenstadt lenkte. Ich musste mich irren!

Danners Hand wanderte an seine rechte Rumpfseite, während er das Gaspedal mit Wucht durchtrat und die Schrottschüssel an einem mit vorschriftsmäßigen fünfzig dahintrottelnden Fiat vorbeidröhnen ließ.

Engel kannte das Ergebnis von Flieges Blutuntersuchung und sie hatte die Zeitung gelesen. *Gepanschter Schnaps* lautete die Schlagzeile.

Hatte Engel genau wie ich eins und eins zusammengezählt? Versuchte sie auf eigene Faust, den Grund für Flieges Tod herauszufinden? Um ihre eigene Unschuld zu beweisen?

Danner bog in den Weg am Kötterberg. Wolken und Dämmerung verschluckten den Rest Tageslicht. So sah ich das Warnblinklicht schon von Weitem aufleuchten. Mein Herz machte einen erschrockenen Satz.

Ich irrte mich nicht!

Aber was jetzt?

Was sollten wir tun?

»Fahr rechts ran«, sagte ich zu Danner.

Danner stellte den Uraltmotor der Schrottschüssel aus und bremste den rollenden Wagen direkt unter dem *Anlieger frei*-Schild.

Kaum war das Auto mit einem Ruck zum Stehen gekommen, sprang ich hinaus und rannte auf den zweiten Wagen zu. Eine Limousine, die mit laufendem Motor mitten in der sonst leeren einspurigen Straße stand.

»Lila! Warte!«, hörte ich Danner hinter mir zischen.

Aber ich duckte mich bereits in den Schatten des brummenden Autos.

»Jetzt stell dich nicht so an!«, hörte ich wütende Worte auf der anderen Seite des Fahrzeugs.

Vorsichtig spähte ich um das Heck des Wagens herum.

O Gott! Mein Herz setzte Sekundenbruchteile aus, meine Brust verkrampfte. O Gott, dachte ich, das Baby!

Engel lag auf dem dunklen Asphalt. Bauch und Beine waren zur Seite gekippt, der Oberkörper verdreht. Deutlich erkannte ich die Schrammen in ihrem leblosen Gesicht, einen langen Riss in ihrer Hose, aus dem ein nacktes Bein ragte. Und ich sah das Blut. Es bildete bizarre Muster auf der weißen Haut ihres breiten Oberschenkels, sickerte nass durch den Stoff ihrer Kleidung, bevor es auf den Asphalt rann, wo bereits eine Lache stand.

Die Abgase des laufenden Motors vermischten sich mit dem metallisch-süßen Geruch von Blut. Und Alkohol.

Engels Kopf sah ich im Schoß einer Frau, die sich über sie beugte. Perfekt manikürte Fingernägel drückten die Lippen der Bewusstlosen auseinander. Klare Flüssigkeit quoll aus Engels Mund, lief über ihr mit Blut und Dreck verschmiertes Gesicht.

Engel stöhnte, wollte den Kopf wegdrehen. Sie lebte!

Die Blondine presste die Knie an Engels Wangen, fixierte ihren Kopf wie in einem Schraubstock: »Jetzt schluck endlich, verdammt!«

Ich zögerte keine Sekunde länger: »Was zum Teufel tun Sie da?«

Susi Thurna fuhr zusammen, als ich aus dem Schatten ihres Autos trat.

»Sie – sie ist mir vors Auto gerannt.« Die Blondine ließ Engels Kopf zur Seite sinken und strich sich reflexartig die Haare aus dem Gesicht. »Die ist total betrunken! Als ich an ihr vorbeigefahren bin, ist sie mir direkt in den Wagen getaumelt.«

»Sie ist nicht besoffen.« Ich staunte, wie ruhig meine Stimme klang. »Sie haben sie überfahren. Absichtlich.«

Es war so logisch.

Der Wagen stand quer, noch mehr als hundert Meter von Susis Haus entfernt. Sie war Engel nachgefahren, das Mädchen musste beim Aufprall über die Motorhaube hinweggeschleudert worden sein.

»Natürlich ist die betrunken!« Susis Stimme wurde lauter, schriller. »Das ist eine Alkoholikerin!«

Mit einem Papiertuch nahm Danner Susi die Flasche aus der Hand und steckte sie in eine Plastiktüte: »Ich nehme mal an, da ist mit Methanol gestreckter Schnaps drin. Die Polizei wird das klären können.« Auch er hatte begriffen, was gespielt wurde.

Susis blonde Haare hingen ihr wild ums Gesicht. Hilflos sah sie zu dem Detektiv hoch.

Engels Kopf rutschte von Susis Schoß auf den rauen Asphalt der Straße. Wimmernd rollte sich das Mädchen auf die Seite.

Danner ließ die in der Tüte verpackte Flasche in seiner Jacke verschwinden.

»Die Idee war gut: Eine Obdachlose trinkt gepanschten Billigschluck und rennt in ein Auto – scheint ja im Augenblick beliebt zu sein, das Zeug. Hätte funktionieren können.«

»Genau so ist es gewesen!«, nickte Susi übereifrig, als Danner sie am Arm auf die Füße zog.

Ich kniete mich neben Engel. »Wir holen Hilfe. Bleib einfach liegen, wir holen Hilfe.«

Ich wühlte in der Jackentasche nach meinem Handy.

»Natürlich ist es nur ein Zufall, dass schon Ihr Schwiegervater an gepanschtem Alkohol gestorben ist. Und dass Ihr zweiter Ehemann Kalle Thurna durch gestreckten Schnaps tödlich verunglückte.« Danners Stimme wurde bei jedem Wort schärfer. »Und blöd, dass Ihr Exmann Edgar Guski diesen Zufall für auffällig groß hielt, als er den Bericht in der Zeitung gelesen hat, nicht wahr?«

Susi presste die Lippen aufeinander.

Ich hatte mein Handy gefunden.

»Hat Edgar Ihnen mit der Polizei gedroht an dem Abend?«

»Ich habe schon mal gesagt, dass ich Edgar seit zehn Jahren nicht gesehen habe!«, schrie Susi schrill.

Ich wählte den Notruf.

»Sie haben Ihren Mann umgebracht. Ihr Exmann hat in der Zeitung davon gelesen und es begriffen.«

»Gar nichts habe ich getan!« Susis schön geschminkte Augen verengten sich zu glitzernden Schlitzen.

»Er war bei Ihnen an dem Abend, nachdem er sich bei Molle Mut angetrunken und Eule abgehängt hatte«, ließ Danner nicht locker. »Deshalb ist er nicht zu Engel in die Bauruine zurückgekehrt, sondern im Park gewesen. Er war bei Ihnen zu Hause und hat Ihnen mit der Polizei gedroht. Sie haben ihm angeboten, das bei einem Spaziergang und einem Schnaps zu besprechen, und haben ihn vergiftet. Und als er gestürzt ist, haben Sie die Gelegenheit ergriffen und ihn ganz sicher zum Schweigen gebracht.«

Hasserfüllt funkelte Susi Danner an.

»Als Sie Edgar umbrachten, hätten Sie sich was anderes einfallen lassen müssen. Niemand nimmt Ihnen ab, dass Ihr Schwiegervater, Ihr Exmann und Ihr zweiter Ehemann zufällig an gestrecktem Alkohol verstorben sind.«

»Natürlich war es so!«

»Ihr Schwiegervater, Kalle Thurna und Edgar Guski sind am Methanol gestorben! Und als Nächste Edgars Lebensgefährtin, die rein zufällig ausgerechnet vor Ihr Auto läuft? Glauben Sie wirklich, Sie kommen damit durch?«

»Er hat mich erpresst!«, spuckte Susi Danner wütend entgegen. »Er wollte die Firma zurück! Auf dem Papier gehörte ihm noch immer die Hälfte. Und dann hat er auch noch die Sache mit dem Methanol gerallt, nachdem ich ihm schon die halbe Flasche eingeflößt hatte. Dabei war er dicht wie hundert Hexen. Er wollte sich im Krankenhaus den Magen auspumpen lassen!«

Also hatte sie ihn erschlagen. An meinem Ohr tutete das Freizeichen. Warum ging da niemand dran?

»Rettungsleitstelle Bochum«, meldete sich in dem Augenblick die Notrufzentrale direkt an meinem Ohr.

Endlich!

»Mein Name ist Lila Ziegler. Es gab hier einen Unfall. Wir brauchen einen Rettungswagen – und die Polizei!«

»Dabei war Edgar an allem schuld!« Susis Stimme vibrierte vor Wut. »Er war immer in der Firma. Um alles musste ich mich kümmern, die Kinder, den Haushalt – und seinen Vater, das Ekel! Sie haben doch keine Ahnung, was es heißt, einen Demenzkranken zu pflegen! Das Schwein hat absichtlich uriniert, wenn ich ihn untenrum gewaschen habe. Ich wollte ihn in ein Heim geben, aber Edgar hielt das für überflüssig, meinte, ich wäre doch sowieso zu Hause. Unverheiratet wäre ich genauso allein gewesen – und Kalle war eben aufmerksam. Als ich Edgar sagte, dass ich die Scheidung wollte, fiel er aus allen Wolken. Da lief das mit Kalle schon über ein Jahr, ohne dass er irgendwas gemerkt hat.«

Ich nannte dem Mann am Telefon den Straßennamen.

Triumph glitzerte in Susis Augen: »Edgar hat erst kapiert, was die Scheidung für ihn bedeutete, als es zu spät war. Die Kredite waren zu hoch. Er hätte alles verkaufen müssen, um mich auszuzahlen. Und was macht das Arschloch? Verpisst sich einfach.«

Blaue Augenschlitze funkelten hinter Susis unechten Wimpern. Unter der Make-up-Maske war die echte Person nicht zu erkennen.

»Und Kalle, der Dreckskerl? Der bumst in der Mittagspause seine Sekretärin und die ganze Firma weiß davon.«

Ich hatte Susi unterschätzt. Sie war keine still vor sich hin leidende Alkoholikerfrau. Sie war auch kein dummes Blondchen. Sie war eine Mörderin! Eine eiskalte dreifache Mörderin.

Ohne Vorwarnung rammte Susi Danner einen Ellenbogen in die Rippen. Der Hieb, durch den Danner im Normalfall nicht mal zusammengezuckt wäre, ließ ihn zur Seite taumeln und ächzend in die Knie gehen.

»Scheiße«, fluchte er und presste die Hände an die Stelle, die vor ein paar Tagen der Springerstiefel getroffen hatte.

Susi rannte los.

»Scheiße!«, sagte ich zu dem Mann von der Notrufzentrale.

Susi riss die Tür ihres Wagens auf. Der Motor brummte noch immer, Susi setzte zurück, gleißend helles Scheinwerferlicht blendete mich. Die breite Front des Daimlers ragte bedrohlich über Engel und mir auf.

Susi wollte uns überfahren!

Mich würde sie nicht erwischen – aber Engel!

Ich sprang auf die Füße. Mein Handy klapperte auf den Asphalt.

Mit einem Satz war ich am Wagen.

»Lila!«, brüllte Danner.

Ich riss die Beifahrertür auf und warf mich ins Innere auf die Polster. In dem Moment, in dem der Motor aufheulte, packte ich das Lenkrad. Mit aller Kraft riss ich es zur Seite.

Susi schrie zornig auf. Der Wagen schoss mit einem Satz vorwärts, schleuderte auf der vereisten Fahrbahn herum. Susi schlug mit dem Unterarm auf meine ans Lenkrad gekrallten Hände. Ich ließ nicht los.

Das Auto schlitterte in die Kurve. Irgendetwas krachte gegen die Motorhaube, polterte auf die Windschutzscheibe. Sie barst mit einem Knacken.

Susi hämmerte mit der Faust auf meine Fingergelenke.

Der Wagen rumpelte über unebenen Boden.

Dann knallte es.

51.

»Lila.«

Ein dröhnendes Heulen ließ meinen Kopf bis an die Schmerzgrenze vibrieren! Jede Sekunde musste er zerplatzen.

Ich presste meine Fäuste gegen die Stirn, doch das Tröten ließ nicht nach. Es dauerte noch eine Sekunde, bis ich kapierte, dass es eine Hupe war, die ich hörte.

Was war passiert?

»Lila! Hörst du mich?« Danners raue, warme Hände tasteten über mein Gesicht.

»Noch bin ich nicht taub«, murmelte ich, auch wenn mein Kopf zu platzen drohte.

Ich lag auf der Seite, quer über dem Beifahrersitz, meine Füße ragten aus der noch immer offenen Autotür.

Danner lehnte sich über mir in den Wagen.

Ich fühlte mich eingeklemmt. Im schwachen Licht der Innenbeleuchtung erkannte ich direkt vor meiner Nase den

Schaltknüppel. Und an meinem Bauch, wo mal der Fußraum gewesen war, das Handschuhfach. Susi neben mir war nach vorn gefallen und mit ihrer Stirn auf der Hupe gelandet.

Mit einer Hand packte ich die Bewusstlose an der Schulter und kippte sie nach hinten. Das schmerzhafte Dröhnen in meinem Kopf verebbte endlich.

Stöhnend ließ ich meine Stirn wieder auf das Polster sinken. Allerdings nur eine Sekunde – so lange dauerte es, bis ich mich erinnerte: »Was ist mit Engel?«

Danner zuckte die Schultern.

O nein!

Ich stemmte mich hoch. Danner reichte mir eine Hand und zog mich aus dem zerschellten Wagen.

Wo waren wir hier?

Wo war die Straße? Im Licht des linken Scheinwerfers, der nicht zertrümmert worden war, sah ich eine Hauswand. Der Wagen war mit der Beifahrerfront dagegengeprallt. Die Frontscheibe aus Sicherheitsglas hing zerbröselt an der splitterbindenden Folie auf der zerquetschten Motorhaube.

Einen guten halben Meter oberhalb der Stelle, an der der Wagen gegen die Wand geschmettert war, leuchtete ein Fenster auf. Jemand hatte im Haus das Licht eingeschaltet.

Dann klackte es. Das Fenster schwang zur Seite und ein Mann mit ausladendem Schnauzbart und dicker Hornbrille streckte seinen Kopf heraus.

»Meine Rosen!«, fluchte er vorwurfsvoll. »So ein Mist!«

Mein Blick wanderte zu dem Loch im Gartenzaun, durch den das Auto gerast war. Die Spur der Verwüstung führte über die glatte Eisfläche eines winzigen Gartenteichs. Aus dessen wallartiger Umrandung waren gefrorene Erdbrocken herausgebrochen und wie Geschosse durch den Garten geschleudert worden.

Ich humpelte auf die Lücke im Zaun zu, meine rechte Hüfte und Schulter schmerzten, wahrscheinlich durch den Zusammenprall mit dem Handschuhfach.

Jetzt war Danner schneller.

Ich sah die Straße hinunter. Zu Engel. Noch immer lag das Mädchen mitten auf der Straße. Um sie herum so viel Blut.

Hatte ich den Wagen rechtzeitig herumreißen können? Oder hatten wir Engel überfahren? Konnte eine Hochschwangere das überleben?

An das Baby traute ich mich nicht zu denken. Ich wagte nicht, mich dem Mädchen zu nähern.

Danner ging bereits neben der Verletzten in die Knie.

Zögernd folgte ich ihm.

Danner legte Engels Kopf behutsam auf seinen Oberschenkel. Engel würgte, erbrach sich auf den Asphalt. Sie lebte.

Der beißende Geruch nach Erbrochenem. Und wieder nach Alkohol.

Alkohol? Susi hatte ihr Methanol gegeben! Sie hatte sie vergiften wollen wie Fliege und Kalle Thurna! *Die Menge, die Fliege intus hatte, war tödlich.*

Hatte Susi auch Engel eine Überdosis einflößen können? Hatte das Mädchen den Zusammenstoß mit dem Auto überlebt, um womöglich in ein paar Stunden an einer Methanolvergiftung zu sterben?

Ein irrer Gedanke zuckte mir durch den Kopf.

Das ist das Einzige, was bei einer Methanolvergiftung hilft: mehr Alkohol trinken. Der hält das Gift in der Blutbahn, sodass es die Zellen nicht angreifen kann.

So schnell ich konnte, hinkte ich zurück in den Garten. Der Schnauzbärtige kam mir entgegen. Er trug einen langen Wintermantel über einem Trainingsanzug und Hüttenpuschen und hielt einige Wolldecken im Arm.

»Haben Sie Schnaps im Haus?«, fragte ich.

»Wie bitte?«

Ich nahm ihm die Decken aus der Hand: »Alkohol. Wodka, Rum, Whisky? Irgendwas Hochprozentiges?«

»Sicher ...?«

»Her damit! Und beeilen Sie sich!«

Gehorsam nickte der Puschenträger und lief zurück zur Haustür.

Als wir Engel zugedeckt hatten, hielt mir der Bärtige schon eine Flasche *Underberg* hin. Magenbitter, vierundvierzig Prozent – besser ging es nicht!

Danner hielt Engels Kopf. Ich versuchte, ihr das Zeug einzuflößen, und lauschte gleichzeitig angestrengt nach dem rettenden Martinshorn in der Dunkelheit.

52.

Neonfarbene Rettungssanitäter legen Engel Infusionen an. Kontrollieren den Blutdruck. Hände tasten prüfend über den Babybauch des benommenen Mädchens. Über Hauswände und Büsche zucken Blaulichter. Feuerwehrmänner, die Ketten am Autowrack befestigen. Das Martinshorn, das noch immer nachhallt.

Die Bilder klebten in meinem Kopf wie ein Plakat, das alles andere verdeckte.

Danner blätterte in der Akte, die ihm eine Krankenschwester herausgesucht hatte, nachdem er kurz mit seinem gefälschten Polizeiausweis unter ihrer Nase gewedelt hatte.

»Zimmer 34«, informierte er mich. »Da vorn links.«

Das hätten wir auch ohne Akteneinsicht herausfinden können, denn kaum waren wir ein paar Meter den langen, steril riechenden Flur hinuntergegangen, lenkte uns eine trotzige Mädchenstimme unmissverständlich in die richtige Richtung.

»Das kannst du vergessen! Du hast sie doch nicht alle!«

Danner hatte die Tür einen Spalt weit geöffnet, ohne dass uns jemand bemerkte.

»Wach endlich auf, hier geht's um dein Leben!«, ereiferte

sich jetzt ein aufgeregter Mann. »Das wär die beste Lösung, schalt doch mal deinen Kopf ein.«

Ein Instinkt, der wohl eher etwas mit angeborener Neugier als mit detektivischem Scharfsinn zu tun hatte, hatte Danner und mich gleichzeitig innehalten lassen.

»Ohne Kind kannst du noch einmal ganz neu anfangen. Du kannst die achte Klasse wiederholen, einen Schulabschluss machen und eine Ausbildung.«

Das hatte ich doch schon mal gehört?

Danner schob seinen Kopf durch den Türspalt. Ich tauchte unter seinem Arm hindurch und lugte ebenfalls in das Zimmer.

Es war Engels glatt gekämmter Vater, der in seiner bis unter die Achseln gezerrten Hose vor dem Krankenbett seiner Tochter stand. Er strich eine Falte aus seinem Ärmel.

Engel verdrehte die Augen. Das winzige Baby in ihrem Arm schnarchte zufrieden.

»Ich komme nicht zurück, Papa! Du wirst nicht noch mal meine Schränke kontrollieren, meine Telefongespräche belauschen, mir den Schlüssel für mein Zimmer wegnehmen oder meine Klamotten aussortieren, wenn sie dir nicht gefallen«, keifte Engel.

Das Baby schreckte hoch.

»Das werde ich nicht, das verspreche ich.«

»Schsch, Eddi«, beruhigte Engel das Baby sanft. »Alles ist gut. Mami ist da, mein Schatz.«

»Hör endlich mit diesem Mami-Quatsch auf«, zischte ihr Vater beherrscht. »Du bist gerade erst fünfzehn, verdammt! Du weißt gar nicht, was da auf dich zukommt. In zwei Wochen hast du keine Lust mehr auf das Kind, wie immer. Das alles ist doch nur eine fixe Idee.«

Heiße Wut funkelte in Engels runden Augen: »Du wirst dich nie ändern.«

»Nina, wir sind hier nicht allein!«

»Du traust mir immer noch nichts zu!«

Ich hatte genug gehört. Entschlossen drückte ich die Tür ganz auf.

Als Engels Vater uns erkannte, zuckte er entschuldigend die knochigen Schultern, bevor er übereilt aus dem Zimmer floh.

»Danke, ihr habt mich gerettet«, lächelte Engel und ich wusste einen Moment lang nicht, ob sie die Sache mit Susi oder ihren Vater meinte.

»Alles okay mit euch beiden?«, fragte ich mit einem Blick auf ihr Baby, das in einen Schlafsack mit Bärchenaufdruck verpackt war. Ich hielt Engel einen Strampelanzug entgegen.

»Für einen Notkaiserschnitt und eine Beckenbruchoperation geht's uns hervorragend«, nickte Engel. »Schätze, das hätte schlimmer ausgehen können.«

Danner baute sich vor ihrem Bett auf und verschränkte die Arme: »Du hast Fliege übrigens nicht als Vater angegeben.«

Das Mädchen sah erstaunt zu ihm auf.

Ich ebenfalls.

»Natürlich habe ich ...?«

Danner zog spöttisch eine Braue hoch. »Ich hab in der Akte nachgesehen.« Sein Blick war undurchdringlich. »Und: Ich gehe mal davon aus, dass du nicht aus Nächstenliebe auf ein Viertel seiner Erbschaft verzichtest.«

Was? Ich begriff kein Wort.

Engel offenbar schon. Ihre Augen flitzten durchs Zimmer. Sie suchte einen Fluchtweg, entdeckte den braunen Thrombosestrumpf, der unter ihrer Bettdecke hervorlugte, und erkannte, dass ihr Beckenbruch eine Flucht unmöglich machte.

»Ich hab mir Edgar als Vater gewünscht«, murmelte sie kaum hörbar. »Er war ein toller Kerl, immer stark. Und fürsorglich. Und so bemüht um alle anderen ...«

O Engel!

Schuldbewusstes Schweigen füllte den Raum, ließ die Luft zäh werden.

Das konnte doch nicht wahr sein!

»Fliege wollte kein Kind.« Messerscharf zerschnitt Danners Stimme die unheilvolle Stille im Zimmer.

Engel schüttelte den Kopf, ohne aufzusehen: »Aber er hätte sich trotzdem um uns gekümmert.«

Ja, das hätte er wohl tatsächlich. Wie er sich um Eule gekümmert hatte. Und Engel vor Bohne beschützt hatte. Fliege hatte zu seinem Kind stehen wollen. Deshalb war er zu seiner Exfrau gegangen an dem Abend. Er hatte die Zeitung gelesen und begriffen, dass Susi Kalle Thurna ermordet hatte. Und er hatte die Chance erkannt, seine Firma zurückzubekommen. Oder zumindest genug Geld für ein womöglich sogar geregeltes Leben. Für Engel und für ein neues Kind.

Das gar nicht seines war?!

»Edgar hat mich beschützt und ernst genommen und er hätte mich nie geschlagen ...«

»Wer ist wirklich der Vater?«, wollte Danner wissen.

»Ich hab erst gemerkt, dass ich schwanger war, als ich schon mit Edgar zusammen war, ehrlich.« Engel traute sich nicht, aufzusehen. »Aber da war ich schon in der sechsten Woche. Hätte ich gewusst, dass ich so einen tollen Typen wie Edgar treffe, hätte ich nicht bei Bohne, dem Arsch, die Pille weggelassen.«

Engel rieb sich die Wangen.

»Hätte ich Edgar nicht vorgemacht, dass er Vater wird, wäre er an dem Abend nie zu seiner Exfrau gegangen ...« Das Mädchen verbarg das Gesicht hinter ihrer freien Hand und schwarz-roten Haarsträhnen.

Ich wusste, was sie nicht aussprach: Susi hätte Edgar Guski nicht niedergeschlagen und vergiftet.

Allerdings hätte Eule auch Hilfe holen können, statt panisch davonzurennen.

Und natürlich wäre das alles auch nicht passiert, wenn Danner, Staschek, Molle und ich den Penner an jenem Abend in einer Ausnüchterungszelle abgesetzt hätten statt vor der Kneipentür.

53.

»Du wusstest das«, erklärte ich Molle, der spülte, während ich die Gläser abtrocknete.

Der dicke Wirt warf mir einen strengen Blick über den Rand seiner Brille hinweg zu: »Was wusste ich?«

»Dass jeder mal unter der Brücke landen kann.«

»Klar.« Molle spülte schulterzuckend weiter.

Die ganze Zeit über hatte Molle das schon gesagt. Jeder kannte sein Herz für Tiere und Obdachlose. Trotzdem hatte ich nie nachgefragt. Mir war gar nicht aufgefallen, wie wenig ich eigentlich über den Dicken wusste.

»Hast du mir deshalb damals den Job hier gegeben?«, ließ ich jetzt nicht locker.

»Ey, Molle, haste ma 'n Bier für mich?«

Zwei riesige, schmuddelig weiße Hirtenhunde trotteten in die Kneipe. Einer tauchte unter dem Tisch an der Theke hindurch. Der andere erschnüffelte ein paar zu Boden gefallene Pommes und fing katschend an zu kauen. Der beißende Geruch nach nassem Fell breitete sich in der Kneipe aus.

Staschek, Danner, Engel und Mücke – unser nach Duschgel duftender Artgenosse der beiden neuen Gäste – beobachteten kritisch den riesigen Vierbeiner zwischen ihren Füßen. Staschek hielt den Tisch fest, als fürchtete er, der große Hund könnte das Möbel auf seinem Rücken abtransportieren.

Engel hatte ihren Stuhl zurückgerückt, um Klein-Edwina im Blick zu haben, die friedlich in einem sperrigen Kinderwagen schlief.

Mücke gab ein warnendes Knurren von sich. Die beiden riesigen Hunde waren ungefähr so beeindruckt, als hätte sich eine größenwahnsinnige Maus mit ihnen angelegt.

Ich warf einen Blick auf das Pappschild, das der Besitzer der beiden Ungetüme in der Hand hielt.

Arbeitsloser Schäfer aus Ungarn braucht Futter für seine Tiere, las ich die krakelige Aufschrift.

Ich stellte dem dünnen Mann mit dem schwarzem Vollbart und den wilden, dunklen Locken eine Flasche *Fiege*-Bier auf die Theke.

»Besten Dank, Kollege«, brummte der Mann, der mich offenbar nicht lange genug angesehen hatte, um zu bemerken, dass ich trotz meines bundeswehrtauglichen Haarschnitts Brüste besaß.

Mit seinem Pappschild in der Hand schlurfte der Penner zurück zur Tür. Seine beiden Hunde ließen Mücke knurren, drehten ab und trotteten ihm nach.

Drei Wochen hatte Engel mit ihrer neugeborenen Tochter im Krankenhaus verbracht, bis der Kaiserschnitt und der Beckenbruch, den ihr der Zusammenstoß mit Susis Motorhaube eingebracht hatte, einigermaßen stabil verheilt waren. In den drei Wochen seit der Entbindung hatte Engel mehr als zwanzig Kilo Gewicht verloren, ihr Gesicht wirkte schmal und ungewohnt ernst.

Sie hatte nicht mehr getrunken. Und sie hatte eisern ihre Krankengymnastik gemacht. Vor drei Tagen war sie mit dem Baby ins Mutter-Kind-Haus gezogen. Mit dem kleinen Startkapital von achttausend Euro, das nach Abzug unseres Honorars noch von Flieges Hinterlassenschaft übrig geblieben war.

»Ich bin damals zur See gefahren«, brummte Molle und hielt mir das nächste tropfende Glas unter die Nase. »Nach der Scheidung. Acht Jahre als Koch auf einem Kreuzfahrtschiff. Wie du die Fliege machst, ist ja im Prinzip wurscht, läuft immer aufs Gleiche raus.«

Es dauerte einen Augenblick, bis ich daran dachte, dem dicken Wirt das abgespülte Glas aus der Hand zu nehmen.

Ich trocknete es ab und stellte es auf die Theke, bevor ich hinter der Spüle hervortrat und zur Tür lief.

Die noch immer eisige Februarluft pfiff sofort durch die

Wolle meines Pullovers, als ich die Kneipentür aufstieß. Der Penner hockte zwischen seinem Pappschild und seinen beiden Hirtenhunden auf der schmutzigen Fußmatte im Hauseingang.

Erstens wohl, weil dort den ganzen Abend immer wieder Menschen an ihm vorbeikamen, die ihm ein paar Cent zusteckten, und zweitens, weil die Chancen nicht schlecht standen, dass Molle ihm in einer halben Stunde noch ein Bier spendierte.

Ich wühlte ein Zweieurostück aus der Hosentasche.

Weil die *Tafel* die Preise erhöht hatte.

Der ungarische Schäfer senkte irritiert den Blick, als ich ihn direkt anlächelte. Meine Freundlichkeit schien ihm nicht geheuer zu sein, schnell schnappte er sein Pappschild und huschte davon. Die beiden großen, weißen Hunde sprangen auf und liefen ihm, dicht an die Hauswand gedrückt, nach.

Als ich mich wieder zur Tür wandte, streifte mein Blick die Briefkästen im Hauseingang. *J. Schröder* stand an Molles verbeulter Blechbüchse.

Natürlich wusste ich auch, was auf dem zweiten Kasten stand, aber ich las die neue Aufschrift trotzdem noch mal:

Danner und Ziegler – Privatdetektei.

Ganz großen Dank an ...

meinen Mann Detlef, den Chefkritiker
meine Mutter, Annette und Farina, die Erstleser
Carsten, den Meister-Administrator
meine Eltern, die Babysitter vom Dienst
Frau Düding vom *Schlaf am Zug*
Herrn Pütter von *bodo*
die *Wattenscheider Tafel*

Und natürlich an ...
alle Grafitis

Lila Ziegler – was zuvor geschah

Lucie Klassen (jetzt Flebbe)
Der 13. Brief
Der erste Lila-Ziegler-Krimi
ISBN 978-3-89425-349-3

Die 20-jährige Lila pfeift auf das von ihren Eltern für sie geplante Jurastudium und setzt sich nach Bochum ab. Mittels eines Tricks erschleicht sie sich bei Privatdetektiv Danner erst einen Schlafplatz, dann einen Job. Denn Danner steckt in der Sackgasse: Die 16-jährige Schülerin Eva hat Selbstmord begangen. Im Auftrag seines Freundes Staschek, dessen Tochter mit der Toten befreundet war, soll Danner die Hintergründe ermitteln. Unversehens findet sich Lila auf der Schulbank wieder …

»Eines ist dieses Debüt von Lucie Klassen nämlich keinesfalls: langweilig oder gar deprimierend.« Die literarische Welt

»Intelligent, respektlos, humorvoll.« Neues Deutschland

Lucie Flebbe (vormals Klassen)
Hämatom
Der zweite Lila-Ziegler-Krimi
ISBN 978-3-89425-367-7

Lila Ziegler macht mal wieder keine halben Sachen. Nachdem sie zwei Wochen daran gearbeitet hat, ihren Beziehungsschmerz zu betäuben, begibt sie sich in eine Klinik zur Entgiftung. Dort wird sie Zeugin, wie eine junge Putzfrau an einem Herzinfarkt stirbt. War das tatsächlich ein natürlicher Tod?

Als Privatdetektiv Ben Danner in der Klinik auftaucht, muss sich Lila endlich ihren Gefühlen stellen – und erfährt von einem handfesten Motiv für einen Mord …

»Jung, geistreich und nicht auf den Kopf gefallen.« 3sat Kulturzeit

»Da ist es wieder, das neue Krimiwunder: Lucie Flebbe schreibt sich mit ihrem zweiten Roman ›Hämatom‹ ganz ungeniert weiter in die Spitzengruppe des deutschen Krimis.« Focus online

»Ein literarisches Naturtalent.« MDR

Und so geht es weiter

Lucie Flebbe (vormals Klassen)
77 Tage
Der vierte Lila-Ziegler-Krimi
ISBN 978-3-89425-411-7

Lila und ihr Partner Ben Danner sollen herausfinden, ob hinter den ungewöhnlich hohen Todesfallzahlen eines Pflegedienstes mehr steckt als ein Zufall. Sie mischen sich unter das Betreuerteam. Über ein Blog lernt Lila sehr überraschende Seiten ihrer neuen Kolleginnen kennen. Doch dass eine Mörderin unter ihnen ist, schließt sie aus.

Nicht nur, dass es mit dem Fall nicht richtig vorangeht, erhält Lila Besuch von ihrem Bruder. Und der kommt nicht in friedlicher Absicht …

»Fesselnd, dramatisch, unsentimental und mit viel echtem Herz. Gratulation.« WDR

»Freche Sprüche mit großer Klappe und sorgfältige, lebensnahe Recherche.« WAZ

Lucie Flebbe (vormals Klassen)
Das fünfte Foto
Der fünfte Lila-Ziegler-Krimi
ISBN 978-3-89425-417-9

Sabine Kopelski ist weg. Hat Ehemann Alwin sie getötet und unter seinem neu angelegten Gartenteich verscharrt? Ben Danner und Lila Ziegler pachten eine Parzelle in der Schrebergartenanlage ›Zum friedlichen Nachbarn‹ und beginnen in mehrfacher Hinsicht zu graben. Schnell realisieren sie, dass sie vor mehr Problemen stehen als nur vor der Frage: Wo ist Sabine Kopelski?

»In ihrer eigenen, gründlichen Art studiert Lucie Flebbe das Millieu der Kleingärtner und bringt es völlig authentisch aufs Papier.« Expuls

»Sie mögen Krimis mit schrägen Vögeln? Mit Hauptfiguren, die lebensnah gezeichnet sind und Ecken und Kanten haben? Dann ist ›Das fünfte Foto‹ genau das Richtige für Sie.« buch-ticker.de

grafit

Thrill von Marc-Oliver Bischoff

Tödliche Fortsetzung

ISBN 978-3-89425-398-1

**Ausgezeichnet mit dem ›Friedrich-Glauser-Preis 2013‹
in der Sparte ›Bestes Krimidebüt‹**

Zwanzig Jahre ist es her, dass Martin Kanther ein gefeierter Bestsellerautor war. Doch die in seinem Roman beschriebenen Morde glichen den Taten eines realen Serienmörders bis ins Detail. Als Kanther in Verdacht geriet, folgte der soziale Absturz. Nun erhält Kanther eine ungewöhnliche Anfrage. Per E-Mail erreicht ihn die Bitte, ein Manuskript gegenzulesen. Kanther staunt nicht schlecht, denn er erhält die Fortsetzung seines eigenen Romans.

Als plötzlich auch in der Realität das Morden von Neuem beginnt, steht schon bald Polizeipsychologin Nora Winter mit ihren Kollegen von der Frankfurter Kripo vor Kanthers Tür …

»Ein Buch, durch das sich der Leser wie Säure frisst.«
Mitteldeutsche Zeitung

Die Voliere

ISBN 978-3-89425-420-9

Nachdem die Rechtmäßigkeit der ›lebenslänglichen Sicherungsverwahrung‹ vom Europäischen Gerichtshof infrage gestellt wurde, soll Psychologin Nora Winter die Entlassungsfähigkeit von drei verurteilten Gewaltverbrechern begutachten.

Doch bei diesem Thema kochen die Emotionen hoch: Während die Politik die Männer unabhängig von Noras Einschätzung freilassen will, sehen selbst die Täter dem Leben in Freiheit mit Angst entgegen. Auch das Dorf, in dessen Nähe die drei einquartiert werden, hat sein Urteil schon gefällt. Als die Situation eskaliert, befindet sich Nora mittendrin …

grafit

Starke Krimi-Debüts

Rainer Wittkamp
Schneckenkönig
ISBN 978-3-89425-416-2

Martin Nettelbeck ist einer der besten Kommissare im Landes-kriminalamt – gewesen. Denn nach einem Angriff auf einen Kolle-gen wurde er ins Referat ›Versorgung‹ zu Bleistiftanspitzern und Druckerpapier verbannt. Ein Personalengpass ruft ihn nun wieder auf den Plan, obwohl ihm seine Vorgesetzte nach wie vor misstraut.

Die Ermittlungen in dem Mord an einem Ghanaer laufen nur schlep-pend an, schon die Identifizierung der Leiche ist schwierig: In der afrikanischen Gemeinschaft will den Mann niemand gekannt haben.

Nettelbeck taucht ein in eine faszinierende Welt und stößt auf ein dubioses Missionswerk. Doch ihm sitzt die Zeit im Nacken – er muss Ergebnisse liefern, sonst droht ihm die Rückversetzung.

»Ein starkes Debüt mit einem interessanten Ermittler.«
Westfälische Nachrichten

»Cool ist ein überstrapaziertes Wort. Aber genau so schreibt Rainer Wittkamp. Saucool.« Buchjournal

Martin Calsow
Quercher und die Thomasnacht
ISBN 978-3-89425-423-0

Die Rückführung eines nach Jahrzehnten entdeckten toten Soldaten vom Tegernsee in die USA – keine große Sache für den LKA-Beamten Max Quercher, den nur noch dieser eine Auftrag von seiner heiß ersehnten Frühpensionierung trennt.

Vor Ort beschleichen ihn Zweifel, ob der Fall tatsächlich so einfach ist: Denn dass sich ausgerechnet der Mann, der die Leiche entdeckt hatte, bei einem Arbeitsunfall enthauptet haben soll, ist Quercher zu viel des Zufalls.

Als er zum Unmut der einflussreichen lokalen Politprominenz beginnt, die Vergangenheit der Dorfgemeinschaft zu durchleuchten, haben sich seine Gegner längst formiert. Und was anfing wie ein Routineauftrag, entpuppt sich für den sturköpfigen Max Quercher als ein Kampf ums nackte Überleben …